大雅

为一种品格注脚

文德勒诗歌课

花朵与漩涡

细读狄金森诗歌

下

[美] 海伦・文德勒 著
Helen Vendler
王柏华　等 译

Dickinson: Selected Poems and Commentaries

广西人民出版社

615 上帝是遥远－而堂皇的恋人－

上帝是遥远－而堂皇的恋人－
如他向我们宣称－通过他的儿子－求婚－
确切无疑，一种代理式求爱－
“迈尔斯”和“普利茜拉”，恰属此例－

可是，唯恐灵魂－像美丽的“普利茜拉”
选择了使者－踢开了新郎－
遂发誓，以虚张声势的狡黠－
“迈尔斯”和“约翰·奥尔登”是同义词－

此诗以华尔兹的节奏取笑基督教的“道成肉身”之说，中间穿插着迈尔斯·斯坦迪什的求爱故事。不可思议的是，此诗在狄金森死后于1891年首次发表于一份一神教的周刊《基督教记录》。难道编者事先没有读一读就刊发了吗？此诗发表之后，遭到抗议，被收入1929年的《诗歌续集》之后，又遭到更多的抗议，此后一直未能发表，直到1945年被收入《祖先的锦缎》，才最终进入狄金森的诗歌经典。

1858年朗费罗发表了长诗《迈尔斯·斯坦迪什的求婚》，狄金森可能读了此诗之后就开始构思她的诗作了。朗费罗的诗作糅合了传说和浪漫情节剧、战争和婚礼，故事讲述一位刚刚移民到美洲的粗犷的军人迈尔斯·斯坦迪什，派他的年轻助手约翰·奥尔登作为他的代理，向一位年轻的女士普利茜拉·马林斯求婚，可是，奥尔登本人早已偷偷地爱上了这位姑娘。姑娘听到求婚后，直截了当地回答说："约翰，你为何不为你自己说话呢？"狄金森（她的脑子常常会联想到宗教问题）被这一幕喜剧的颠覆性力量所吸引，迈尔斯和约翰·奥尔登的关系让她想到了基督教三位一体中的上帝耶和华和耶稣基督的关系，耶和华决定派他的代理（大概比他本人更有吸引力）来拯救人的灵魂，因此就有了所谓的耶稣"道成肉身"之事。［她的主要依据是《约翰福音》(8：16)："我的判断是真的。因为不是我独自在这里，还有差我来的父与我同在。"］狄金森把神学和新英格兰的"历史"嵌套在一起，把世俗的词语"求婚"转用于上帝，把宗教的"灵魂"跟姑娘普利茜拉类比，这样一来，她就可以暗示出，神圣的事物与人类的事物并没有多大的不同，二者都在上演着类似的交易。

这首四音步诗作的喜剧效果主要得益于每个奇数行的结尾都被焊接了一个多余的音节："Lover"（恋人）、"Courtship"（求爱）、"Priscilla"（普利茜拉）和"archness"（狡黠）这四个词语给它们的诗行增加了一个韵脚，而且都是阴性韵。（狄金森的阴性韵音节的样板很可能是"Priscilla"这个词，因为在朗费罗的五音步长诗《迈尔斯·斯坦迪什的求婚》中，每一行都以非重读音节收尾，朗费罗在第一部分的结尾宣称："奥尔登的信写满了'普利茜拉'这个名字！"其他喜剧特征还包括：上帝那种令人郁闷的遥不可及，他不仅"堂皇"，而且他一开口就"宣称"；把神圣的拯救转化为通常的"求爱"和"求婚"；"迈尔斯"和"约翰·奥尔登"那种轻率的亲密感被用到耶和华和耶稣身上；上帝派遣耶稣的句子使用了可笑的头韵和谐韵："Verily, a Vicarious Courtship"（确切无疑，一种代理式求爱 -），其中的字形元素——"V""ou (s)"和"ou (r)"，与后面的"Vouches"（发誓）构成了头韵。[①]诗人盗用了耶稣本人发表郑

① 中译本尝试保留这些声音和字形上的特色，但效果并不明显。

重声明的用语，于是，“确切无疑”，给她自己授予了某种（幻想的）经文一般的权威。

最后的喜剧色彩来自上帝的“虚张声势的狡黠”。狄金森自己亦十分擅长“虚张声势的狡黠”，她把自己的“风格”转送给上帝，借此取乐。像她一样，上帝也喜欢玩弄语义学上的相似。在上帝看来，普利茜拉选择约翰·奥尔登无疑是做了一件错事，唯恐灵魂也会犯同样的错误，选择耶稣作为新郎而把上帝抛开，于是，上帝以语义学上的秘诀做了预先防范：在三位一体中，父与子是同一的。这是福音书中的套语：“我与父原为一”［《约翰福音》(10：30)］，可是，狄金森像惯常一样，对她的源头做了偷梁换柱的改写。狄金森说，上帝“发誓”（或“担保”）迈尔斯和约翰·奥尔登是“同义词”，于是，她再一次（为了反讽的效果），把迈尔斯和约翰、耶和华和耶稣都转移到另一个层面上，既不是神的，也不是人的，而是语言学的层面，也就是“同义词”。灵魂在均衡的使者和新郎之间做出选择，为此，狄金森在句法上做了同样均衡的安排，诗行分为两部分，左右对称排列：“选择了使者－踢开了新郎－”。在狄金森的诗歌中，均衡的诗行结构往往是有意味的，它把互为对照的事物呈现出来。

狄金森如此戏谑且亵渎神明地挪用了朗费罗的诗篇，它是否有更广泛的适用性？它含蓄地表明，上帝对待我们的方式是不透明的：他假装我们必须做出选择，但又得意扬扬地告诉我们他其实早就把一切安排好了，无论你如何选择，结果都一样。这就好比是让灵魂在上帝和财神之间做出选择，一个如此悠久的传统，突然间变得如此可笑，因为上帝宣称，“God”（上帝）和“Mammon”（财神）这两个词语，其实是同义词。

［J 357］

620　许多疯狂是最神圣的理性 -

许多疯狂是最神圣的理性 -
对于明察秋毫的眼睛 -
许多理性 - 是最彻底的疯狂 -
总是大多数，于此，
获胜，俨然全体 -
同意 - 你就健全 -
异议 - 你即刻处于险境 -
处置你以一条锁链 -

狄金森常常省略推论过程，因此读者可以自己补充完整。这里，若要逻辑完备，需要填补如下缺失部分：

许多疯狂是最神圣的理性 -
对于明察秋毫的眼睛 -
但是在迟钝的眼睛看来 -
最神圣的理性只是谎言 -

同样地，如果恰当地“填充”一下，接下来的诗句会是这样：

许多理性 - 是最彻底的疯狂 -

对于那只明察秋毫的眼睛－

但是，狄金森喜欢省略，她自然不会重复读者应该能够推断出来（并且添入）的东西。在第1行精彩的悖论式回环之后，出现了并列的第3行，这让我们期待第4行会与第2行相匹配，正如我之前说的那样，形成一个格言式的四行诗。相反，狄金森牺牲了通常在两节之间出现的空白，开启了一个新的感觉单元。“总是大多数，于此，/获胜，俨然全体－”，这个位于中心的表述以无可辩驳的事实取代了先前那个信心十足的宣言。这两行看起来几乎是一个随意的插入语（好像每个人都知道多数人统治总是无往不胜），而且似乎只是形式上的（实际上它们是为即将到来的野蛮做准备）。

早在20世纪对精神疾病的社会结构进行调查分析之前，有灵性的“笼中”疯子（见雪莱的《朱利安和马达洛》①）就已经是一笔常见的文学财富，这里，狄金森对“疯子”的同情也并不出人意料。她让我们以为，那些不赞同她观点的人，只不过目光迟钝，即使他们赞同，最终，总是大多数（用中性动词来说）“获胜”。即便是“同意－你就健全－”这样尖锐的评论，也不能使我们对接下来的场景做好准备：迟钝的多数人转变成一群施虐的暴民，把锁链强加在不赞同多数人意见的人身上。冒犯者究竟做了什么竟受到全社会的放逐和折磨？她对某种说法表示“异议”。“异议”（在现代意义上）是语言中最温和的反对词：它礼貌，几近端庄。但对主流思想来说，最轻微的不认同都会受到恶意惩罚。“每个人都对我说‘什么’”，狄金森在给希金森的信里这样写道（L 271）。大家立刻就明白，以她少之又少的形容词，她拒绝墨守成规。押头韵的“Demur”

① 《朱利安和马达洛》以雪莱和拜伦为原型，诗以对话的形式探讨了宗教信仰、自由意志等许多问题。诗中朱利安和马达洛一起拜访了一位疯子，疯子讲述了自己惨遭爱人抛弃的经历，马达洛因此感慨：“最为悲惨的人 / 不幸落入诗歌的摇篮， / 他们在苦难中习得诗歌之所授。”

（异议）和“dangerous”（危险）暗示，社会对异见者会即刻——“随即”——做出回应。

人不应当以锁链处置他人。这种处置（以及之后的折磨）暗含的社会排斥和报复让人不寒而栗。成为“健全”人的方式很简单；只要认可共识，你就会被四个字接受：“你就健全 -”。但如果你有异议，就需要至少八个字，让你瞧瞧那一连串危险：被排除、被“处置”、被套上锁链。

在狄金森看来，天赋异禀能使“明察秋毫”的眼睛从虚假中分辨出真实；见《有人劳作 - 为不朽 -》(536，J 406)：

一个乞丐 - 随处 -
有天生的分辨力
胜过经纪人的洞察 -

狄金森很清楚，她不能指望“大多数”人都具备少数人明察秋毫的天赋。她抗议的是多数派的强硬信条：对多数派观点持有异议是十分危险的，必须加以压制、审查或严加惩罚。她控诉的是多数人的不宽容。难道一个人就无权期待人们宽容少数派吗？狄金森夸张（如果算是夸张的话）地用最高级别的宗教语汇“最神圣的”，来形容“疯狂”的“理性”，由此把疯子归类为受到启示的先知，只不过他们在自己的国家未能受到尊敬。“理性”的多数人的言论，在持异议者听来，简直是“最彻底的疯狂”。狄金森用“最神圣的”来回应“最彻底的”，表现了“结为一体”的公民与“危险”的异见者之间永久的相互批判。

［J 435］

633 我看不到路－天堂被缝上了－

我看不到路－天堂被缝上了－
我感到门柱闭合－
地球颠倒了她的两个半球－
我触摸宇宙－

它向后滑去－我孤零零－
一颗球上的一个斑点－
掉出来－落到圆周上－
在钟的弧度之外－

耶稣说："我就是道。"［《约翰福音》(14：6)］但对狄金森而言，这条道路行不通："我看不到路－"。升到天父身边的路也同样被拦住了："天堂被缝上了－"。就好像天堂是一个帐篷，上方有开口通往上帝，但却被某个无名的代理人缝上了。这一隐喻又引申出下一个：天堂的大门是一个有着庄严圆柱的门廊。但是这个入口同样无法进入："我感到门柱闭合－"，将入口阻拦。诗人放弃公认的父性天堂，求助于所谓的母性地球；但她太不稳定了，不足以信任，她能随意"颠倒"两个半球，把原来的北极转到南极，颠覆一切价值。在天和地都不适宜居住的情况下，诗人开始寻求某种普遍的真理，她的不确定性扩展到了整个宇宙。宇宙避开了她的掌控，滑行、返回它的星际空间，把她一个人留在地球这个地理学上的球体，也就是那个“球”上。

不过她已经得到了一种启示（不是来自拒绝她的父性上帝，也不是来自不可靠地旋转着的母性地球），她无父无母，她在宇宙的虚空中只是个孤儿，她根本无足轻重。她已经走到了人类心灵所能到达的视野和洞察力的极限，试图在一个想法里，将无限的宇宙和她那有缺陷的“斑点”般的自我完全掌握。无论是在天堂、地球还是宇宙，她都是孤独的自我，没有父母，也没有家，对自我存在状态的认识让她变成了（用霍普金斯的话说）“一个孤独的开始”。狄金森的处境与霍普金斯的处境类似，对此他在《仿佛陌生人就是我的命运》中曾有过描述。他在都柏林流离失所，与父母的信仰背道而驰，不知道该往何处去，他的人生计划都一一破产，霍普金斯在诗中吐露自己的无助和对未来的绝望：

只是我心中
孕育最明智的话语，苍天叫人困惑的禁令
禁止或地狱的符咒阻挠。它被藏着不被听见，
听见也不曾留意，留给我一个孤独的开始。

狄金森被禁止进入天堂，她被困在心灵的圆周的外围，没有钟声可以传到那么远来召唤她回到上帝身边。她可能想到了乔治·赫伯特的《祈祷》，在这首诗中，诗人自信地认为，上帝会倾听从教堂传来的信徒的祈祷：祈祷是“星空外听到的教堂钟声”。狄金森在《祈祷是个小小的器具》（623，J 437）中反驳了赫伯特，她用怀疑的口吻描述祈祷，怀疑人们绝望的话语抛向天空，是否能被上帝的耳朵听到：

祈祷是个小小的器具

人们靠它抵达
存在－被拒之地－
他们抛出他们的话

借助它－传入上帝之耳－
倘若他听得到－
由此总结全套设备的构成
便是－祈祷－

在《我看不到路－天堂被缝上了－》的结尾，在钟的“弧度”之外，狄金森发现自己陷入了困境，因为钟来回摆动，露出了它的“舌头”，正如狄金森在《它不是死，因为我站着》（*355）中描述的那样。在霍普金斯看来，钟声召唤着灵魂走向救赎：在《德意志号沉没记》里，“高个子修女”呼唤着基督，“用处女的声音呼喊”［“told”（呼喊）与“tolled”（敲钟）同音］。当她召唤“美好天意”去到溺水的灵魂身边时，霍普金斯说，为了这些灵魂，她可以“摇响铃铛／召回那些可怜的羔羊！”[①]但不信上帝的狄金森却留在拯救的钟声的范围之外。

在凄凉的结尾中，狄金森被孤独地留在宇宙的边缘，对她的孤独情形有所弥补的是，她是通过自己的探索才到了那里：她走到她发现自我的地方。她不像威廉·考珀那样是个“弃儿”，他认为自己被诅咒了（参见他的诗《抛弃》）[②]；她是自己觉悟的代理人。但一个人可以看到地球的圆周，而且活着——代价是必须孤独一人，他人不可企及。

---

① 此诗描写客轮在暴风雨中沉没，一位修女对上帝呼喊，上帝拯救了蒙难者的灵魂。关于《德意志号的沉没》，参见本书《我听到一只苍蝇嗡嗡－我死的时候－》（*591）中的相关注释。

② 关于考珀和《抛弃》，参见本书《有一种斜落的光》（*320）的相关注释。

这首难懂的诗让读者惊奇，狄金森竟然选择了这一系列隐喻，让此诗在空间上和隐喻上如此倾斜，难以索解——从缝合之线到圆柱再到半球，从一个可以触摸（并且滑动）的宇宙到一颗球，再到一个钟。结尾的“ball”（球，她留下的地方）和“bell”（钟，她超出的地方）的押韵略失和谐，让她从一个斜角切入了人类生活世界。狄金森有时极为密切地关注意识的波动，此时，她的隐喻往往会创造出一种几乎不可理喻的层叠，一旦理解了，读者就会参与到诗歌中描述的那种眩晕感之中。

［J 378］

647　填补一道缺口

填补一道缺口
需要嵌入肇事之物－
填堵它
若用他物－会越堵越宽－
焊接一个深渊，你不能
用空气－

若以常规的格律来表达，这首诗会是这样的：

填补一道缺口－需要嵌入
肇事之物－填堵它
若用他物－会越堵越宽－

简而言之，我们可以想象一个“常规”的狄金森式四行诗正在成型（并不是说她原本就能容忍这样写），但在“越宽”之后，这个“四行诗”全然瓦解了。我们无法把《填补一道缺口》的最后两行变成任何一种三音节来完成这个假定的“四行诗”。当狄金森允许对她常用的韵律进行富有表现力的变形时，那是出于内心的需要。此处和其他地方一样，词语的排列带有模拟性质，第1行中简短的“填补一道缺口”与第3行中更为简短的“填堵它”相匹配。不过这两种建议方法都不可能解决这个缺口。人不可能把死去的朋友重新嵌入自己的生活（“缺口”是一种比喻），也不可能用另一个人的存在来弥补一个必不可少的人的缺席。诗人踌躇不前，在她的应对指南中找不到积极的可能性，但至少其中的困难已被说明。狄金森用另一种比喻来表达，任何试图弥合或消除（“填补”或者“填堵”）缺口的努力都是徒劳的。利用缺席本身——空白的“空气”——将深渊的悬崖“焊接”在一起，这种想法也是绝无可能实现的。那个令人悼念的裂缝不适宜生命居住，那是被铭记的死者的坟墓。

狄金森没有用“封堵一个墓穴”来代替“焊接一个深渊”——但是在心灵里这位死者的坟墓（和其他坟墓一样）已经被一个躯体填满了；因此将填充物塞进已被占据的坟墓的比喻是前后矛盾的。而深渊先前就没有居民；它是一种缺席，而不是在场。狄金森每每用“焊接”这个词时，她指的都是一种永久的封印，一个代表着不可挽回的死亡的形象。死者的嘴唇可以被“焊接”（*238），草皮可以被“焊接”在坟墓上（648）。但朋友的缺席并不是一物，比如躯体；它不能像尸体那样可以被体面地埋葬；它不可能永远被“焊接”在恰当的位置上。它就像一个幽灵，无法为人类所控制。用缺席来忘记缺席是不可能的。你越想尝试忘记，深渊的空虚也就越大。

此处狄金森在韵律上的紊乱显示出一种尝试但最后放弃的迹象。没有利落的“焊接”可以结束这首诗——没有公理，没有谚语，也没有机智。对狄金森来说，收尾总是很重要的；有些最令人难忘的诗句都出现在她诗的末尾。当《填补一道缺口》摇摇晃晃地接近尾声时，它消失在“空气”中，诗人无法以它来填补、堵塞或收尾。她仍留在深渊的那种气氛中。我们觉得，除了“空气”，没有任何词能让这首诗的效果更加满意，或让灵魂更加失意。

[J 546]

664 对我们自己，排练

对我们自己，排练
一种撤回的喜悦 -
提供一种极乐，如谋杀 -
万能 - 而激烈 -

我们不会丢掉匕首 -
因为我们喜爱伤痛
这匕首纪念 - 它自己
提醒我们已死去 -

谁撤回了喜悦？一开始我们可能会把这种行为归咎于狄金森笔下的上帝，那个专业的“窃贼”(39，J 49)。但随即我们就会发现这是自戕者在内心进行的自我伤害。然而，伤人的“匕首”并未被丢弃，而是作为唯一的纪念物留了下来，不仅纪念着自我伤害，更纪念着自我谋杀：“我们已死去 - ”。狄金森在这里扮演着麦克白夫人，一遍又一遍地排练刺杀的血腥动作。

狄金森采取了她最为保险的策略之一，即在叙事中把玩时态。一开始她采取了一种抽象的话语形式，完全脱离了时间——此处，她并未采用一个定义、格言或者谚语，而是以一种心理观察开始，通过第一人称复数让事实普世化，一个对她而言相当具体的事实：

“我们”在痛心的自我叙说中享受忧闷之乐，叙说现已自行撤回的过去的喜悦。[Rehearsal（排练）一词源于中世纪英语 herse——一种犁耙（harrow），一种可以把坚硬的土地变成土块的大型农用工具，因此才有“harrowing”一词的引申义，用来表达一种痛苦和不安的经验。] 骇人的“谋杀”紧随在“极乐”之后，揭示出说话者熟悉当一个人谋杀时所体验的（诗人暗示）那种强烈的万能的感觉；而人所能谋杀的只能是人。每次“排练”它的丧失，“撤回的喜悦”就会再度消失，我们诀别的力量就会被提升到恰好珍惜喜悦的程度。在这个程度上，喜悦是前一个自我的唯一组成部分，而撤回，即每次在记忆中的排练，就是对那个自我的谋杀。

“如谋杀”这样的明喻，作为一种夸张，通常很容易与现实拉开距离，但随着匕首和伤口的出现，这一比喻便显示出暴力的字面意义，就像一把刺向自己的匕首，历历在目。在起先的谋杀之后，这把匕首本可以在恐惧中被扔下，但说话者仍抓着它不放，把它当作起初的剧痛的遗物。当她一遍又一遍地排练自我剥夺的极乐时，她总是把匕首放在眼前，将它奉若神明以“纪念”她心爱的伤口。人们通常都会纪念一个重要的时刻：在这里，匕首纪念着这样一个时刻——诗人认识到，弃绝了喜悦之后，活下去是必须的，因此她“已死去”。就在那一刻，她一次又一次地重获新生，这是留给她的唯一可能的真实行动。记忆对肉体的再度惩罚是她得以提升的唯一机会。在这种强迫性的重复（“我们不会丢掉匕首 -”）中，也只有如此，灵魂才能感觉到它自己的力量。

与别处一样，此处狄金森使用了动词“纪念”的无标记形式（不显示时态或数量），意味着一种不受时态限制的永恒性，进一步使这首诗的时间序列复杂化：从“提供”（Affords）的不变的现在，到“我们不会”（We will not）的下定决心的未来，又回到“喜爱”（love）的不变的现在，最后是没有时态和数量的“纪念”（Commemorate）。倘若狄金森说这把匕首是为了在此时“纪念”伤口，那么她早就会把它的行动限制在现在时态；但是这把匕首过去、现在、未来一直“纪念”每一次“排练”中的伤口。诗人沉浸在对自我谋杀的关键时刻的“排练”中，（暂时）忘记了过去的这一行为造成的自戕。只有在痴迷于“排练”时，她才意识到那致命的一刀在肉体上留下的纪念，即她手中那把致命的匕首和她心口那致命的伤口提醒着她，她已经死了。尽管狄金森保留了她这首诗开头的原初的普遍的“我们”，但无论是自我谋杀，还是在对排练中对这一行为的忘却，都过于耸人听闻，很难作为普遍的论断依据。

如往常一样，这首诗的韵律也是耐人寻味的。“Delight”（喜悦）和“Acute”（激烈）的搭配，使二者比例相称；“Wound”（伤痛）与“died”（死去）的搭配，可以确定其中的因果关系。“喜悦”“极乐”和“喜爱”这一连串的色欲词汇暗示，自我撤回的喜悦是激情。《对我们自己，排练》与另外几首表示弃绝的爱情诗可以共同归类于狄金森的“危机诗”，不过这首诗并没有强调说话者的孤独和悲伤，而是表现了自我牺牲的野蛮快感。

［J 379］

675　何等温柔的－天使般的造物－

何等温柔的－天使般的造物－
这些温文尔雅的女人－
你宁可攻击一只长毛绒－
或亵渎一颗星星－

何等凸花条纹布的信念－
一种恐惧如此雅致
面对有斑点的人性－
以神祇－为羞耻－

这是多么普通的－荣耀－
一个渔人的－等级－
救赎－冷漠的女士吧－
曾如此－以你为耻－

托马斯·希金森曾想把狄金森引荐到波士顿的淑女圈中，让她参与她们的一次聚会，狄金森礼貌地拒绝了。对于上流的文雅社会而言，狄金森似乎太不文雅了。狄金森把一枚炸弹揣在怀里，走到哪里都随身携带［见《一个深渊－但天在上面－》(508，J 1712)］。我们从狄金森的诗歌和信件中了解到，她其实很喜爱她的女性朋友们，而她之所以拒绝参加这次聚会，并不是因为性别，而是因为她个人的习惯。在狄金森的时代，上流社会的“温文尔雅的女人”，她们纯洁的“天使般”的外貌举止中充满了矫揉造作的天真，她们将自己变成柔软圆滑的生物，就像一个个“长毛绒”枕头。她们心目中理想的女性形象，早已超出人类可能企及的范围：一个“温文尔雅的女人”不仅仅是传统意义上的“高台之上”，她更是一颗璀璨的“星星”。这样一位“女士”自然不会让自己暴露在烈日下，除非她头戴帽子手撑阳伞，以免阳光在自己的脸蛋上留下斑点。狄金森并不想把自己的“炸弹”丢向这群不真实的生物，她不想“攻击”或“亵渎”这群淑女，更不想吓到她们或者引起她们的注意。

狄金森为我们留下了种种批判宗教虚伪的尖刻评论［详见《他布道“宽”直到它证明他“窄”》(1226，J1207)］，我们读着津津有味，但我们同样希望能够更多地了解狄金森作为社会讽刺家的一面。在这首诗歌中，狄金森将自己带到一群“温文尔雅的女人”之中，她刻意地称她们为“这些”女人而不是“那些”女人。这或许是因为，在狄金森年少叛逆时，也常常不得已而身处这个群体中，但在她心中，却充满了讽刺取笑她们的种种比喻。她厌恶霍普金斯会称之为驳杂“人性”的“精致”恐惧：“一切易变的，都有瑕疵”(详见《驳杂之美》)。这些女人用密语来表达对“普通”劳动者的不屑；她们高高在上的种种“信念”，并不比她们礼服上的“凸花条纹布”更为牢实。如果这些女人看到耶稣和他的渔夫门徒从面前经过，必然会认为“神祇”本身是一个“普通”的“荣耀”，其社会等级跟下等人并无二致，在她们看来，与耶稣为伍是一件令人“羞耻”的事。此时此刻，狄金森必然想到了耶稣所转述的别人对他的评价：“贪食好酒的人，是税吏和罪人的朋友。”［《马太福音》(11：19)］

狄金森在前两个诗节中用感叹句来突出强调她对这些女人们的反感之情：“何等温柔的－天使般的造物－／这些温文尔雅的女

人－/……/何等凸花条纹布的信念－”。狄金森对“长毛绒”和“星辰”的嘲弄，加上她通过“攻击”和“亵渎”两个词语表露的敌意，在第1节诗歌中表达了她对这些女人所持思想的鄙夷以及对她们像圆滑枕头一样躲避攻击的愤怒。为了进一步给她们定罪，狄金森引用了她们的言语，那些用尖锐而“柔弱”的声音说出的，对耶稣的神性和他的渔民门徒的评价：“这是多么普通的－荣耀－/一个渔人的－等级－”。狄金森出其不意，对这些女人的势利之态做出了严厉的回应，她对着其中一位“淑女”代表，发表她严厉而直接的演讲，预言了这位女士的命运：“（但愿能）救赎－冷漠的女士吧－/曾如此－以你为耻－”。正如“温文尔雅”的女士们为“神祇”感到“羞耻”一样，到了审判日，上帝也会为他们感到“羞耻”，她们最终会被她们蔑视的上帝所谴责。

除了第3行诗歌为四音步之外，这首三音步诗歌的其余奇数诗行均以无重音音节结束，这些诗行因此得以将停顿衔接到下一行，并且比原本的三音步格律多了一分对话般的节奏韵律。而且，还有什么比“阴性”结尾（即弱音节）更适合这首诗的呢？

常有人指出（尤其是最近），狄金森本人也是上层阶级的一员，并且在她年轻的时候曾表露出对阿默斯特“普通”群众的某种蔑视，这似乎和她诗中描绘的“温文尔雅的女人”并无二致。如果要为狄金森辩解的话，我们可以说狄金森所反对的不仅仅是上流社会的淑女们与外部世界的困苦是隔绝的，而且她们对耶稣形象也是完全隔膜的。因为她们从未经历过痛苦（毕竟没人敢“攻击”或者“亵渎”她们），所以她们无法被耶稣的神性所打动，毕竟她们无法理解那位“忧患之子”。狄金森的告别“诅咒”——“但愿你在审判日与罪者同列”——尽管她的措辞漫不经心，但却一笔抹杀诗歌开头对这些淑女“天使般”形象的虚假描述。诗歌最后简短的感叹——“愿神谴责你！”——与诗歌开头温柔而讽刺的感叹相互叠加，得出如下结论：这些淑女们并不是纯洁天使“基路伯”，而是

“坏天使”。其他同时代的女诗人，没有哪个能像狄金森一样，写出对“温文尔雅的女人”如此精妙的讽刺诗作了。

［J 401］

686 没有任何差异在野外－

没有任何差异在野外－
四季－恰当－如常－
清晨开花开进了正午－
劈开它们火焰的荚囊－

野花－在树林里点燃－
溪水整日－猛击－
没有黑鸟柔化他的班卓琴－
因为路过髑髅地－

死刑－和末日审判－
对于蜜蜂毫无意义－
与他的玫瑰分手－
对于他－就是全部的不幸－

狄金森强烈反对“情感误置”（即在诗歌中表现自然对叙述者的同情，让大自然悲叙述者之所悲）的诗学概念，她将自然和睦亲善的假象拆穿，不相信自然存在能启发自身悲伤的符号。对她而言，没有“呼应的和风”（即华兹华斯在《序曲》中发现的那种自然中的存在）与自身的灵感气息相呼应。[①]相反，狄金森首先想以一种公平的态度面对自然。自然是冷漠的，这无可厚非，但在这济慈式的“野外”[②]，白天展示着它常见的美丽，当“清晨”逐渐变得温暖，逐渐“开花”开进了正午；当绚烂的日落来到，“清晨”就像开花结果的种子一样，“劈开它们的荚囊”，但从中散落出来的不是颗颗种子，而是一簇簇绚烂的“火焰”。人的失意与怅然对自然的光辉没有一分一毫的损减；诗人随后宣布春天的到来，欢欣庆祝的诗行中，并无夹带丝毫不愿的情绪，“野花 - 在树林里点燃 - ”，其中的渐进动词“点燃”营造了一幅在整个季节中“花火”不断蔓延的画面。

然而紧接着，悲伤的叙述者开始感到恼怒，自然对自己的悲伤毫无同情之意，这让人越想越委屈。“难道就不能让我聆听一会儿与我悲伤心境相应的音乐吗？”她发问道。而伴随着周遭愈来愈响的噪音，叙述者得到了否定的回答（白天与花的动词虽然是主动的，却是无声的），狄金森说溪流发出“猛击”（slam）的声响［对于一条潺潺小溪而言，这是一个非同寻常的动词，比诗人之前替换掉的词语“brag”（吵闹）更刺耳］。至于鸟鸣，耳边只传来黑鸟刺耳的叫声。在悲伤者的耳中，鸟鸣犹如折磨，而头韵体的诗句充分表现了这种感受：“没有黑鸟柔化他的班卓琴 - ”（No Black bird bates His Banjo -）[③]。早期的编辑认为该诗句过于夸张，于是将其弱化为：“没有黑鸟柔化他的鸣啾”（No Black bird bates his jargoning），“jargon”一词源于法语 *jargonner*，用于鸟鸣。不难看出，狄金森对鸟儿强有力的班卓琴般的叫声感到愤怒，它们和发出“猛击”的溪流一样，使悲伤的她不得安宁。（班卓琴有时与黑人音乐家或者扮演黑人的音乐家联系在一起，因此班卓琴使黑鸟成为一位美国黑人演

① 见华兹华斯《序曲》卷1第35行。

② 这里指济慈《秋颂》中的野外。

③ “No Black bird bates His Banjo -”，这个句子里有四个词语皆以辅音［b］开头，构成了头韵。

奏家，和啭鸣的英国夜莺相呼应。）

狄金森接着为读者们描绘了发生在三个不同场景中的无法比拟的痛苦，即“髑髅地”“死刑”与“末日审判”，而在这些场景中，自然的存在都是漠然的。黑鸟喧闹地飞过髑髅地，完全没有注意到眼下的十字架；而蜜蜂对人类的刑法与罪孽都毫不在意。这些“愚昧的生物”，因为缺少社会想象力，所以无法同情，而这从侧面昭示了，人类作为旁观者，本应能对发生在不同时代、不同地方的痛苦予以同情，除非他像那蜜蜂和黑鸟一样缺乏同理心。蜜蜂确实能感受痛苦，但那是一种囿于个人爱欲和餍足的自恋的状态：当它的“香脂”（Balms，出现于诗歌205，491，1552，1635中）——玫瑰消失不见，它经历的痛苦是切身而真实的。狄金森自然明了遭遇失落的感受。但在她的诗歌中，个人的痛苦往往被扩大为更普世的痛苦，就好比她在心理上能与那些“回忆冰雪的冻僵之人”（*372）产生共鸣一样。

狄金森不经意地瞧了瞧自然的冷漠，起初并无反对之意，但过后心中却涌出不满，诗人这种情绪的转变，我们可以通过了解她的生平与背景来解读。狄金森很少向她的家人展露她最为激烈的感情，即使他们每日伴随在她的左右；除此之外，在狄金森的家中，总有用人围绕左右。在诗人面前，人的“溪流”喧闹，人言人语好像班卓琴叮当不停的声响，持续不停。这些噪音折磨着她的耳朵，扰乱着她的思绪。然而，她却没法让家中喋喋不休的吵闹声停下来，所以，她原本希望让外界交谈声静下来的愿望，最后变成了对无辜发出“猛击”声响的说话者的怨恨（虽然理智告诉她，不能指望别人意识到自己隐藏未露的悲伤）。狄金森在一首未发表的诗歌中向她的朋友凯特·安东讲述了自己与周围亲人的关系。这首《我不会低声抱怨》（1429，J 1410），用“低声抱怨”一词来表达《圣经》中这个词语所包含的“抗议”之意：

我不会低声抱怨即使最后
下界里我心爱的几个
被获准，终于明白我何以
如此将他们闪躲－
泄露隐情会安宁我的心
却会将他们的心揉碎－
为什么，凯蒂，背叛可以发声－
而我的－却消散－于泪水。

[J 620]

696 我捕捉不到的色调－最美－

我捕捉不到的色调－最美－
那光彩何其邈远
就算我能在巴扎[①]上展示－
一个基尼只许看一眼－

那精美－不可触知的排列－
招摇在眼前
宛若克里奥佩特拉的侍驾－
于天空－重现－

那主宰的瞬间
临降于灵魂
留下一种怅惘
微妙－不可言喻－

那风景－一副热切的神情－
好像它们刚刚按住了
某个秘密－它突突前冲

① “巴扎”，译自“Bazaar”，源自中亚，指大集市，至今仍在中国新疆等地使用，这里取音译“巴扎”以保留其异国情调。

如战车-在背心里-

那夏日发出的恳求-
那雪的另一场玩笑-
以薄纱遮掩神秘，
唯恐松鼠们-知晓。

它们不可捉摸的姿态-嘲弄我们-
直到被蒙骗的双眼
傲慢地闭上-在墓穴-
另一种方式-去看-

狄金森试图捕获大自然“不可捉摸”的影响，她兴致勃勃地开始（弗罗斯特认为诗歌的开场就应当如此），却以苦涩收场。自然就好比音乐，既无法用语言形容，又激发人们用语言来形容它的欲望。大自然为人们呈现不同的色调和景致的同时，似乎在要求诗人们用相应的言语对其加以描述。

每个诗节均以定冠词“The”（那）开始，狄金森将诗中所提及的意象特定化，以此将各个诗节连接在一起：“那色调”“那光彩”“那……排列”“那……瞬间”“那风景”“那……恳求”。那景致渴望被人知晓，那夏天希望被诠释，那俏皮的冬日渴望有人揭开她冰雪朦胧的面纱。爱默生在《自然》（1836）的第四章中曾说过：“每一个自然事实都是某种精神事实的象征”，而狄金森渴望通过直觉感知存在于自然现象中的精神事实。当“主宰”（Dominion）的时刻降临，诗人感觉她已然知晓了大自然所隐藏的秘密，但随着那种独享特权的幻觉消退，“主宰”的感受稍纵即逝，诗人于是陷入了一种精致的“怅惘”之中（Discontent，与 Dominion 一词押头韵）。大自然的神秘尚未揭露，其秘密也没有被昭然于众，所有的一切都是不可知的，“邈远的”“不可触知的”。大自然向诗人说道：“看看你能不能捕获这个色调吧！”然后便让各种颜色“招摇”地出现在天空中。而原本对诗人而言极富乐趣的挑战，却以诗人“被蒙骗的双眼”结束。

狄金森该如何回溯这种逐渐加深的挫败感，又如何表达自己在这个过程中感受到的一点一滴，使它们在读者看来是可以理解、可以信服的呢？毕竟读者未必有机会能和作家一样，绞尽脑汁地想要用恰当的语言来描绘无形自然时所感受到的折磨。因此，狄金森以寓言的方式，将心灵与自然竞赛过程中的体验，与人际交往中种种暗流涌动的情形联系起来，使读者通过自己的切身经历理解诗人的感受。

对于诗人在描绘自然时所感到的无力这一事实，狄金森首先是充满感激的。她对大自然得以保守它最好秘密的能力感到喜悦，“我捕捉不到的色调－最美－”，狄金森如是说道，她希望有些东西能够不被人类利用。正如她（在诗歌中）说过“发表－是拍卖／人的心灵－”(*788)，她同样认为，如果自然中最好的色泽沦落到被商业化，被放到迎合富人志趣的“巴扎”上展示（甚至是出售），是一件令人反感的事情（英国的高档品商店曾经以“基尼”定价，其价值等同于一磅又一先令，与普通的英镑、先令和便士不同）。

然而很快，诗人的争强好胜的本性被激发出来，她力图挖掘被自然隐瞒起来的秘密，渴望自己获得“主宰”的瞬间，她甚至感觉自己在和自然的较量中，已经不止一次占了上风。在与大自然的这场比赛中，狄金森发现自己同惠特曼在《自我之歌》中处于相似的境地。惠特曼与日出相遇，“那时我头上升起了在东方涌现的挑战／用嘲讽的口气笑说，看你还是否做得了主人！”[①]惠特曼从自己身上“升起”他的对手日出，从而在那一刻占据了“主宰”地位，但狄金

① 见《自我之歌》第24部分，参考《草叶集》，赵萝蕤译。

森在此处却无法维持这种“主宰”的瞬间。那些时不时出现的胜利瞬间，并不是以诗人为媒介发生的：这些瞬间发生在灵魂之上（happen on），而不是冲着灵魂而发生（happen to），[①]就好像这些在宇宙中自由漂浮的瞬间偶然在灵魂上点亮。而在狂喜之后，随着这些“主宰”时刻的流逝，狄金森的感受，有如夜莺离开济慈时一般，凄凄冷冷。这样的分别，往往是一种情色交融的悲伤，是一种“微妙”的不满，让人更加渴望得到补偿，渴望重归狂喜之中。但是，这样的渴望是不会得到回应的。狄金森为了给自己的渴求找借口，便声称自己希望与自然融合的渴望，实际上是自然在强烈要求自己对它有所回应。诗人感觉自己像个磁铁，四季受到她的吸引，如同爱人般匆匆朝她赶来，一个娇羞的小鹿乱撞，一个轻轻向她恳求，另一个古灵精怪，遮掩在“薄纱”之后。但当狄金森靠近它们时，它们却又走开，先前的引诱不过只是对诗人的嘲弄。

大家想必对这种情欲上的失望并不陌生，情爱双方中欲望更强烈的一方的不安与失落，大家或多或少都有所感受。二者中更“热切”的一方，必须时刻“按住”秘密的爱意，那“突突前冲 / 如战车－在背心里－”的感情。这个情色的比拟，反映了诗人在看到大自然的秘密时的感受，这种强烈的“突突前冲 / 如战车－”的感受，渴望在激烈的言语中得到释放。读者了解求爱过程中的羞怯，就像女人将自己的“神秘”隐藏在婚礼的“薄纱”里面。那些不得去探寻神秘的“松鼠们”，是被拦下的自然生灵，以便新娘能安然等候新郎。

埃及艳后克里奥佩特拉招摇的侍驾以及他们身着的绚丽色彩，在诗人失去“主宰”的“怅惘”中，变成了“雪”的空洞无情的“玩笑”。狄金森如今既感受不到（风景中的）热切，也感受不到（夏日的）恳求，而只能感受到反复无常的大自然早有预谋却不可探求的

① 为了传达出“happen on”这个短语的言外之意，中译本选择了“临降于”，而不是“发生于”。

本质。狄金森（在大自然慷慨给予之时）对诗人无力描绘自然而感到庆幸，如今（大自然变得吝啬）她原有的庆幸之感变成了一种怨恨。诗歌的最后一节，不再以定冠词“The”（那）开始，而是以复数的“Their”（它们）开头。在本节诗歌中，自然的种种表现、诗人已逐一列举的种种“姿态”，被证明是不存在的，因为自然的存在方式是“不可捉摸的”。而人类的眼睛，在易变的大自然面前，显得无能为力。诗人如果要跳出在大自然中时而狂喜时而失落的怪圈，那么她唯一剩下的选择就是主动脱离自然，以高傲回应高傲，在墓中阖上自己“被蒙骗的双眼”。但在那之后又如何呢？会有“另一种方式－去看－”吗？狄金森仅仅向我们展示了一种无法确信的前景，她不能肯定“另一种方式－去看－”确实存在。“神为爱他的人所预备的，是眼睛未曾看见，耳朵未曾听见，人心也未曾想到的。”[①]这些承诺既见于《旧约》，亦见于《新约》，对此，狄金森了然于心，但她却无法证实。

本诗的诗节均采用了意义丰富的押韵。“邈远”（remote）之物“一眼”（sight）无法看见；“眼”（eye）看向色彩斑斓的“天空”（sky）；“灵魂”（Soul）遭受的挫败，不可“言喻”（tell）；被“按住”（repressed）的东西藏于“背心”（Vest）；因为“雪”（Snow）的所作所为，松鼠无法“知晓”（Know）；而被欺骗的“双眼”（Eye），无法“看”（see）清这个世界，甚至可能也无法看清一切。

［J 627］

① 见《哥林多前书》（2：9），圣保罗引用《以赛亚书》（64：4）。

700 我读信的方式 - 如此这般 -

我读信的方式 - 如此这般 -
首先 - 我锁上房门 -
接着 - 用我的手指按住 -
以确保运送成功 -

然后我走到房间的尽头
以抵消敲门的干扰 -
然后我取出我小小的信
缓缓地拆开封条 -

然后 - 细细地打量墙壁 -
再来打量地板
以确信没有一只老鼠
之前没被驱赶 -

精读细审我如何无限
对于那个 - 非你所知者 -
叹息缺少天国 - 但并不是
那个上帝所赐的天国 -

狄金森欢快的叙述，通过“接着”“然后”等词语展开，这与她的另一首诗《心－首先－请求快乐－》(*588) 有异曲同工之妙。这是一种通用的梯式结构，诗人可以在不同的梯级之上一个接一个地放置任何事物。在《心－首先－请求快乐－》一诗中提出的最后一个请求，(为了营造悬念) 是最长的一个请求，在本诗中，诗人读信的最后一个动作，也比其他动作占据了诗歌更多的空间。为了阅读一封来自她心爱的密友的信，诗人做的第一件事情是最为简短的，即“锁上房门”。她接下来的三个动作均是通过两行诗歌进行描述的：她确保信件的运送，从门口离开，拆开信封。在这三个初始动作完成之后，诗人对之后行为的描述，从每个动作两行诗扩展到每个动作6行诗，尽显滑稽之态与欣喜之情，是诗歌最亮眼之处。展现欣喜之处在于诗人在“精读细审”这一方面是“无限”的，然后她转而对读者说道：“对于那个－非你所知者－”。

诗歌开篇，诗人便把读者当成自己的密友，让他们来到连家人都不允许进入的地方，来到她锁上房门的房间之内，而诗歌这真情流露的自白模式却被这突如其来的羞怯给打破了。狄金森不让家里人知道信件的存在，尽管如此，她仍希望为自己“风情万千”的戏码找一名观众，但这位观众不是一个亲密的观众，而是一个不带个人色彩的观众。被引诱的读者必然会对这种羞怯感到不耐烦，但迎接他们的却是更加自闭和拒人千里之外的姿态，诗歌的最后两行，重复了前14行中的模式，诗人对读者再次发出邀请却又再次拒绝进一步的亲密。

狄金森在诗歌结束之时向读者坦白：“当我读完这封信时，我叹息缺少天国。”为缺少天国叹息是赞美诗和宗教诗歌中常见的惯例，19世纪的读者通常会期待这样一种结尾，即对渴求的天堂圣地耶路撒冷的召唤。然而诗人却微笑回首，既否定了读者期待的宗教式结尾，也否定了一个较为世俗的替代，即“与爱人相伴即为天堂”的结局。诗中两次拒绝与读者建立亲密的关系，相互呼应。诗

人于是接着将话题引向“我”，

精读细审我如何无限
对于那个－非你所知者－
叹息缺少天国－但并不是
那个上帝所赐的天国－

若不是诗人也取笑自己故作神秘的行为，她的种种回避之举必然会使人恼火：在她如庇护所般神圣的房间中，她必须将世俗的入侵一一驱逐，甚至不能放过一只老鼠的侵扰。只有经过一系列近乎荒谬的谨慎检查，在不厌其烦地审查自己站立地面的每个部分之后，诗人最终得以“确信”，没有一只老鼠还在四周徘徊，她于是才能开始“精读细审”她的信。如果她、诗人连一只不会说话的老鼠都信不过，那她怎么可能会和她的同伴敞开心扉呢，即使这个同伴是她自己邀请到房中来的。狄金森在锁上房门之后，对自己展开的一系列不厌其烦的检查行为进行的描述，都是她在小心模仿从第1到第3诗节的声韵：“Door…sure”（房门……成功）；“floor…before”（地板……驱赶）。

这首颇富戏剧性的诗歌，是狄金森最受欢迎的诗歌之一。每一个曾经秘密通过信的人，必然对狄金森的一系列行动了然于心，他们也像诗人一样享受着小心不让信件被家中人探知的罪恶的快感。但是，这样的一个秘密却渴望被人知晓，而缺少一位青春期分享秘密（有时只分享一部分的秘密）的“好朋友”，狄金森于是将看不见的读者请入自己的房间，他们成为比老鼠更安静更低调的听众。不过，有两件事是她必然不会做的，那就是透露来信者的姓名，以及袒露她最终的渴望。

这首诗歌的前提是荒谬的，诗人读信的步骤甚至和举行宗教仪式一样复杂，每一步行动都受到了严格的规定，并且执行过程越来越复杂。首先，为了保密起见，这封信已经被诗人塞入口袋或者藏到了衣服里；但是，尽管在锁上房门之后，诗人仍要用“手指”“按住”信件，检查藏在身上的信件，能安然度过被“运送”到房间“尽头”这一满布危险的长途。到了房间最远的角落之后，诗人并不是简简单单地就把信件拆开，她必须打开信上的“封条”，就好像打开一个装满贵重物品的保险箱一样，如此，她便需要更多的时间了，因为她要“缓缓地”解锁。紧接着，她对“墙壁”和“地板”的仔细观察，是两个分开而明确的动作，并且两个动作都配有副词进行描述（尽管它们共用同一个副词）：在她开启信封之前，她必须“细细地打量墙壁－/再来打量地板”。我们可以想象得到一种滑稽的结果，这个结果是诗人对她正模仿的神圣仪式的一种谐谑，如果庇护所中有一个异教徒或房间中有一只没被赶走的老鼠，那么她是绝不会看信的。

然而，尽管上述的诗歌都充满了喜剧元素和诗人的自我嘲弄，但诗歌中有一处却不是单纯的喜剧能涵盖的，那就是精读细审，狄金森和别人比起来是多么“无限”。狄金森的感情深切，她对自己喜爱的男人的依恋是终生不渝的（比如她的“导师”本杰明·牛顿和她父亲的朋友奥蒂斯·洛德，以及其他她可能喜欢的男人，如查尔斯·沃兹沃斯）。对于狄金森而言，她心爱的这些男人是“无限”的。当她的“导师”去世时，狄金森对希金森说道，“死亡就像我能对付的暴民一样——当时”（L265）；并且狄金森在查尔斯·沃兹沃斯去世很久之后，还继续给她从未谋面的沃兹沃斯的家人写信。她认为，一个人在将死之际最需要的东西，就是能够确信自己对于某人而言是“无限”的，对这个人而言，在你死后，所有的颜色都会从彩虹中消失。她心爱的男人，不仅会感受到来自一位悲伤的“朋友的悔恨”，还会感受一些更具毁灭性的东西，就像狄金森在《将死之人所需不多，亲爱的》（1037，J 1026）中所描绘的：

将死之人所需不多，亲爱的，
一杯水足矣，
一朵花那不唐突的面容
装点了墙壁，

一把扇，或许，一个朋友的悔恨
还有确信那个人
见不到彩虹中的任何
色彩，当你离去－

人所“需要”的东西，狄金森首先列举的是一些很小的物品：一杯水，一朵花，一把扇；诗人之后提及的东西重要程度更高，即一个朋友的悔恨；然而她所提到的第三件东西是无限的，那就是能够意识到自己对于另一个人而言就是生命本身。“那个人”并不在你的床边，但你从不怀疑他对你的忠诚，也深信他在你死去的时候会为你感到悲伤，甚至在他眼中，彩虹都失去了颜色。对于狄金森而言，精读细审一封来自一位将你称为他“无限”的另一半的人，这件事并不是一个喜剧。狄金森将自己的感情生活以及她的大部分诗歌，都赌在“无限”关系的可能性之上。她在《我读信的方式－如此这般－》一诗中，低调地处理诗歌中的感情，从幽默的自我嘲弄到卖弄风情，以此保护自己无限的爱不受家庭、喜剧以及老鼠的侵扰。

[J 636]

706　我活着不能跟你一起－

我活着不能跟你一起－
那将是生活－
而生活在那边－
在架子后面

钥匙由执事掌管－
里面摆放着
我们的生活－他的瓷器－
像一只杯子－

被主妇丢弃－
古怪－或破损－
新的赛福乐讨人喜爱－
旧的满是裂痕－

我死去－不能跟你一起－
因为一个必须等着
为另一个阖上目光－
而你－不能－

我－怎能站在一旁
看着你－僵硬－
而不行使我冰霜之职－
那死亡的权柄?

我升天－也不能跟你一起－
因为你的面容
会扑灭耶稣－
那新的恩典

发着光－平淡而陌生
对于我想家的双眼－
除非你的光比他的近
闪亮在我眼前－

他们会如何－审判我们－
你曾侍奉天国－你知道，
或曾勉力为之－
而我不能－

只因视线被你浸满－
我没有多余的眼
为那污浊贪婪的美德
如天堂这般

你若沉落，我也会－
哪怕我的名
无比嘹亮

在天国的声名册上－

你若－得救－
而我－被定罪
到一个没有你的地方
那本身－于我就是地狱－

因此我们分离着相会－
你在那里－我－在这里－
只是一道微开的门
却是重洋－和祈祷－
和那白色的维系品－
绝望－

I cannot live with You -
It would be Life -
And Life is over there -
Behind the Shelf

The Sexton keeps the Key to -
Putting up
Our Life - His Porcelain -
Like a Cup -

Discarded of the Housewife -
Quaint - or Broke -
A newer Sevres pleases -
Old Ones crack -

I could not die - with You -
For One must wait
To shut the Other's Gaze down -
You - could not -

And I - Could I stand by
And see You - freeze -
Without my Right of Frost -
Death's privilege?

Nor could I rise - with You -
Because Your Face
Would put out Jesus -
That New Grace

Glow plain - and foreign
On my homesick eye -
Except that You than He
Shone closer by -

They'd judge Us - How -
For You - served Heaven - You know,
Or sought to -
I could not -

Because You saturated Sight -
And I had no more eyes
For sordid excellence

As Paradise

And were You lost, I would be -
Though my Name
Rang loudest
On the Heavenly fame -

And were You - saved -
And I - condemned to be
Where You were not
That self - were Hell to Me -

So We must meet apart -
You there - I - here -
With just the Door ajar
That Oceans are - and Prayer -
And that White Sustenance -
Despair -

这首令人心碎的诗作，其“古怪－或破损”的音步（我们将会看到，它比表面所见更值得细察），可以用前两行的彻底断裂加以测量：“我活着不能跟你一起－”（地狱在左）和“那将是生活－”（天堂在右）。这断裂象征着诗人无法调和的两难困境多次发生，虽然断裂的规模参差不齐。发生在两行之中的断裂，除了这前两行之外，还有不同的变体，比如：“我死去－不能跟你一起－”；“你若－得救－/ 而我－被定罪”。此外，还有断裂为4行的例子：

我－怎能站在一旁

看着你 - 僵硬 -
而不行使我冰霜之职 -
那死亡的权柄?

最后一个断裂，最可怕的断裂，出现在同一个句子里:“你在那里 - 我 - 在这里 - ”(三个小短线加重了间隔)。

可是，这“古怪 - 或破损”的音步，听起来却似曾相识，不像在页面上看起来那么突兀。如果合并为两行，规范一下标点符号，忽视首字母大写，就可以看到下面的句子:

I cannot live with You; it would be Life,
And Life is over there behind the Shelf
The Sexton keeps the key to, putting up
Our Life, His Porcelain, [x] like a cup
Discarded of the Housewife, quaint or broke,
A newer Sevres pleases, old ones crack.

总之，除了第4行少了一个音节之外，我们完全可以说，狄金森写了一首五音步抑扬格的诗歌，只不过她把它断开了，采用了约翰·肖普陶所称的“逆向分行”，五音步被划分为三音步和二音步。这首诗的大部分结构都是如此，甚至不规则的（显然步入绝望的）最后一节也是如此，如果重写的话，就成为3个五音步诗行:

So we must meet apart, You there, I here,
With just the Door ajar that Oceans are,
And Prayer and that White Sustenance, Despair.

若是按照五音步来读，就会泯灭这首诗的情感动荡。不过，这种不规则（3－2－3－2）中的规则性，让我们看到，狄金森的脑子里不知怎么会装着五音步（事实上她终生都在逃避着五音步，这种从乔叟以来英诗中最常见的音步，其努力逃避的程度是令人震惊的）。她以她短小的诗行迫使我们在五音步的中间做一停顿。规则的五音步可以或经常在这里停顿，但它们一般仅仅以句子中间的标点符号来表示停顿，而不是大张旗鼓地把句子分开。以莎士比亚为例，如果把他的诗行按照狄金森的句法来排列，就是下面的样子：

睡眠－也许要做梦－
这就麻烦了－
我们一旦－摆脱了
尘世的牵缠－
在死的－睡眠里
还会做些什么梦－
一想到就不能不踌躇－①

To sleep - perchance to dream -
Ay, there's the rub -
For in that sleep - of death
What dreams may come -
When we - have shuffled off
This mortal coil -
Must give us pause -

所以，狄金森的耳朵里带着五音步的记忆，但她发明了一种断裂的音步，跟她断裂的主题相配；这音步经常过于"摇晃不稳"，让我们

---

① 参考《莎士比亚悲剧四种》，卞之琳译。

无法以3-2-3-2的节律加以划分：

They'd judge Us - How -	2
For You - served Heaven - You know,	3
Or sought to -	1
I could not -	1（或 2)
Because You saturated sight -	4
And I had no more eyes	3
For sordid excellence	3
As Paradise	2

这些是不规则的悸动的心声，摇摇欲坠，失去了平衡。

狄金森的叙事情节并不复杂：她最渴望的结合遭到了禁止，因为她所爱之人侍奉天国，或至少努力如此，而她不是信徒。她如此亵渎神明，竟然说，她和她的爱人若一同升入天国，他的脸会“扑灭”耶稣的尊容。耶稣说：“我是世上的光。”［《约翰福音》(3：19)和（9：5)］，但狄金森对此根本不以为然。天国的“新的恩典”对她而言似乎平淡而陌生，“除非你的光比他的近／闪亮在我眼前-”。任何让她与爱人相互隔离的选择对她而言都是厄运，对此，她将做出何种反应，她逐一列举，直达对立的绝壁——她无法侍奉天国

只因视线被你浸满-
我没有多余的眼
为那污浊贪婪的美德
如天堂这般

“Sordid”是狄金森此诗中最有趣的词，它有多重字面意义和比喻

意义。在《牛津英语大词典》的引文中，其隐含意义异常广泛。狄金森的1844年版《韦伯斯特词典》，首先提供了它的词源［拉丁语 *sordes*，“*filth*”（肮脏）］，然后列出了以下词义：

> Filthy（肮脏的），foul（污秽的），dirty（脏的），gross（丑恶的）；Vile（卑鄙的），base（下贱的），mean（卑贱的）；Meanly avaricious（狭隘贪心的），covetous（贪婪的），niggardly（吝啬的）。

狄金森笔下的“Sordid”暗含了以上全部词义：跟她的爱人的光辉的面容相比，天堂污浊肮脏；跟他的美德相比，天堂是卑劣的；因为天堂想扣留她的爱人，它是狭隘贪心的。在后来的一首诗作《藐视的翅膀》（1448，J 1431）中，狄金森以“sordid”（肮脏的）形容“肉体”，或许她回想起哈姆雷特的话“但愿这太过结实（solid）的肉体融化了”，当然，把肉体贬低为肮脏之物是基督教修辞中的套话。可是，在这首诗里，狄金森不会接受基督教的立场。在她看来，丑恶而卑鄙的是天堂而不是肉体。

以狄金森的一贯篇幅来看，《我活着不能跟你一起 –》（50行）算得上是一首长诗，其长度是由一而再的尝试造成的：她试图抗拒断裂，但终归失败。诗歌中有一条连绵流动的意识，但破碎的音步与之对抗，可是，诗节之间的逻辑是清晰的，甚至有一种均衡对称的结构。前3节是一个序幕，教堂执事（一个低等的上帝形象，甚至比随后出场的家庭“主妇”还要低微）认定这两个生命（她的爱人和她本人）没有价值。他没有提供什么理由就抛弃了他们，任由诗人自己徒劳地推测（或许她和她的爱人过时了、破损了或旧了）。序幕之后，狄金森连用3个诗节（每节4行）来解释“我活着不能跟你一起 –”，随后两个诗节用以解释“我死去 – 不能跟你一起 –”；然后用两个诗节解释“我升天 – 也不能跟你一起 –”。

虽然内容是断裂的，音步明显是破损的，但分离的逻辑让诗歌平稳推进。随后的两个诗节处理两个恋人的宗教对立；下面的两个诗节沉思“你若沉落”“你若 - 得救 - ”。一系列逻辑上的排斥和禁止就像普洛克拉斯提斯的床一样，严苛而僵硬，可是狄金森用强劲的词语激活了她的诗作。她宣称“我冰霜之职”；天国的恩典“闪亮”（她让它得到它应得的），但以一种“平淡而陌生”的方式；“视线被浸满”；天堂不过提供了“污浊贪婪的美德”；（回望弥尔顿的“撒旦”）“那本身 - 于我就是地狱 - ”。

那么，在逻辑阶梯的尽头，狄金森将如何结束这首离别的诗作呢？我们惊奇地看到，她允许两位注定分离的爱人跨距离相会，但依然让他们保持分隔：“因此我们分离着相会”。她和她心爱的人［像《我为美而死 - 还未等》（*448）中的“同族兄弟”］分在两个房间。它们之间有一道微开的门（就像“同族兄弟”之间的那道可以被声音穿透的墙），可是那道门宽如“重洋”。在两个不同的大陆上，虽然分隔着，但两个恋人仍能以爱“相会”。那么，在这种隔绝之中，他们每个人还剩下了什么？

最后的四行诗，如果按照规则的方式排列，相当于6行（或3个五音步诗行，如我上文所说）。可是，前面的四行诗节中那种冷峻的逻辑和对称在这里都破碎了。前两行从音节来看是“规则的”（六音节和四音节），可是第2行中的小短线阻止我们把它读作一个简单的二音步：“You there I here”（你在那里我在这里）。它几乎可以读作一个四音步，每个词都自成一个重音；或者读作一个三音步，“You there”代表一个音步：

ˊ ˊ ˊ ˊ
You there - I - here - （四音步）

ˊ ˊ ˊ
You there - I - here - （三音步）

“With just the Door ajar”（只是一道微开的门）与“So We must meet apart -”（因此我们分离着相会）一样，都是规则的三音步，可是，“That Oceans are - and Prayer -”（却是重洋 - 和祈祷 - ）和“You there - I - here -”（你在那里 - 我 - 在这里 - ）一样，却无法读作规则的抑扬格三音步。“［A］nd Prayer -”是一种事后反思，只能读作：“我们分离之时，靠什么来维系它？祈祷。”而且，最后两行也无法合并为一行。狄金森把“祈祷”委派给她的爱人，然后她问自己：“囚禁中的我能找到什么来维系生命呢？”可怜的是，这食物无色无味，一成不变，它就是“白色的维系品”。只能当她做了这样的描述之后，她才得以给她的日常饮食一个名称（反思之后），它叫作“绝望”。即便两个恋人“分离着相会”（一种悖论），可他们精神上依然是断裂的：由于他的基督教希望和她的亵渎神明的绝望，正是这一点让我们在生前也只能分离。正如《心 - 首先 - 请求快乐 - 》（*588），《我活着不能跟你一起 - 》也是一首苦难之作，在一种逻辑上的两难困境的驱动下，两个恋人被强行拉扯着，彼此间的距离越拉越远。

［J 640］

708　他们让我们彼此远离－

他们让我们彼此远离－
如此隔绝，就像海洋
与她未经播种的半岛－
我们示意“看得见”－

他们夺走了我们的眼睛－
他们用枪来阻挠我们－
“我看得见你”，回应畅通
经由电波信号－

地牢－他们设计打造－
可是哪怕最强硬的手段－
和最密不透风的磐石－
我们的灵魂－照样看得见－

他们召唤我们去死－
带着甜蜜的快意
我们钉牢的脚依然站立－
处决－只是为了－相见－

有机会认错－
有机会悔过－
我们转身背对太阳
对背叛不屑一顾－

我们谁也没－留意死亡－
只知道－此即天堂－
彼此的脸庞－就是整个圆盘
将彼此的陨落－见证－

狄金森延续了诗作《我活着不能跟你一起－》(*706) 中的分离叙事并有所变化。危急时刻，这对恋人被关在彼此隔绝的地牢里，由重兵把守，等待着处决的降临。全诗开篇，二人间的距离就像大海与离他最近的陆地——没有人烟、“未经播种的半岛”——那般遥远。半岛渴求海洋，竭尽全力用它的隆起向它伸展着，但这份对大海的憧憬破灭了：陆地和海洋依旧是互相分立的两片区域。尽管遥不可及，可这对恋人却“表示”他们能够看见彼此。酷吏挖出了他们的双眼，用枪支加以威吓；这对情侣则发明了“电波信号”(心灵感应的某种符码)，借助存在于灵魂中的心灵之眼相互回应。施刑者采取“最强硬的手段”，用花岗岩墙壁（“磐石”）打造地牢，但被墙壁阻隔的恋人仍如未曾分离一般能强烈地感受到彼此。最后，处决的命令下达，这对恋人在行刑地愉悦地重逢。钉子缚住了双脚，根据字面义理解他们被判处死刑，但他们带着“甜蜜的快意”面对处决，因为这也宣告着他们将迎来那份重新见到彼此的无上欢喜。如果二人供认莫须有的罪名，或是答应改过自新，狱卒就将网开一面，但他们对这些被施舍的机会不屑一顾，对见不得阳光的背叛之举嗤之以鼻。被处死时，他们沉浸在由重逢时刻带来的“天堂”幻景中，甚至忽视了死亡的迫近。他们化身为一对落日，互相见证了对方的陨落，彼此心爱的脸庞是闪耀的圆盘，即将隐没于无边的黑暗。

最美妙的诗行在结尾出现，此处“彼此”的反复使用分开了这对恋人，却又使他们在生命的落幕时分紧密相连。当他们陨落时（setting，沉重的“陨落”之意在结尾处被头韵“s”的滑动效果缓和），两个圆盘映照出了彼此。直到（作者）在最后一节专注于书写恋人的赴死之前，这首诗都由“他们”（施刑者）的野蛮举动和“我们”（恋人）的坚定回应之间的拉锯构成。“他们让我们”（远离），但“我们示意”（并非如此）；“他们夺走了我们的眼睛 - / ［并］阻挠我们”，但（我们）“回应畅通”；“他们召唤我们”，但“我们站立”（不动）；［他们给予］我们认错和悔过的“机会”，但“我们却转身背对”。经历了此番斗争，施刑者彻底消失了。最后一节从头到尾都让这对恋人专注于彼此，以至于他们（乃至诗歌自身）甚至没有留意到刽子手或死刑的执行。

由于狄金森令这场角力中的各个要素变动不居，我们需要下一番功夫才能认识到：她在6节诗中的5节都强调了“seeing”（看得见），无论是眼睛所见还是灵魂所见，而这就即刻凸显出第1节中使“Sea”（海洋）与“see”（看得见）同韵的重要意义。［第4节也出现了押韵词：“alacrity”（快意）与“see”（看得见）。］在第2节里，它表现为“I see Thee”（我看得见你）；第3节有“Our Souls saw -”（我们的灵魂……看得见 - ）；在第4节，这对恋人将被处决，从而得以相见（“Condemned” to “see -”）；最后，在第6节，狄金森把“saw -”放在了最重要的位置——全诗的最后一词。在唯一没有写恋人“相见”的诗节里，他们转身背对太阳，意在表明他们对背信弃义之举不屑一顾。

狄金森把虚构出来的爱人比作太阳，这也赋予另一首表达她内心悸动的诗作《他的火涌入我的小火炉》（703，J 638）以新的活力，她在诗歌中热情欢迎爱人的到来。她努力为他的存在命名——火、光、日出、天空、正午、白昼：

他的火涌入我的小火炉－
我的房子通体灼热
扑闪，摇动，因突来的光－
那是日出－那是天空－

被列名，非因短暂的夏日－
亦无衰败的限定－
那是正午－没有黑夜的消息－
不，大自然，那就是白昼－

狄金森想到了并且重估了《启示录》（22：5）对永恒白昼所做的预言："不再有黑夜；他们也不用灯光、日光，因为主神要光照他们。"爱人的现身带来了火焰，这使她处在永恒的白昼中，再也不需要"小火炉"了。通过《他们让我们彼此远离－》一诗，我们得知，"白昼"的胜利与悲惨的结局相伴：悲惨是因为这对恋人死了，但胜利则是因为他们都化身为太阳，哪怕只是落日。恋人们带着"甜蜜的快意"赴死，因为他们将再次出现于彼此面前——这是全诗最动人的一句，但比起暗示希望的延续，诗歌则承载了更多内涵。它想突出这一对落日——他们对称的脸庞呈现出几何的完美——的高贵对视，他们彼此传递最后的信号，散发出的光芒交相辉映。

［J 474］

729　支架辅助房屋

支架辅助房屋
直到房屋建成
然后支架被撤下
自足，坚挺，
房屋自我支撑
停止回想
钻头[①]，还有木匠－
正是那一种过往
让生命完满－
一种往昔，木板和铁钉
以及漫长－然后脚手架落下
确认它，一个灵魂－

诗歌的前5行描绘了房屋建造过程中最重要的事件：完工，此时，建筑四周的脚手架可以拆掉了，房屋可以靠自己立起来了。在这个初次独立的光荣时刻，房屋“停止回想”搭建之初它的塑造者们——木匠和那些使它备受折磨的工具。为了完成这首诗，狄金森借鉴了（正如我们将看到的，以她自己的方式）耶稣寓言的程式

① 钻头（augur），一般指“预言家”“先知”，但根据狄金森语料库，又可以把它理解为装修工具“钻头”。

(抽象的X如同具体的Y)，例如，芥菜种寓言［《马太福音》(13:31—32)］:“他设了另外一个比喻对他们说，*天国好像一粒芥菜种*，有人拿去撒在他的田里。这是一切种子里最小的，等到长起来，却比各样的菜都大，而且成了一棵树，空中的飞鸟来了，在它的枝子上搭窝。”(斜体字为作者所加)狄金森的成长寓言与此类似，但不同之处在于耶稣以“精神上的现实”——天国——开始，随后指出其喻体是长成大树的芥菜种，狄金森却颠倒了这一顺序。她先写喻体——处于建造过程中的房屋，在比喻结束后，她才（以寓言的形式）引出对照物“精神上的成长”:“正是那一种过往 / 让生命完满 -”。

在狄金森之前思考过“完满生命”的那些诗人认定，在精神实现完满的缓慢过程中，苦难是有价值的。在《乐园》一诗里，乔治·赫伯特不仅将上帝的修枝刀（赫伯特自己也删减着拼写以模仿上帝的“修剪”）看作是获取精神“果实”的手段，而且也是通向审美“秩序”的途径:

我祝福您，上帝，因为我生长于
您的树木中间，成队而立
皆归功于您，果实和秩序。
…………

当您将更大的判决赦免，
只是以您的剪刀修修剪剪，
多产的果树将更加多产。

在致乔治·济慈夫妇[①]的一封精神振奋的日记体书信（1819年2月14日—5月3日）中，济慈说，他要把世界称作“塑造灵魂之谷”，而非

① 指济慈弟弟乔治·济慈与夫人乔治安娜·济慈。

"眼泪之谷"，但他仍像赫伯特一样，指出苦难是将"空白的智力"教化成灵魂的一种方式："我是指'*塑造灵魂*'，灵魂与智力截然不同……你们难道没有发现，一个痛苦和烦恼的世界对于教化智力、塑造灵魂是很有必要的吗？"

狄金森从基督徒和世俗的前辈那里继承了这种惩戒传统，可就像她重新组织了寓言的常见结构一样，狄金森肯定要从中创造出自己的东西。与赫伯特相似，她也以象征的手法描述我们日常生活中的苦难：赫伯特采用的象征物是修理果树的剪刀，她则采用了钻头（一种需要用两只手操作的打孔工具）和铁钉——二者都作用于木板。但她还增加了另一个象征物：起初"辅助房屋"的那些"支架"，可一旦它们变得多余，就被"撤下"或者"落下"。（"支架"在这首诗的两个版本里有两个不同的名字：在版本A中，它们既是第7行的"脚手架"，也是第11行的"工作台"；在版本B中，只有第11行出现的"脚手架"，此外没有其他名称。）正如芥菜种起初微小，慢慢才长大，最终蓬勃茂盛，房屋也是从摇晃不稳逐渐过渡到稳固有力。

《支架辅助房屋》一诗的前5行宣告了一个老生常谈，其平淡无奇的隐喻（"辅助""撤下"）似乎只是形式上的，而非想象力的灵光闪现。读到第5行，房屋能自我支撑了，从这里开始，诗歌变得有趣起来。房屋终于不用再回想它痛苦的过去：钻探其内脏的钻头，用锤子敲击其肌肤的木匠，支撑建筑工人的脚手架（根据《韦伯斯特词典》的定义）。狄金森是创伤后患有抑郁症的专家，她说，房屋现在可以沉浸在自给自足的喜悦中了，它已"停止回想"它曾遭受的苦难了。房屋"坚挺"（erect）意味着外在的完成，而"erect"一词与它的内在完成，也就是"cease to recollect"（停止回想）构成明显的押韵。现在，物质上的象征需要以寓言的方式运用于精神上的生命。尽管房屋一心想要忘记苦难，"停止回想"，然而完满的生命会不由自主地进入时间的洪流之中，成为持续的"过往"。

[retrospect（过往）与 recollect（回想）押韵，同时又与“停止回想”(cease to recollect) 意义相反，这显示出二者间的对立——一个压抑着，另一个却回顾着。] “perfect [ed]”（完满）、“erect”（坚挺）、“recollect”（回想）和“retrospect”（过往）这几个词之间构成了行内韵，这也提醒我们：回顾和回想是生命实现完满的内在要求。

完满的生命在它严酷的“过去”中能看到什么呢？这是一段由木板、钉子和漫长构成的过去。木匠不见了，但他那缓慢的、不断重复的工作——把钉子敲入木板的暴力性伤害，一块又一块，一钉又一钉，贯穿房屋的整个建造过程——被完满的灵魂铭记，每个细节、每块木板和每次敲打都清晰可见。没有记忆的苦难不会给我们任何教益；可内化于心的磨难却“教化智力并塑造灵魂”。在句子的结尾，狄金森选用了最具创伤力的“Nail”（钉子），同时让“Soul”（灵魂）与之押韵。没有前者（钉子），就没有后者（灵魂）。

关于灵魂的精神教育，狄金森做出了总结性的评论，脚手架“落下”，如同先前它们被“撤下”一样。版本 B 中落下的“脚手架”，在版本 A 中是“工作台”。[①]这意味着什么？在版本 B 里，狄金森对保留晦涩的“支架”一词是满意的，她含糊其词，直到全诗结尾才表明那就是“脚手架”。但她最初使用的“工作台”则暗示了另一重含义：据1844年《韦伯斯特词典》显示，它是指中世纪戏剧表演时所用的舞台，在这个舞台上狄金森也上演着她自己的神秘剧[②]——灵魂受难记。在《我有时让它落下，为一种生机－》(784, J 708) 中出现的“scaffold”指“绞刑架”，执行死刑的地方，那么，在《支架辅助房屋》这首诗里，这个词可能也带有这一层崇高

① 根据狄金森手稿，这首诗共有 A、B 两个版本，大约都创作于1863年。版本 A 里存在着许多诗人用符号“+”标识出来的替换词，Stagings（工作台）即为一例，版本 B 中则没有这种情况。

② “神秘剧“（一译“神迹剧”），指欧洲中世纪一种最主要的戏剧种类，多取材于《圣经》故事。

的意味，因为只有在死亡之际，完美的灵魂才能为它自我完满的回顾工作画上句点。

有些读者在“木匠”“钉子”“脚手架”等意象中看出了作者对“髑髅地”的暗示。狄金森在别处也将自己比作过耶稣［例如，《我曾如此害怕第一只知更鸟》(347, J 348)，她将自己命名为“髑髅地的女王”］。但诗歌中即使真的有这一主题也无关宏旨，因为诗歌本身就算没有它亦能独立存在。毕竟，耶稣的灵魂从始至终都是完满的，若说它经历了建房子那样的发展过程，未免有些牵强。

当脚手架“落下”时，到底发生了什么？尽管多数脚手架都由杆子或者架子支撑着，但仍有一些是被悬挂起来的；被撤下的“支架”倒更像是有杆子作支撑的脚手架。然而，“落下”的“绞刑架”也许暗示了身体的死亡（在诗歌《牧羊人的额头》中，霍普金斯想到了脊椎骨的关节，于是把人称作“由一堆脆弱的骨头组成的脚手架”）。

如诗歌的不同版本所示，狄金森对于在结尾句选用哪一个分词感到犹豫不决。她该用“宣布”还是“确认”呢？房屋成为灵魂，对此，脚手架 / 工作台的落下是“宣布”还是“确认”呢？“宣布”用于权威公告：某个外来者（上帝）可以宣布房屋成为灵魂，就像牧师说，“我宣布你们结为夫妻”。在《它像一个大漩涡，带着刻度》(*425) 里，狄金森曾写道：“判决成立－已（被施刑者）宣布－”。而“确认”一词却不用依靠外界：无须“支架”，仅凭自身，房屋就能确认自己成为灵魂。那些脚手架仿佛知晓，一旦苦难的磨砺结束，完美的灵魂出现，它们的使命便完成了，于是主动纷纷“落下”。

［J 1142］

740　在一个圆柱的自我上－

在一个圆柱的自我上－
多么富足地依靠
在骚乱－或绝境里－
这一种肯定，多么好

杠杆撬不动－
楔子分不开
信念－那花岗岩的底座－
尽管无人在我们一边－

我们足以－成为一个群体－
我们自己－和正直－
而那种集会－并不远离
最远的精神－上帝－

狄金森以个人的正直这个意象展开全诗：这是一根带有花岗岩底座的笔直圆柱。虽然一根柱子是细长单薄的，不像柱廊那般“宽富足”，但以行为而论却是充分可靠的。在古典建筑和基督教建筑中，柱子都很常见，一群柱子组合起来，可以支撑一座庙宇或教堂。一向特立独行的狄金森，不愿成为任何一座教堂的附属部分，刚好在一根柱子身上为她正直的“自我”找到了最恰当的喻体。这其中或许还暗含着典故，涉及早期教会的高柱修士（stylite），居于高柱顶上的苦修者（Stylite 这个词源于古希腊语中的 stylos，意指“柱子”）。

她对这一坚定品质的感激之情通过感叹句式表现出来：“多么富足……/……多么好”。为了加强这种赞美，她借鉴了耶稣的句式节奏［《马太福音》(6：20)］：“要为自己在天上积攒财宝：*天上既没有虫蛀，也不会锈蚀，也没有盗贼钻进来偷窃。*”狄金森在诗中写道：“这一种肯定，多么好 / *杠杆撬不动（它）-/ 楔子分不开（它）*/ 信念 -”。(句中斜体字均为作者所加。）诗歌《那条路被星月照亮》(*1474) 中出现的“神奇的垂线”在狄金森笔下曾与伦理美德相关联，在这里呈现为柱子这种古典形式，以它们一贯的垂直形状出场。然而，这根柱子的底座并非采用希腊的大理石打造，而是以花岗岩为原料：它在坚定的信念中被发现，并且不可动摇。杠杆的作用没有使它松动，嵌入其中的楔子也不能将其分开。这些带有破坏力的工具为抽象的“骚乱”和“绝境”提供了生动的形象。狄金森可能想起了莎士比亚十四行诗中的第55首：

当残暴的战争把铜像推翻，
或内讧把城池夷为废墟，
无论战神的剑或战争的烈焰
都毁不掉你鲜活持续的记忆。①

莎士比亚笔下的“战争”和“内讧”（即“争吵”与“冲突”）变成了狄金森诗里的“骚乱”和“绝境”；但是这根带有花岗岩底座的柱子——同样为“砖石建筑”——却无法被杠杆或楔子连根拔起。

---

① 参考《莎士比亚十四行诗》，梁宗岱译。

在绝境里，无人站在她一边，狄金森孤零零地立着——或者说，她自己是这么认为的，直到她意识到正直与正义者的精神上的“集会”都加入了自己一边，于是，她自己就构成了“一个群体”[①][尽管她一直在以第一人称复数的形式发声，但她所使用的单数的“Ourself”（我们自己）也表明她依然采用“我”而非“我们”的视角来进行写作]。那么，什么东西最接近上帝？是怀揣着无可动摇的坚定信念，与正直和（无形的）正义集结相伴而行的柱子。她最初仅想让一个“同伴”陪同自己，并且还把上帝称作“最远的好人”或者（借自班扬的）“最远的忠诚可信的”，但在诗歌最后的版本里，她却没有把上帝处理成一种具有道德意味的凡人形态。她只是在最后一个诗行里保留了他的名字，就如灯塔一般，为那些正义的人照亮，他们距离最远的“精神”王国“并不遥远”。

全诗结构奇特，每一个新句子都从一个意想不到的地方开始。如果清楚地写出来，这些句子将如下文所示：

> 在骚乱或绝境里，依靠一个柱子的自我，多么富足。（第1—3行）
>
> 这一种肯定多么好，杠杆撬不动、楔子也分不开信念，那花岗岩的底座。（第4—7行）
>
> 尽管无人站在我们一边，但我们就足以构成一个群体，［包括］我们自己和正直，而那种集会［它所在的地方］并不远离最远的精神，上帝。（第8—12行）

显然，这些句子并不服从于四行诗节这一形式的划分。然而，狄金森没有取消它们之间的空白，把这几组四行诗节混放在一起（就像

① 在狄金森语料库中，“Just”（正义）有一个义项指“上帝正义的追随者们”，照应此处“Assembly”（集会）一词对众数的暗示。

她在其他诗歌里所做的那样）。在这首诗中，通过语义陈述和诗节安排之间的“错位”，她召唤残存的独自挺立的“柱子”（除却不可见的集会）以其直线形的“正直”，来对抗以杠杆、楔子为武装的有形群体。句子被划分为不同的组合，它们分别包含3个、4个和5个诗行，暗示了充满美德的灵魂的力量在不断增长。其中，“rely”（依靠）与“Certainty”（肯定）押韵，“Rectitude”（正直）与“God”（上帝）押韵，并非巧合。美德在此似乎是新教个人主义的遗产：一个人伴着信仰、首要的美德“正直”，独自挺立，感到自己归属于那个正义之众的集会。虽然全诗主题直白明确，但它却又因喻体而有所变化。柱子本来就是一种审美的（同时也是实用的）对象；它崇高而美丽，以花岗岩底座为基础，拔地而起，不可动摇。

[J 789]

747　创造一个生命轻而易举－

创造一个生命轻而易举－
上帝做此事－每天每日－
创造－不过是他－
权威的嬉戏

抹掉它轻而易举－
节俭的神祇
几乎不会兴之所至
将永生施予－

已逝的造物窃窃私语－
但他不惊不扰的计划
继续－这里插入－一个太阳－
那里－勾掉一个人－

狄金森以冷淡的笔调描画出一个带有讽刺意味的上帝形象：一个漫不经心的艺术家，根据自己的喜好，创造着，也毁灭着，如此一来，诗人的同情就指向了“已逝的造物”，它们，就好像沙漠中那些心怀不满的犹太人，窃窃私语，抱怨上帝的计划［《出埃及记》(16：2)］：“以色列全会众在旷野向摩西、亚伦发怨言。”上帝乐于做一个随心所欲的艺术家，每天创造新事物。不过，如果他把从前创造的一切都留下，留在他眼前，留在永生里，那么他的生命力[①]和想象力就会受到限制。每天，当上帝放下严格刻板的“权威”，想要“嬉戏”（像一只羔羊似的），他就创造一个生命，像小说家那样。他轻而易举地创造，也轻而易举地抹掉［effaces，也许是一个双关，暗指在“脸”上（on“face”）］，以便为他日后兴之所至的创造节省能量，既然他如此节俭（“节俭，节俭，霍拉旭！”哈姆雷特讽刺地说[②]）。

在狄金森不加美化的观察之下，这就是天堂里所发生的一切。被抹掉的造物——“如此多变，如此美丽，如此新奇”（马修·阿诺德，《多佛尔海岸》）——各自都体现出霍普金斯（继承了邓斯·司各脱）所指称的“存在的个体性”（*haecceitas*），或曰个人的“此性”(thusness)。[③]他们好像还活着，对上帝那漫不经心的处置，还可以表达反抗。但是，上帝对这种抗辩毫不在乎；他的计划，如同行星的轨道，根本不会因为人类的几句抱怨而有所干扰。狄金森将自己的同情以头韵的方式寄于短语“Perished Patterns”（已逝的造物），与代表上帝权威的短语“Perturbless Plan”（不惊不扰的计划）针锋相对。但上帝多了一个首字母“P”，他“不惊不扰的计划”(Perturbless Plan)“继续”(Proceed)，这使上帝在这场头韵的对抗中占据了上风。狄金森还嘲弄了上帝那艺术家式的“兴之所至”，因为他不经意地在这儿插入一个太阳，在那儿勾掉一个人，他对待一个人的态度就好像人跟太阳一样没有感知。诗歌的结尾使用现在分词，暗示上

---

① “生命力”的英文“élan*vital*”，又译作“生命冲动”或“生命冲力”，指生命变化和进化的原动力，是柏格森哲学中的一个重要概念。

② 出自《哈姆雷特》第1幕第2场，朱生豪译作：“这是一举两便的办法，霍拉旭！”见《莎士比亚全集》，朱生豪译。

③ 邓斯·司各脱（1266—1308），中世纪时期重要的经院哲学家，是“存在的个体性”这一概念的提出者。后来，英国诗人杰拉德·曼利·霍普金斯（1844—1889）发现并进一步发展了这一概念。

帝仍在插入这个、勾掉那个，没有止境，而他对自己的嬉戏所造成的后果漠不关心，那些被他勾掉而死去的造物，就环绕在他周围。

这首诗处理宗教观念“天意”（Providence，意指上帝为每一个生灵所做的安排），狄金森使用了一系列首字母为“p”的单词来标记上帝的行为，诗歌的主题顿时一目了然。生命之虚假是一个挥之不去的难题，令狄金森深受折磨。哈姆雷特曾断言：“一只雀子的死生，都是命运预先注定的。”（《哈姆雷特》，第5幕，第2场）[①]这句话来自耶稣［见《马太福音》（10：29）］：“两只麻雀不是卖一个小钱吗？但如果没有你们父的允许，一只也不会掉在地上。”狄金森笔下的上帝一味自我欣赏，其意旨并不在于保护生命，而是无情地玩弄生命。在这一类诗歌里，狄金森把她对上帝的讽刺指向她童年时代的牧师，他们确信上帝无所不能并以天意眷顾他的造物，因而也就接受他允许邪恶与灾难的绝对权力。狄金森展示了这位艺术家般的上帝那漫不经心的“兴之所至”之举，由此也就界定了她心目中的艺术家，一个刚好相反的形象：准确、专注，在爱的驱使下创造想象中的“造物”，一旦成型，便保护他们，决不随意丢弃。

［J 724］

---

① 参考《莎士比亚全集》，朱生豪译。

760　痛苦 - 有一种空白成分 -

痛苦 - 有一种空白成分 -
它无法追忆
何时开始 - 或可曾有过
不存在的时刻 -

它没有未来 - 只有它自身 -
它的无限包含着
它的过去 - 被启悟，以感知
新一轮 - 痛苦。

狄金森当然遇到过这个自明之理：人对出生前的经历没有任何记忆，对最初几年的记忆也是阙如的。她宣称，当下的痛苦“无法追忆 / 何时开始 - 或可曾有过 / 不存在的时刻 -”，这样一来，痛苦与生命就紧密相连了。如果说她回顾过去，无论追溯至什么时候，痛苦都是存在的，那么未来又将如何呢？当她预见到痛苦“没有未来 - 只有它自身 -”时，我们并不觉得惊讶。一旦过去、现在和未来都被痛苦同化，诗歌的作用就真正开启了。狄金森有时扭曲语法，这里，她把形容词“Infinite”（无限的）变为了名词，为“痛苦”创造了生存环境：像上帝一样，痛苦也是一种“无限”（Infinite），并且如他那般居于无限（infinitude）之中。诗歌以神学词汇“无限”

来指称痛苦，于是就带有了摩尼教[①]的意味：痛苦是黑暗之神，它与光明之神处于永恒的冲突之中。尽管在别处狄金森能够在受难中看到一种精神目的，但此处她没有为痛苦提供任何缓冲的理由。它就是如此。

一旦意识到痛苦的“无限”，一个人就“被启悟”了。在狄金森笔下，这个词的出现总是伴随着苛刻的讽刺。例如，在诗歌《我衡量我遇到的每一种悲伤》(*550) 里，受难的悲伤在经历“若干个世纪的煎熬”之后，仅仅“被点醒，转化为一种大痛 -”；或者在诗歌《我玩弄富有》(856，J 801) 中，是“匮乏”“启悟”了贫穷的人。同时代的麦尔维尔[②]在其诗歌《进军弗吉尼亚》中，以同样冷酷的措辞描述了年少无知的联邦士兵是怎样离开家乡，走上战场，如同去参加一场“浆果派对”，而后“死去，受到凌空子弹的凝视的启悟”。严格地讲，我们不能称任何东西为“无限”：我们的思维无法超越自身的局限。但是，狄金森想象出了一种球状的无限之物（与地球的形状相似），它包含着一个由“痛苦”构成的连续的、周期性的莫比乌斯环[③]：“它的无限包含着 / 它的过去 - 被启悟，以感知 / 新一轮 - 痛苦。”如同在其他地方那样，狄金森以“包含”(contain) 的“无标记”形式（不带时态、语气和数）替代了“标准的”一般现在时 (contains)，与没有尽头的时间连续体相配。

这首诗以“痛苦”一词开始，也以“痛苦”一词结尾（根据其主题，它必然如此）。在痛苦的无限之内，当过去初具感知力时，它曾天真地以为痛苦将会结束，可在其所经历的无尽的“启悟”中，它

---

① 摩尼教，公元3世纪中叶由波斯人摩尼所创立，是一种带有诺斯替主义色彩的二元论宗教，“二宗三际论”是其主要教义。简言之，“二宗”指世界的两个本源，“黑暗或恶”与“光明或善”；“三际”指世界发展的三个过程，即初际（过去）、中际（现在）和后际（将来）。

② 赫尔曼·麦尔维尔（1819—1891），19世纪美国最伟大的小说家、散文家和诗人之一，代表作有《白鲸》《水手比利·巴德》等。诗歌《进军弗吉尼亚》发表于1861年7月。

③ 莫比乌斯环，由德国数学家莫比乌斯和约翰·李斯丁于1858年发现。它可以将一条纸带的正反面统一为一个面，形成无限循环。

认识到这种希望是渺茫的。回顾往事，现在它知道了自己最初期待的解脱是多么离谱，因为不管未来拥有什么，都只能被描述为“新一轮－痛苦”。经验对过去进行了“重写”（由此断定此前曾有的希望是愚蠢的），这种重写对其自身而言，亦是一种痛苦的自我调节形式。

至此，我尚未解释狄金森此诗的开头——她声称痛苦有一种空白“成分”。痛苦的其他成分大抵都是可以说明的，但对于这种空白的成分，我们却难以问出个究竟。对狄金森而言，痛苦的这一成分破坏了诗意的圆满：无限理应包含全部的过去，而不仅仅是它的某些部分。她总结说痛苦曾拥有一段过去，这个总结想必是在回溯自己的第一次呼吸。但这依旧无法摆脱不确定性。现在，生命的早期阶段被描述成一种空白，那么它的本质到底是什么呢？这是难以言说的——作者无法在空白上铭刻经验。我们知道，在无限的内部也存在着空白。这个富含美学意义的球体，本应呈现出浑圆的形状，通过“痛苦”一词从两端括起来，把过去、现在和未来一劳永逸地环绕在中间；可它却因人类认知中不可避免的那个瑕疵——“空白”——而无法十全十美。这首诗以“痛苦”一词作为其开头和结尾，似乎塑造出一个浑圆的无限，以隐藏起自身在概念上存在的缺陷，然而，我们没有忘记“空白”。尽管如此，语言却自有一番机智灵巧的技艺，它将所有的时态都卷入无限之中；诗歌所拥有的这种摩尼教的力量，使“空白”得以幸存，这“空白”不仅是内在固有的，在美学上也是必不可少的。

[J 650]

764 我的生命－一杆上膛枪－

我的生命－一杆上膛枪－
立于角落－直到一日
主人路过－认出了我－
把我带走－

于是，我们在至尊的树林漫游－
于是，我们把母鹿追捕－
每当我代他说话
群山即刻应答－

我开口一笑，光芒何等热烈
闪耀在山谷之上－
好像维苏威的面孔
将它的喜悦释放－

入夜－当我们过完美好的白昼－
我守护我主人的头－
那份美妙胜过－分享深陷的睡枕
那柔软的－鸭鹅绒－

他的敌人－就是我的死敌－
谁也休想再动一下－
一旦我锐利的眼睛瞄准－
或强劲的拇指一搭－

尽管我可能比他－活得更久
他却一定活得－比我更长－
因为我只有杀戮的权力，
却没有－权力死亡－

这首生动而神秘的诗作引发了不少评论，五花八门，不适合在这里逐一介绍。简言之，有些人认为狄金森赞成这杆枪的所作所为，另外一些人则持相反的观点。狄金森竟然采用第一人称，化身为一杆上膛枪，而这杆枪不仅有杀戮之力，而且还对此大吹大擂，这一切让一些读者感到难以接受；不过，狄金森确实有可能以隐含的方式表明，她具有强大的杀伤力，正如她在此诗里所描述的“维苏威的面孔”。

这杆枪和“主人”的关系也是众说纷纭。所有人都同意，枪自身（虽然子弹上膛）是没有行动力的，要等到主人过来把它带走，而此前，这杆枪只是“立于角落”，闲着不动。这位主人宣告他有权带走这杆枪，因为他“认出”了它，从那天起，这杆枪欢欣自得地跟主人在一起。诗歌的大部分篇幅都跟二者的共同生活相关，主要描述了主人和这杆枪的活动：有时去树林漫游，有时猎鹿。这杆枪能代表主人“说话”，但也能按自己的意愿“开口笑”；夜里，枪不跟主人分享枕头，而是保护他的头。至此，叙述合情合理，清楚明了。不过，其含义却并非如此。有人质疑主人和枪的所作所为（猎杀）在道德上是否可以接受，抑或只是被狄金森表现得如此。狄金森把自己想象为哪一个角色，枪还是主人？抑或是一个象征性的角色，或二者兼有？

最后两个诗节提出的问题更加棘手。从语法上看，这杆枪突然独立采取行动：它“锐利的眼睛”瞄准了主人的敌人，它发射时，搭上了“强劲的拇指”。诚然，它只杀戮主人的敌人，可是这杆枪对它精湛的瞄准技能颇为得意，跃然纸上：“谁也休想再动一下－”——若是被这杆枪射中。

最后一节像一个谜语。这杆枪或许比主人活得长久，从自然生命来看，这样说没错；可是，枪无法杀死自己，虽然它可以杀死别的东西。这杆枪说，主人一定比我活得更久，因为我无法承受眼睁睁看着他死却不能自杀陪他同去。狄金森在《倘若任何沉落》(616, J358) 中写道：“死亡取消了杀戮之力”。若要确保主人比枪活得更长，只有一个办法：在他死去之前毫不留情地把枪杀死。我们此前在《我活着不能跟你一起－》(*706) 里，已见过这样的表述：

我死去－不能跟你一起－
因为一个必须等着
为另一个阖上目光－
而你－不能－

我－怎能站在一旁
看着你－僵硬－
而不行使我冰霜之职－
那死亡的权柄？

既然被孤零零留下是如此痛苦，相爱的人就必须在同一个时刻死去。在《我活着不能跟你一起－》，狄金森声明死亡是她的权利或特权，可是，在这方面，枪却是无力的。让它回到那习惯的角落已经太迟了。枪的材料让它天生就活得长久，就自然规律而言，在主人死去之后，它仍旧存活于世，可是，它恳求主人允许它死在前面。

关于枪和主人的关系，至少可以有三种基本的想象。枪是主人的一个机械替代体：它代他说话，它的身份本来就属于他，它杀死他的敌人，唯有主人能激活它的“维苏威”的力量。如果狄金森渴望一个主人（正如“主人书信”所表明的，那几封书信草稿可能从未寄出，信中凄楚地表达了对主人的恳求；L187，L233，L248），那么，读者可以把狄金森读作那杆枪，她甘心于这样的身份，甘心被拥有，情愿在主人之前死去，期盼他来确保这一点，因为一杆钢木结构的枪支没有能力自行了断。

还有一种解读方式：这杆枪发出的声音代表主人被社会压抑的本我，他渴望杀害无辜的鹿和消灭敌人的那种欲望就体现了这一点。它与主人的自我处于共生关系，但只是在他施予死亡的瞬间才与主人感同身受。它那具有魔力的“锐利的眼睛”和“维苏威的面孔”说明，那杆枪代表着一种被掌控的狂暴，可以在任何时刻运用它那强劲的拇指或是在毫无防备的山谷上爆发，把射程内的敌人统统杀掉。

或者，我们可以把主人当作一个男性缪斯，把“枪”当作诗人。在被缪斯拿起来，被他认作一个诗人之前，狄金森一直过着一种隐居生活，立在家居的角落。当她与具有支配力量的缪斯共同生活之后，她立刻获得了无穷无尽的表达的力量。她可以十分活跃，以捕捉一个稍纵即逝的洞见；她可以大声说话，甚至山峦都发出回声；她可以爆发出火山一般的力量，并微笑着等待另一次喷发。甚至到了夜里，她仍守在主人身边，这样的命运胜过了性爱的陪伴；在缪斯的指导下，她可以发出子弹（仇恨的、讽刺的子弹），把艺术上的敌人消灭。她不想比缪斯活得更久，后者一定比她活得更长，因为若是没有缪斯，她活着也跟死了一样。

每一种解读都有合理之处。因为我相信这杆枪的动作是象征性的，所以我无法像有些女性读者那样，为猎杀母鹿和敌人表示悲悼。这首诗不是“现实主义的”，在现实中并没有发生无助的雌性动物遭受攻击之事。不过，正如某些女性批评家所看到的（比如埃德里安娜·里奇就是其中之一）①，这首诗描写一瞬间（被一位男性主人）赋予了力量，这狂暴的力量一直都潜藏在枪里，被压抑在里面，在主人到来之前，它已经处于子弹“上膛”的状态了。那些储存在枪里面的子弹就像云雀腹中的“圆球”（*905）：

劈开云雀－你会发现音乐－
银波里流转着，一颗颗圆球－
吝啬地分配给夏日的清晨
为你的耳朵预留，当鲁特琴已旧－

（为主人发出的一波又一波的音符被终止了，因为主人怀疑她不忠，在“猩红色的实验”中，杀死了她。）

在我看来，这首诗所描写的此前被压抑的、无法行动的暴力似乎就储存在狄金森的内部，这力量一旦在诗歌里得以释放，她就彻底认出了它，这力量带着复仇的快感，在纸页上高声说话（看得见霍利约克山峦），露出火山式的微笑，那是“家里的维苏威”［《火山在西西里》（1691，J 1705）］。的确，她描述过一座火山，对他“粉红色的工程”感到满意，这工程将摧毁周边的山坡：

沉默寡言的火山坚守着
他从不休眠的计划；

① 这里指美国当代女诗人里奇（1929—2012）的文章《家里的维苏威：狄金森的力量》，此文于1976年首次发表于《帕那索斯》杂志。文章指出，狄金森的诗作却以隐喻的方式再现出她压抑的创造力，它如一杆致命的上膛枪，一旦被父权制的恶魔“主人”占有之后，将爆发出火山一般的杀伤力。

不会透露他粉红色的工程
向任何靠不住的人。

[1776，J 1748]

《我的生命－一杆上膛枪－》中的“主人”确实把他“粉红色的工程”袒露给他的忠实的“枪”，于是，这杆枪就按他的话开始行动。做缪斯的腹语术士，也就是响应诗的召唤（诗的召唤的一种定义）：若是缪斯微笑，诗人就以腹语术随之微笑；如果缪斯愤怒，诗人就唤醒他“锐利的眼睛”。有一种传统观念，即以听写的方式记录缪斯的话（弥尔顿、米沃什），这个观念让诗人处于从属地位，此诗里的这杆枪与之颇为类似：复制缪斯／主人的想法。他们是终生的伙伴，缪斯的发号施令一旦结束，诗人也就不想继续存活了。

第1节和最后一节采用完全韵：“Day（一日）…away（离开）”；“I（我）…die（死亡）”，这些平静的韵脚代表这杆尚未使用的枪处于无为状态（第1节），或被动无为地希望在主人临死之前把它杀死（最后一节）。这些都是平静的时刻。中间的诗节描写开枪或火山喷发，则采用了不完全韵，以防我们错过那些躁动不安的能量，这能量属于激发者和被激发者的共同生命，哪怕在夜晚休息的间歇里，似乎都不曾安宁。

或许这首诗无法用任何单一的寓意做出完美的解读。但是，若是可以选择的话，我看到的是一个火爆的狄金森（枪）和一个色情意味的男性缪斯（主人），而这首诗描绘的是狄金森的火爆力量，以极大的兴奋，带着侵略性，向表达性的语言世界释放出来，震颤了她自己（这里，也震颤了别人），以“旋律的－闪电！”(*348)

[J 754]

772 精油－得之于挤压－

精油－得之于挤压－
来自玫瑰的香露
得以榨出－不单靠太阳－
它是螺旋的馈赠－

普通玫瑰－衰败－
而这个－在女士的抽屉
制造夏天－当女士躺入
永不停歇的迷迭香里－

“这是代表记忆的迷迭香！爱人，请你记着吧”①（《哈姆雷特》第4幕，第5场）。关于诗歌“赋予永恒”的主张，历代诗人提供了不同的版本，“精油－得之于挤压－”是狄金森的一个版本，同时化用了莎士比亚十四行诗的第5首和第54首。第5首悲叹自然和青春都将遭遇冬天，但在结尾却找回了安慰：“美的流泽”在香露中得以保存。冬天，只见“白雪掩埋了美，满目是赤裸裸”，但莎士比亚用下面的诗句提供了补偿：

那时候如果夏天尚未经提炼

---

① 这是奥菲莉亚的一句台词，译文参考《莎士比亚全集》，朱生豪译。

让它凝成香露锁在玻璃瓶里，
美和美的流泽将一起被截断，
美，和美的记忆都无人再提起。
　　但提炼过的花，纵和冬天抗衡，
　　只失掉颜色，却永远吐着清芬。①

对于从鲜花中提取香液的过程，这里，莎士比亚采用的比喻是“蒸馏／提炼”，香液是个囚徒，被锁在小瓶子里。在第54首，莎士比亚贬低“野蔷薇”不能出产香液，“死去也无人理”。然后，他接着说，

　　芳香的玫瑰却两样，
她那温馨的死可以酿成香液：
你也如此，美丽而可爱的青春，
当韶华凋谢，诗提取你的纯精。

狄金森读过这些诗篇，她同意玫瑰会提供香液，但怀疑这不是缓慢蒸馏的，也就是通过加热、蒸发、提炼的过程。她说（纠正莎士比亚的说法）：玫瑰精油的制作，以及诗歌的制作，并非靠蒸馏的提炼，而是靠一种更剧烈的压榨，在强力之下，精油从碾碎的花瓣里榨取出来。

这首十分短小的诗作把许多词语缠绕在一起，它们可以划归为同一类，放在“美丽”的名下：玫瑰、香露、精油、馈赠、太阳、夏天、迷迭香、女士。不属于这一类的词语是：挤压、螺旋、衰败。其他词都围绕着这三个词排列。它们都是强烈有力的词，以它们的调子中断了诗歌中的美丽气氛（而莎士比亚的液体的“提炼”并非如

① 参考《莎士比亚十四行诗》，梁宗岱译。

此）。诗歌的先后顺序如下：先是自然生长和美（太阳、夏天、玫瑰、自然的香露），然后是暴力的压榨（挤压、螺旋的扭拧），最后是暴力之凝缩的产物（精油）。在生活中，会有一个分叉的结局，或好或坏：要么是“衰败”（如果玫瑰自然死亡），要么是“夏天”那令人怀念的香气（如果玫瑰被挤压）；或者，按照字面意义，“女士”死去，玫瑰的芳香在女士死后仍留在她抽屉里。压榨玫瑰的过程发生在第1节的中心位置，然后狄金森把那个过程括起来了，前后括号分别是第1行和第4行的结尾词“挤压”和“螺旋”。在这两个表示折磨的词语中间是精油在夏日的阳光下的自然外化（或表达）过程，因此玫瑰园周边的空气充满玫瑰的芳香。可是，若要获得死后的持续，芳香外化（或表达）的自然手段必须经受强化，让玫瑰在“螺旋”叶片之间经受一番旋扭和“挤压”的过程。狄金森确实保留了一个位置给玫瑰香气在太阳下的自然散发，虽然只是点到即止，但这样一来就突出了人类用机械手段干预此过程的暴力特征。

这种加括号或“放入盒内”的修辞法在第2诗节里再次出现：死亡（以自然的“衰败”和“永不停歇的迷迭香”存留的香气为象征），在两个括号中间，挤压着女士抽屉里那芳香的令人怀念的夏日。短命的“普通玫瑰”（第5行）与死去的女士（第8行），一前一后，合成了一对括号，把女士抽屉里的“精油”括在当中。普通玫瑰（衰败）与普通女士（死去）刚好配成一对。

狄金森起初采用了表达永恒真理的现在时态：“精油－得之于挤压－”（“Essential Oils - are wrung -”），但是在第2行，她把标记的系动词“are”改为无标记的“Be”，后面的句子也都采用了无标记动词［除了“It is the gift”（它是馈赠）］“decay”“make”“lie”，创作出一系列普遍适用的公理，不分过去、现在还是未来。我们或许会问那女士为何一定要死去。那令人怀念的夏日能不能以香液的形式存活在女士的抽屉里，而女士依然活着？认定她已死去的一个理由是上文提到的括号修辞法，第2节的结构与第1节的“挤压”和

“螺旋”结构一致；另一个理由也摧毁了希望：抽屉里的香液可以让夏天活着，棺材里的香料可以将女士保存。狄金森的最后几行起初是这样写的：香液可以“制造夏天－当女士躺入／无香料的墓室－”。按照这个写法，诗人暗示，香液和艺术都无力对抗衰朽：在墓室里，并没有减缓“香料”的衰败。人类命运的无情——把女士跟衰败的玫瑰画等号——让狄金森在这里停顿了一下。是的，女士是在坟墓里，但她不仅仅是一具衰败的肉体，她还是一个活在令人伤感的记忆里的人。奥菲莉亚前来拯救这位女士，于是，她得以躺入永不停歇的迷迭香（他人的回忆）里，而不是墓室里。这带有记忆象征的香草在这里不再是一件东西，而是永不停歇的时间中介。

香气和艺术都是螺旋的馈赠；心，经受痛苦的挤压，获得情感的精油，如果仅靠日常的阳光和玫瑰散发的淡淡芳香，绝不会得到这样的精油。“螺旋”的扭动是诗歌的必然要求，比如莎士比亚十四行诗的普罗克汝斯忒斯之床。节奏、音步、修辞、情感以及思维都需要保持一致，这种强制性的要求就是加之于语言的扭动的螺旋。

[J 675]

778　四棵树－在一片孤零零的土地上－

四棵树－在一片孤零零的土地上－
没有设计
没有秩序，或明显的动作－
他们保持－

太阳－在一天早上与他们相遇－
还有风－
他们没有什么－更近的邻居－
除了上帝－

那土地给他们－地方－
他们－给他－过客的关注－
也许，是影子，或松鼠－
或男孩子－

对于大自然他们有什么作为－
什么计划
他们各自－延缓－或增进－
未可知－

这首诗关涉明显的偶然性（体现在四棵树的特征和随机的布局上）和明显的无用性（四棵树对这个广大世界），它表达了对大自然的一种冥想，在这里，大自然是意义的永恒扣留者。狄金森看见一片孤零零的原野，上面有四棵树。它们不是由人类中的某一位种植的，因为它们没有任何秩序；它们旁边也没有房屋，这可能意味着那里没有人居住，因此没有人会利用树荫乘凉或欣赏它们四季的变化。狄金森问道：那些树在世上做什么呢？它们没有表现出任何可描述的动作。它们只是保持（Maintain，是一个及物动词，这里作为不及物动词使用），它们把自己保持在这个地方。谁是他们的日常访客呢？太阳和风。在这个孤零零的地方，他们最近的邻居是上帝，不过，上帝始终不可见，而且从不来访，跟太阳和风不一样。

诗人进一步沉思，察觉到这些树的一个小小的用途：他们为地方和聚焦点建立了一种相互关系。土地给树一个环境，树给土地一个聚焦点。它们共同构成了一个作品。正如画家以一组物件或一个建筑物或一棵树作为聚焦点，为一幅风景画布局，一片土地为了吸引注意力也需要某个事物，让眼睛聚焦于此。虽然这些树没有“明显的动作”，但它们确实发挥了一种作用，让一个没有作物的地带有了某种变化，于是，太阳在早上就可以跟某物“相遇”了，风也是如此，否则，风从被动的草地上一扫而过，就遇不到任何阻力了。

土地上的树吸引了谁的注意呢？狄金森用了“过客”一词，由此我们可以放心地知道，成年人，比如房主、干活的人、教师等，并没有因为那些树而注意到这片土地。狄金森所谓的“过客”或许指虚幻不实的影子（太阳遇到树之后形成的影子）；或许指一只松鼠，树上说不定有坚果，因而松鼠会注意到这片土地；或许指一个男孩子，因为他想找棵树爬一爬，而注意到这片土地。这些未分类的“过客”——影子、松鼠、男孩子——对于这个广袤世界来说，都是无关紧要的。尽管土地和这四棵树具有视觉上的共生关系，因此彼此互惠，可是，（狄金森反思道，）这些树是否还有什么普遍益处呢？这是“未可知”的。从它们任意的外观和布局上，看不出一丝线索可以推测它们有任何延缓或增进的计划。

按照传统观点，大自然被读作一部象征的书籍（经解释），可以阐明上帝的设计（也就是他对一切众生的“计划”，始于创世纪）；狄金森对此感到怀疑，因为她凝视这片土地和四棵树，没有推演出任何这样的计划。她拒绝暗示这些书有任何象征功能，它们承载着任何信息。她说，这些树“没有设计 / 没有秩序，或……”她曾想用“信号”一词把这个清单引向高潮，可是，她没有权利期待一个“信号”，她想到了另一个词“通告”，不过，这个词随即也被否决了。“信号”和“通告”都具有较强的语义内涵，显得意味深长，相比之下，“动作”一词基本上没有多少隐含的信息。既然树不做“动作”，这里指通常意义上的“动作”，比如，它们并不活动，也不以身体姿态来传送什么，那么，诗人为什么还要多此一举否认树的“动作”呢？

或许因为如果这些树是人栽种的，那它们就可以有设计、有秩序，也有“动作”了。乔治·赫伯特在他的诗歌《苦难》（1）[①]中，希望上帝给他一点工作，他哀叹道，一棵树在世界上至少还有点儿工作可做，可他不是树：

> 我阅读，叹息，希望我是一棵树；
> 那样，我定可以结出果实
> 或长出树荫，至少会有某只小鸟的房舍
> 托付于我，让我稍感心安理得。

① 乔治·赫伯特写了一系列以“苦难”为题名的诗作，后世编者为这些诗作加了编号，其中第一首最为有名。

狄金森特别留心，不让树旁边有任何房子。它们不是为了某个目的而栽种的，比如为了结果或为了遮阴，而且，诗歌里也没有提到在树上搭建小巢的鸟儿。狄金森很有可能读过赫伯特的诗作，她或许会这样思忖（按照她一向追根刨底的阅读习惯）：假如这棵树不为结果或遮阴而生长，树上也没有任何鸟窝，那会怎样？那么这棵树的用途是什么呢？她已经相当宽容了，她让那四棵树与土地构成视觉上的互惠关系，让它们获得了某种功能，此外，还有什么更一般的好处吗？起初，想到这些树可能会有什么动作，她在第4行写下了它们“确实统治着”，可是，这个动词意味着有人把这四棵树尊崇为这片土地的国王，而她不希望让一个想象中的外在公权力做出这样的授予。所以，她换了一个中性词语“保持”。这几棵树只是站着，此外什么也没做。而“保持”一词不可能带有宾语，因为不能说他们保持“设计”或“秩序”之类，他们只是保持自己。

如果这里有一个神圣的“计划”，其中，每个事物都有其功能，或援助或阻止，那么，这些树是否也是如此呢？谁能说得出呢？这里，狄金森需要选用一对相反的概念，她首先写下了“促进”和“阻碍”。可是，你能说一些无感知的树“促进”或“阻止”了某个事物吗？这一类词语通常与人类的行为相关。于是，狄金森又想到了两个显而易见的中性词语：这些树，一个接着一个地，似乎并没有“延缓”或“增进”任何可见的计划。几乎任何事物，比如金钱、时间、杂草或机构，都可能会“延缓”或“增进”一项事业。与“促进”和“阻碍”不同，这两个词语不会即刻让人联想到人的努力。

狄金森所展示的这个土地和树的组合不是一种可以吸引或愉悦画家之眼的美学整体。它只是一小片世界。倘若就此消失，也不会造成缺失之感。阴影、松鼠和男孩子可以把目光投向别处的树木。狄金森一丝不苟地拒绝把这个场所寓言化为一件艺术作品（比如她的诗作）或一个被某人热爱和依恋的地方（比如一个家庭的花园）。作为对比，可以读一下《每当我一觉方醒－》（*578），那首诗描写她窗外的一小片风景，随四季变化，她对之投入了如此专注的目光。

表现一个世界，却避开任何“意义”，它只是自我保持，这对一首诗来说是一个吃力不讨好的任务，而且需要合适的音步，跟它的严格性相配。狄金森让长句子和短句子交替出现。长句子有3—5个节拍，短句子只有1—2个节拍。除了第3节例外，土地和四棵树的共生关系（核心的重要的关系）在第1—2行中的句法中得以再现，而不再考虑音步问题。长短句的搭配结构提醒我们格外注意那些短句子，特别是每一段的结尾句，一种意味深长的重量刚好落于最后的妙语：“保持 -”“除了上帝 -”“或男孩子 -”。在最后一个诗节，两个结尾词都被强调：“What Plan”（什么计划）以及那个最有杀伤力的韵脚“Unknown”(未可知)。

这是一首蓄意扣留意味的诗作，包括物质的、道德的、宗教的、色情的、美学的等意味，其最为超凡之处在于它是多么地经久难忘。就好像读者一直在等待着被告知一个事实：物质世界就是如此，物质就是物质而已。狄金森以严峻刻板的词语来欢迎超验性认知的缺席。

[J 742]

782 禁欲 - 是一种刺穿的品德 -

禁欲 - 是一种刺穿的[①]品德 -
放开
在场 - 为了一种预期 -
不是现在 -
挖出双眼 -
恰在日出时刻 -
以免白昼 -
胜过白昼的 -
伟大祖先
禁欲 - 是选择
自我反对 -
它证明自己合理
向它自己 -
当那一种更大的功能 -
让这一种显得 -
渺小 - 被蒙蔽的灵视 - 在这里 -

① “刺穿的”英文“piercing”的义项十分丰富，如“刺骨的”“锐利的”“尖刻的”“打动人心的”，难以用一个中文词对译，不过，它的本义是“刺穿的”“穿透的”，因此，这里采用“刺穿的”，希望激发读者产生丰富的联想。

《禁欲 - 是一种刺穿的品德 - 》是狄金森的一组定义诗中的一首，她自我承担了一个任务——为“事物”下定义，这些“事物”经常是抽象事物，一个大家都普遍使用且都熟知其意义的词语，比如这里的“禁欲”一词。狄金森这首诗的原创性首先在于她写了“两首诗”，每一首都以“禁欲 - 是”开头，然后把它们合为一首双重诗。第1首“禁欲 - 是一种刺穿的品德”是概括性的诗作：对每个人来说，禁欲通常意味着什么。第2首“禁欲 - 是选择”是对某一颗特定的灵魂［使用了不带性属的通用的代词“itself”（它自己）］中的禁欲所做的极其痛苦的叙述。

草稿中的替换词吸引了我们的注意，因为最后一行中的那个关键的修饰词（修饰人类的“灵视”）相互冲突。关于我们在尘世（“在这里”）的灵视，我们能说些什么？从何种视角来说？起初，狄金森把我们在这里的灵视描述为“flooded”（被淹没的）——来势凶猛，让我们招架不住。然后，她又尝试了“sated”（充分满足的）——这灵视造成了一种完全的满足感（“我的福杯满溢”[①]）。不过，她最后把我们的灵视称作“Covered”（被蒙蔽的），这里，她使用了语义双关法，因为“Apocalypse”（天启）的意思是“揭开”，一切都将真相大白。无论我们在尘世的灵视多么令人满足，若是跟想象中的天启相比，必然被评判为“被蒙蔽的”。狄金森最后选定的形容词为人类设定了限制。是否存在所谓无蒙蔽的灵视，将由天启见证呢？以我们的智力，这是无从得知的，可是，如果存在这样的灵视，那么我们在尘世之所见（由于我们的认识偏颇而有限）必然被描述为“被蒙蔽的”。从“被淹没的”到“被蒙蔽的”，意义发生了逆转，彻底改变了这首诗的意味，至少在最后的审判日，为此人深受煎熬的“禁欲”提供一种潜在回报的可能。（有趣的是，狄金森希望她新选择的词语在声音上尽可能接近之前的“flooded”：即便在这方面，较为圆

---

① 引自《旧约·诗篇》（23：5）：“你用油膏了我的头，使我的福杯满溢。”

润的“covered”一词也比有棱角的“sated”一词更为可取。)

这首双重诗的结构以动名词为基础。这里的禁欲是名词化的持续动作:“这放开”(the letting go)、“这挖出”(the putting out)、“这选择”(the choosing)。[1]禁欲不是“去放开”(to let go)或“放开”(letting go)。“去放开”和“放开”可以是单一的动作,而“这放开”则营造了一种无所不包的无时态的概念,可以一次又一次地选择(比如,这样的句子:“州政府官员的竞选处于持续不断的改革中。”[“The electing of state officials is under perpetual reform.”])狄金森这里所描绘的动名词形态的禁欲,可以是单一的庞大的行动(第1首即第1节似乎是这个意思),或者也可以是持续的日常行动(而第2首即第2节似乎是这个意思)。

按照第1首的措辞,选择有两种方式:禁欲是为了一种预期(尚未实现的)而放弃存在(此人极其重视的事物)。好像觉得我们不明白她的意思,狄金森像牧师一样举了一个例子,不过牧师举的例子通常“中规中矩”,而狄金森举的例子是令人震惊的:“正当太阳即将升起之际,你挖出了你的双眼。”暂且不考虑“挖出”双眼是多么恐怖的一幕(让我们想起《李尔王》中的葛洛斯特受到的折磨),狄金森为何要禁止人的眼睛沉醉于日出的美景呢?因为有这样的危险:一个美好的人类的“白昼”,对于人类的眼睛来说,或许让上帝(白昼的伟大祖先)的光芒相形见绌。你若选择人类的白昼,而不是造物主,你就得丧失你的灵魂。别忘了,在《创世记》中上帝发出的第一个句子是“要有光”;上帝是宇宙万物的伟大祖先,他创造的第一个事物就是“白昼”。若是你更爱他的造物而不是他本身,你就会惹他发怒。

狄金森在第1首诗里推荐了一种美德:施加于自我肉体的恐怖的暴力,以此来抚慰上帝,防止他发怒。狄金森感到这个设计方案似乎仍未能充分表达出禁欲的意味,于是,她又把这首诗重写了一

---

① 诗中均出现有“the”(这),但因中文的表达需要,诗中“这”未译出。

遍。这个重演的版本虽然开篇方式跟第一个版本一模一样，在“禁欲 - 是”之后，紧跟一个动名词，抛开了上帝这位造物主，也抛开了人的义务（人有义务选择上帝而非他的造物）。诗歌把焦点投向人对自我价值的义务。“禁欲 - 是选择 / 自我反对 -”。这里，我们不得不假定某个中介（是什么在做选择），比如“灵魂的选择 / 自我反对”，但是，这样会不恰当地限定句子的意义。正如约翰·亨利·纽曼[①]所说，基于正式认可的特性，选择就意味着“人的整体移动”。发生移动的不仅是人的某个部分，而是全部一起移动，包括他的感觉、思维、灵魂和性情，狄金森以单一的非性属的不可分割的“它自己”表达了“整个人”。

“它”为何选择“反对它自己”？为了保持它的自尊，证明自己合理，于是“向它自己”。那么，它为何要做出克己的选择呢？为何要禁止它自己的爱、名声以及此生所提供的各种令人尽情的欲望呢？因为它感悟到某种更高的更理想的满足，它以全部的自我，发誓对那个理想保持忠诚。它完整的自我因此而生机勃勃，与这个理想相比，那些满足自我之一部分的选择，比如人的情欲、虚荣心或骄傲感，只能被拒绝。它瞥见那种“更大的功能”，似乎没有任何尘世的选择足以与之相配，以那种功能来看，安顿于“被蒙蔽的灵视 - 在这里 -”将让自我感到羞惭。

当我们读完了狄金森的“两首诗”，我们几乎被迫在两者之中做出选择。第一个版本是由宗教所教导的禁欲，一切价值皆由上帝之眼来评断。第二个版本的禁欲纠正了第一个，那是狄金森的核心品德，她自己教导自己。

[J 745]

---

① 约翰·亨利·纽曼（1801—1890），英国基督教圣公会“牛津运动”领袖，后改奉天主教，于1845年成为大主教。

788　发表－是拍卖

发表－是拍卖
人的心灵－
如此肮脏之事
贫穷－可为之辩解

或许吧－但我们－宁愿
离开我们的斗室
一身清白－去见清白的造物主－
而不投资－我们的白雪－

思想属于他，那赋予者－
然后－属于他，物质形态的
承载者－去贩卖吧
贩卖那高贵的空气－

成包成捆－去做商人吧
售卖上天的恩典－
但不要贬低人的精神
蒙受价格的羞辱－

在这首诗里狄金森似乎不允许在沉默和商业发表之间保持任何中间状态，虽然她本人的实践其实处在这两极之间。她说，可以从两类人里发现思想：给予思想的“他”，承载其物质形态的“他”。那给予者不可见亦不可知，而那个思想的物质形态（显然）不会将它发表。可是，狄金森把后者描绘为承载着思想的“illustration”（形态）。“illustration”这个词不是通常我们所认为的某种不可说或不可见的事物，而是一种说明、一种图画。无疑，狄金森有充分的理由设想，她的诗歌承载着思想的“物质形态”。只要她让她的诗歌保持在私人圈子里，通过信札在友人中间传递，那么，这物质形态就不是在市场上被拍卖，就没有被拍卖给最高的要价者。

像她常做的那样，狄金森预先设定了一种委婉的异议：若是作家出售作品是因为贫穷，那么这是不是一个为之辩护的理由呢？“或许吧－”，她回答说；可是，随后她把发表称作“如此肮脏之事”，这样一来，哪怕是迫于生计去出售作品也是不干净的。在反对自己从事商业发表的同时，她宣告了一种创作上的美德——清白：她宁愿（一身清白）去见她的造物主，也不愿为商业利润去“投资”她清白的思想（没有污染的白雪）。按照狄金森的描述，居然接受作品标价出售，这本身就是一种罪过，若是再加上财务上的投机行为（投资），那就是罪加一等。

她语带讥讽地说道：还不如去“贩卖那高贵的空气－/ 成包成捆－”或者“去做商人吧 / 售卖上天的恩典－”，但最好不要贬低“人的精神 / 蒙受价格的羞辱－”。大自然给我们所有人免费提供空气，上帝给一切忏悔者免费施予恩典；所以，人的思想也应该免费提供给他人。恩典（Grace）而不是蒙羞（Dis-grace），应当是思想传布的方式。从那个给予者“他”流向那个承载其形态的“他”，再流向众人。

狄金森的选词具有象征意味，这主要体现在她特别强调了“清白”：她似乎将它等同于童真、无罪和一张白纸。一个女人若将自己嫁人，大概就被视为投资了“白雪”，但就这一点而言，狄金森依然是“清白的”，既然她隐居在她艺术的“斗室”里，终身不嫁。造物主不可能有罪，也是“清白的”；未发表的白纸是“清白的”——未被机械印刷污染。思想从造物主流向诗人，再从诗人流向他人，整个过程都是干干净净的，其性质就好比是“白婚”，未在任何世俗意义上完成婚配，仅仅停留于思想之给予、接受和传布这个纯粹的领域。

这首诗在谋篇布局方面颇为讲究，它在第1节和第2节之间的空白处流溢，然后又在第4节和第5节之间再次流溢。“贫穷［可能］为如此肮脏之事辩解”——但是，她马上用一个流溢到下一行的“或许吧”，发出了讽刺的声明。然后在第3节，对不发表的作家的描述在第三句的中间突然中断，从“贩卖”这个词开始，她发出一系列嘲弄的命令。贩卖“高贵的空气－”本来可以很好地为这个诗节收尾，但狄金森在空白之后，（跟第5行的情况相同）增加了一个流溢而出、跨越到下一行的词语“成包成捆”，以强调这项活动的商业性质。尽管她并没有直白地说出来，但售卖“上天的恩典”的“商人”其实就是利用教会榨取钱财的教士。贩卖空气是欺骗，贩卖恩典是强行推销。“去做骗子、做商贩吧，去贩卖空气、贩卖恩典吧，但不要给人的精神标上价码。”这里或许潜藏着莎士比亚的节奏：“驱逐波多夫，驱逐波音斯，但那美妙的杰克·福斯塔夫……不要驱逐他。”（《亨利四世》第1部分，第2幕第4场）溢出去的诗行是为了模仿冲动状态：第二个想法从脑子里冒了出来，当狄金森在第5行插入“或许吧－”，在第11—13行，那种讥讽的批评自己跳到了嘴唇上。“Hearenly Grace”（上天的恩典）和“Disgrace of Price”（价格的羞辱）构成押韵，相映成趣。

狄金森在给希金森先生的第二封信里曾写道：“如果名声属于我，我逃也逃不脱。”（这个说法假设：终究会有发表的一天。）不过，她最后放弃了在公众中寻找听众的希望，只相信她自己选择的私下传播的方式。她对希金森说道（多少有些误导）：发表对于她“就像苍穹对于鱼鳍”(L 265)。可是，她第一次给希金森写信，正是受到了他发表在《大西洋月刊》上的一篇文章的激励，那篇文章的标题是“致年轻的投稿人”——或许她当时在那个词语中看到了她自己的未来吧。

［J 709］

790 人的成长－如同自然的成长－

人的成长－如同自然的成长－
内心受重力影响－
空气和太阳认可它－
但它独自－萌动－

每个人－它的艰巨的理想
必须自己－完成－
凭借默默的一生－
孤独的英勇

努力－是唯一的条件－
忍耐它自身－
忍耐反作用力－
以及完好无损的信念－

旁观－是责任
对于它的观众来说－
但交易－不再受到
荣光的眷顾－

“耶和华啊，求你用你的荣光照耀我们！”《旧约·诗篇》(4：6)的作者恳求道。对此，狄金森做出了反驳：“交易–不再受到/荣光的眷顾–”，可见，她认为内心的成长是一个“艰巨的理想”，与上帝的帮助无关。果子之所以逐渐隆起，是由于成长的生物学法则在内部发挥了作用，那么同理，内心的成长，它的“萌动”、它的自我扩展，尽管得到了空气和太阳的“认可”(endorse［d］，被慈爱地端详与呵护)，但最重要的还是受到了内部重力的影响，它只与自身为伴。狄金森在诗歌开头采用“人”的概念来指涉人类，可随后又果断地转而使用无性别代词“它”，意在主张精神的成长对两性而言都是平等地敞开的。成长所需的两种品质看上去是自相矛盾的：“英勇”(prowess)是积极主动的英雄们的特质，“忍耐”(Patience，诗歌中两次出现)则是受难者们的特质。(狄金森让“prowess”和“Patience”押头韵，以提醒我们知道它们是彼此关联的。)在这样的组合之下，她既赞同又反对弥尔顿的说法，在《失乐园》(第9卷，第29—33行)里，弥尔顿这样写道：迄今为止，对英雄史诗来讲，唯一合适的做法便是“刻画/假设的骑士在假设的战场中/从事没完没了的冗长的杀伐/却不歌颂忍耐所具有的更强大的勇气/和英勇壮烈的牺牲”[①]。狄金森在她所描述的灵魂的挣扎中，没有抛弃“英勇”这一品质，但她同时也汲取了弥尔顿笔下的忍耐力所具有的“更强大的勇气”。

我们会进而追问：这是怎样的“英勇”？这又是怎样的“忍耐”？“prowess”从语源上讲与“pride”(骄傲)有关，意味着战斗中的荣耀和豪迈气概。在迎难而上向着“艰巨的理想”进发时，灵魂必须鼓起足够的勇气去面对阻碍与敌意。每个灵魂都属于它自己的理想；在察觉到那个目标后，灵魂需要只身独立去勇猛地追逐理想，直面孤独与沉默。那么，为什么成长的生命是沉默无声的？以

① 译文参考约翰·弥尔顿：《失乐园》，朱维之译。

基督教的精神史来看，隐士即是处于成长中的“默默的生命”，他们孤零零地住在沙漠里，狄金森在此将自己和他们相提并论（而非福音传道者、牧师或圣徒传作者，他们传播的精神修炼都是流俗的版本）。

除了“英勇”的气概和光彩，狄金森还提到了“忍耐”，以及伴随它的“努力”与“完好无损的信念”。人类首先需要忍受的便是自己（狄金森的看法准确而富含洞见）；“努力”经常会因失败和偏差而受损。人不仅要以“英勇”来对抗“反作用力”（狄金森对此没有做具体说明，就像艰巨的理想那样，因为在每个人的生命中它们会不断发生改变），还需要以忍耐来承受这些力量的侵袭——它们坚持不懈地损耗人的精神。如果一个人已经具备了英勇与忍耐力，并向着理想不断攀登，那么他依然需要将信念作为努力的源动力（一如上述，信念也没被诗人具体化，因为不同的艰巨理想要求以不同的信念为支撑）。但信念必须是“完好无损的”——而非是支离破碎、残损受创或虚弱无力的。在经受了所有来自反作用力的反复攻击之后，一个人的信念也有可能变得破烂不堪。追求精神生活的道路需要各种指引，在狄金森看来，信念处在最高的位置，仿佛它是一个不可或缺的因素，必须远离一切动荡波折。

狄金森如此强调精神生活中的孤独、沉默与苦难，几乎在诗歌的每一行里，她都使用了相关的词语来描述内在的寂寞与苦难：“内心”“独自”“每个人”“艰巨的”“自己”“孤独的”“默默的”“努力”“忍耐”。理想永远无法企及；成长永远也没有终点。我们会惊奇地发现，这个精神的发展过程拥有一些旁观者，他们是这出剧目的“观众”——但狄金森式的剧本不会允许任何一名观众伸出援手。成长的“交易”只能依靠自己实现，“不再受到 / 荣光的眷顾 -”。实际上，耶稣曾在受难时得到过古利奈人西门和圣女维罗尼卡的“帮助”[1]；但在狄金森的新英格兰版本的受难记里，当他人站在一边旁观时，即便他们心怀钦佩，灵魂也不得不踽踽独行。通过与理想进行的“交易”，狄金森阐述了基督教诗篇所谓的“救赎”。但由于拒绝接受上帝荣光的眷顾，她为个体自我完善的奋进之路创造了一幅全然世俗的图景。

可以说，这首诗是用训导的口吻从“外部”描述了灵魂的成长是怎么发生的。正如在其他许多诗歌里［比如，《禁欲－是一种刺穿的品德－》(*782)］，狄金森会从内部视角出发，展现向着理想迎难而上的灵魂朝圣，从而把训导的含义与这一过程搭配在一起。《人的成长－如同自然的成长－》与《那条路被星月照亮－》(*1474) 就在这一层面上有相似之处。虽然在《人的成长－如同自然的成长－》中，只有太阳和空气“认可”精神的成长，但在《那条路被星月照亮－》(一首向内心更深处挖掘的诗歌）里，诗人察觉到，就算无法得到直接的“帮助”，那也会有一个同行的探索者“认定”这份理想。在路上，她看到：

> 山坡上一位旅人－
> 向那有魔力的垂直
> 攀登，纵然在尘世－
> 他闪烁的终极－尚未可知－
> 但那光辉他已签字认定－

在此，“闪烁的终极”给人带来的视觉感受及其高贵的“光辉”代替了《人的成长－如同自然的成长－》中富含抽象意义的“艰巨的理

① 古利奈人西门，根据《圣经》的记载，是亚历山大和鲁孚的父亲，他在耶稣前往受刑的途中，被罗马人强迫替耶稣背十字架。圣女维罗尼卡（Veronica），传说在耶稣背着十字架前往受难地时，出于同情以汗巾为耶稣拭面，后来耶稣的面像就留在此汗巾上，因此“veronica”又意为“有耶稣面相的汗巾”。

想”，因为我们看到了一个专注于垂直攀登的旅行者，他的目标是绝对的道德——虽不神圣，但“具有魔力”。

[J 750]

796　风开始摇动草木

风开始摇动草木
用恐吓而低沉的曲调－
他向大地抛出威胁－
又一个，抛向天空－
树叶松开树上的挂钩
开始四处奔逃－
尘土就像用手把自己舀起来
然后把路随手一抛－
马车在街上纷纷加速
雷声慢吞吞催促－
闪电现出一个黄色的鸟嘴
然后一只铁青的爪子。
鸟儿关好小窝的门闩－
牛羊紧抓牲口棚－
一颗巨大的雨滴来了
然后，就好像那握着
大坝的手松开了
水流冲垮了天穹，
却略过了我父亲的房子－
只把一棵树一分为四－

在富兰克林编定的全集本里，这首暴风雨之歌的五个不同版本占据了长达五页的篇幅。下面，我将提到狄金森在不同版本里做出的精彩调整，但我先要谈谈关于这首歌谣的一些基本事实。它以定冠词“the”为基础，后面带出了一系列名词，从而形成了一个“演员表”。风（The Wind）开始做了这些，树叶（The Leaves）做了那样，接着，尘土（The Dust）、马车（The Wagons）、雷声（The Thunder）、闪电（The Lightning）、鸟儿（The Birds）、牛羊（The Cattle）、手（The Hands）和水流（The Waters）都依次为暴风雨场景添上了自己的一笔。每一个定冠词“the”都是一种手势定位法，它们自身即为“指示语”。诗人也可以选择使用复数形式［马车纷纷加速（Wagons quickened）］，或者采用笼统的提及方式［雷声发出威胁（Thunder threatened）］，但这些处理方式都将取消狄金森运用得如此精彩的示意元素——“看啊！风儿正在做这个，鸟儿正在做那个！”一系列不同寻常的动词把上述的角色拟人化了，进而产生了一连串充满生气且异常活跃的动作。例如从句“风开始摇动草木／用……的曲调”就一反常态（除了诗人经常以“begun”替代“began”），“摇动”让人想起摇篮，“曲调”让人想起摇篮曲，但这首摇篮曲是“恐吓的”：风不是一个给人以关怀的母亲，而是一个不近人情的父亲［第3行中诗人使用了“他”（He）］。

从语言学角度讲，下列动词中的大多数在其使用方式上也是一反常态的。他“抛出威胁”把肢体动作与抽象的攻击关联在一起；“树叶松开挂钩”，而不是“树叶落下来”，其中的反身动词意味着它们主动离开栖身之所（尽管风才是真正的动因）；“尘土把自己舀起来就像用手”表明尘土做出了同样的自反动作（尽管实际上是风搅动起路上的尘土）；而且，恰如风“抛出”了威胁，尘土也能够把路“随手一抛”（此处的动词“throw away”明显与风相关）；“马车加速”以马车取代了车夫的动作；“雷声慢吞吞催促”（The Thunder hurried slow）将此前很少被连用的动词和副词搭配在一起［不过在弗朗西斯·汤普森《天国的猎犬》里也可见到类似的诗句“从容的速度，庄严的急促”（“Deliberate speed，majestic instancy”）①］；“鸟儿关好小窝的门闩”，这对鸟而言是不可能完成的；牛羊也不会“紧抓”牲口棚；手从来不会“握着”大坝；众水更不会“冲垮”天穹。所有这些带隐喻色彩的措辞都需要进一步探究。

从风的出场开始，既然狄金森的修辞将每一个事物都做了拟人化处理，那么我们在阅读整首诗时，也可以把它看成人类灾难的一个例证——它是一个时代的化身，其间，统治者会做出威胁或恐吓，四处逃窜的居民们会加快脚步，人们纷纷背井离乡（仿佛树叶），炸弹损毁了房屋。当自然开始像人一样行动，舀起那些交通要道又抛弃它们时（如战争或焦土策略中经常发生的那样）；当先前扼住灾难的手松开了并进而引发洪灾时；当威胁带着慢吞吞的催促（slow hurry）或催促着慢吞吞（hurried slowness）到来时（这两种情况都很糟糕）——混沌复现于世界之中。

狄金森起初采取了更加和缓的方式来开启诗歌：“风开始揉捏小草－/如女人制作面团－”。揉制面团并不可怕；并且，从想象的角度来讲，若先把风比作女人，四个单词过后，却又以阳性代词“他”来指代风，便会造成前后矛盾。更加关键的一次调整出现在暴风雨中最骇人的那个时刻，开始时，它被表达为：

闪电现出一个黄色的头－
然后一个铁青的脚趾－

由于头和脚趾都不是发起攻击的工具，因此狄金森把它们改成了巨大而残暴的猎食者的武器：

---

① 弗朗西斯·汤普森（1859—1907），英国作家，出生在一个中产阶级的天主教家庭。其代表作《天国的猎犬》出版于1893年。

闪电现出一个黄色的鸟嘴
然后一只铁青的爪子－

鸟的爪子在英文里通常不叫“claws”，而叫“talons”[①]。但是狄金森也许想起了丁尼生的《悼念集》，在他冷酷的视角下，大自然有着“血红的尖牙利爪”（red in tooth and claw）。

初读时，狄金森所列出的暴风雨中的角色看上去也许是随机的，但由这些角色激发出的图景也在进行自我创造，在这个过程里，我们会看到诗人的语言来回跳跃，从天空到大地再回到天空，它自己已经成为铁青色的分叉状闪电，始于空中的惊雷，劈向下面的平原。由低至高，再由高至低，这个次序在第三个版本里已有了预兆，其中，第3—4行风“向大地抛出威胁－/向天空抛出威胁－”中的第4行诗最终被调整为“又一个，抛向天空－”。（位于地上和天上之间的）风首先摇动草木（地上），然后向土地和天空都发出了威胁；叶子（从高处）落下，（低处的）尘土搅扰路面；（地上的）马车加速，（天上的）雷声催促；（天上的）闪电展示威力，（地上的）鸟拴上巢穴；（地上的）牛逃进牲口棚，（天上的）雨落下；（空中的）手松开了（地上的）大坝；（天上的）水流冲垮了（地上的）阿默斯特。急促的“摇动”循环往复，忽高忽低，在我们尝试将狄金森的场景形象化时造成了持续性的干扰。我们的眼睛在随着狄金森的视角四处打量时，也变得局促不安起来。

诗人宣告说，这场暴风雨在其猛烈的攻击中奇迹般地“略过”了她家的房子——她所选用的措辞既不是“我的”房子，也不是“我们的”房子，而是“我父亲的房子”，把它作为父权统治下的财产。随后，在“只”——只是！——“把一棵树一分为四”之后，暴

① “talon”一般特指猛禽的利爪，而“claw”的应用范围更广，可以指动物、鸟及昆虫的爪或螯。

风雨远去。不仅仅是“击中”或是“一分为二”，而是把它“一分为四”。并且，狄金森在创作整首诗歌时几乎都使用了过去式，却在最后给我们留下了一个现在分词：不是“［And quartered - just］a Tree -”（一分为四 - 只是一棵树 - ），而是“Just quartering a Tree -”［只把（正在把）一棵树一分为四 - ］。因此，暴风雨直到结束依然是猛烈的。正如暴风雨的其他方面已被拟人化，因而具有人类的破坏性的行为方式，那么“一分为四”也包含了弦外之音，它使人想起与绞缢、拖曳等有关的处决：在绞刑之后，把一个仍活着的人的四肢绑在四匹不同的马上，马儿朝着不同方向发力，从而把这个人撕成碎片。

对狄金森而言，内心的风暴往往与外界的风暴相称，那么在此，我们也许会感到惊讶，因为韵律整齐的抑扬格音步反倒展现出不同寻常之处。狄金森之所以使音步保持不变不仅是为了提醒我们这首诗源于叙事歌谣，还是为她的主要演员铺平道路——自然的代言者以及它们具有人类特征的异常举止。一些与恐惧、愤怒、野蛮、威胁相关的人类行为（战争或者屠杀）成就了这场暴风雨所显露出的象征符号。本诗可以被视为一个对暴风雨、社会动乱或者内心恐惧的记叙。华兹华斯创作“抒情的”歌谣，通过强调角色（超出情节）的心理状态，进而改变了歌谣的本质，狄金森也改变了这首以天气为题材的歌谣的本质，她让诗歌在不同层面上同时展现出激烈的象征意味。

［J 824］

800 我从未见过荒原

我从未见过荒原。
我从未见过海洋－
但我知道石楠像什么
巨浪会怎样－

我从未与上帝交谈
也未曾到过天国－
但我确知那地点
仿佛车票已经给了－

长大成人之后，我在约翰逊1955年的版本中读到这首诗，我当时吓了一跳。我小时候就背诵过这首诗（是被编者改写的1890年版），我意识到，那个版本被大大地雅化了：第4行被改写为“And what a wave must be”（波浪必定会怎样），第8行被改写为“As if the chart were given”（仿佛图纸已经给了）。狄金森自己的版本“And what a Billow be -”（巨浪会怎样－）给我一种飞扬轻快的感觉，这让我意识到狄金森诗歌的声音如此热情奔放、不拘一格。我小时候乘坐有轨电车常常买“checks”（车票），我后来得知，狄金森这里所说的“checks”就是火车票，所以，如果编者不做改动的话，我当时一定会理解“checks”这个名词是什么意思。最后读到狄金森实际是怎么写的，我发现：如果要到达某个地方，拿到一张车票当然比仅仅拿到一张图纸更有把握。这两位最初的编者为了归顺诗人的语法，不惜牺牲“Billow be”这个词组轻快的头韵效果；还决定换掉那个俗语“车票”(意味着你可以买一张通向天堂的火车票)，而取用一个更加书面的文雅的词语“图纸”。

初看之下，两个诗节的基本结构是一致的：首先陈述未曾体验(我从未见过X)，然后陈述无须直接体验(但我知道X)。从句法意义上来说，这是真实的，但这个事实并没有告诉我们狄金森为什么没在第1个诗节之后就结束她的诗作。她说，荒原和海洋都是她不知道的事物，可是，她知道“石楠像什么”和“巨浪会怎样－”。她从书本里学到过，或许是从艾米莉·勃朗特的《呼啸山庄》和拜伦的《恰尔德·哈罗德游记》里学到的。阅读书本上对尘世中的石楠和巨浪的描述，你不必考虑上当受骗的问题，但是，狄金森进一步思忖，并在第2节问道：那么，书本上召唤的那些不可见的事物，上帝和天国，如何呢？它们也同样可信吗？

乔治·赫伯特和亨利·沃恩的宗教抒情诗，以有力的方式再现了天国和上帝，她当然知道。可是，她却不能以“巨浪会怎样－”那种同样的感官愉悦来传达这些灵性概念。那么，为了让它们看起来可信，她该怎么办呢？狄金森首先要劝说自己相信这是一种可信的体验，她以她熟悉的阿默斯特的生活习俗来加以想象，就好比一个人对另一个说，要去拜访对方(比如，地点在北安普顿)，然后买好了“车票”，准备坐火车去。假如她可以想象天国就在不远的地方，乘火车只有几站地那么远，倘若上帝就是隔壁的邻居，那么，即使不可见，她也至少可以让这两个名词变得熟悉亲切。《启示录》经文中那个充满宝石的天国不是她在这里想去拜访的天国。狄金森让我们去体会，并向我们展示，人类往往喜欢把天国设想为他们日常生活中可以拜访、谈论和前往的地方，她以这种方式向《启示录》那个堂而皇之的天堂幻象表示不以为然。

[J 1052]

830　时间的－钦佩－与轻蔑－

时间的－钦佩－与轻蔑－
最公正－通过敞开的坟墓－
死去－正如一个高度
重组评估
我们从前所未见
现在看得分明－
我们从前之所见－
现在几乎－看不见

这是复合的灵视－
光－成就了光－
有限－被无限
装饰－
凸面－见证凹面－
朝后－走向时间－
朝前－
走向他的上帝－

尽管狄金森在这首高昂的诗中未曾提起耶稣的复活，但那个“敞开的坟墓”的故事却使全诗有了生机。然而她讲述的不是神的故事，而是人的故事：只有在一个人死去时我们才能理解那个人的真正价值。“时间的－钦佩－与轻蔑－”是一个凝重的18世纪抽象概念的表达，就像在一篇散文或布道文中可能会找到的那样。这意味着人们能以时间的眼睛回顾历史，这一历史进程本身就揭示了终极真理，例如圣人的可敬的品质（他们在世时被隐藏）或者帝王的可鄙的残酷（他们在其统治期间备受奉承）。福音书以绵羊与山羊［《马太福音》(25：32—33)］代表被祝福者和被诅咒者，这个耳熟能详的形象被狄金森重新书写了，借助爱德华·吉本[①]的距离，加之最后的审判被时间赋予了意识上的优势，甚至“轻蔑”亦被担保。精心设计的言辞（来自那位作者，她惊人地问道：“我是无名！你是谁？”），以及诗歌一开篇所采用的宽阔的五音步诗句，对狄金森而言都如此不同寻常，这一切都在警告我们，严肃的事情就要来了。

事实上当我们读这首诗时，我们不仅会听到其中的短句，还会听到这些短句组成的长句。如果有人把这首诗以它最初的五音步节奏接着印下去，那么在第4行之后，狄金森就“真的”在写英雄双韵体了。就像她手稿上留下的那样，这首诗以两个对句开始（第1—4行，在我下面的修订版中保持不变），第一个对句由一个五音步后接一个四音步构成，第二个对句的两行都是四音步。也就是说，在1—4行里，她在用押韵的对句写作。（我在下面的第4行后插入了一个空格，以提醒读者节奏的变化。）在她的手稿中，从第4行起，诗歌就在两拍和三拍交替排列的四行诗中押韵，这些诗句可以合并起来构成一系列“五步格”。在《我活着不能跟你一起－》(＊706)中，我们已经见过了这个狄金森式的做法，但那里的“五步格”节奏远比此处更为参差不齐。在这里的“对句”中，最后一组与诗人的开放对句相吻合，用一个五步格与一个四步格相配。因此当他们接近“时间的上帝”时，这首诗的结尾为死去爱人的升天保持了

① 爱德华·吉本（1737—1794），英国历史学家，代表作《罗马帝国衰亡史》。

“敞开”状态：

时间的－钦佩－与轻蔑－ 5
最公正－通过敞开的坟墓－ 4
死去－如同一个高度 4
重组评估 4

我们从前所未见现在看得分明－ 5
我们从前之所见现在几乎－看不见－ 5
这是复合的灵视－光－成就了光－ 5
有限－被无限装饰－ 5
凸面－见证凹面－朝后－走向时间－ 5
朝前－走向他的上帝－ 4

The Admirations - and Contempts - of time - 5
Show justest - through an Open Tomb - 4
The Dying - as it were a Hight 4
Reorganizes Estimate 4

And what We saw not We distinguish clear - 5
And mostly - see not What We saw before - 5
'Tis Compound Vision - Light - enabling Light - 5
The Finite - furnished With the Infinite - 5
Convex - and Concave Witness - Back - toward Time - 5
And forward - Toward the God of Him - 4

这首诗的“结”出现在第5—8行，如警句一般，优雅地描述了对死亡的认知。死亡揭示了卑微者至今还隐藏着的高贵，我们也不再（或多或少地）注重道德价值的社会“共性”。这种世俗判断的反转，使得那些落后的人认识到了他们从前在道德上的盲目。但是责备之后，狄金森就将其抛开，又开始大段描述之前的“评估”被“重组”［过］后的新认识。（它被重新组织而非遭到否定；我们“几乎”看不见之前所见的，但死者不太受欢迎的方面并没有完全被抹去；保留了一些对我们先前不利判断的尊重。）

当过去的错误被抛诸脑后，狄金森极力称赞至高无上的灵视，它是因失去而获得的。死亡的照明赋予我们“复合的灵视”（普通的左右双目组合的立体视觉的终极版本，因为正如她后来所说，它提供了“凸面”和“凹面”的见证）。死亡之“光”赋予了之前的普通视觉的光更多力量，我们失去的有限凡人，因“无限”的装饰而高贵起来。在这个非宗教版本的复活中，“无限”意味着什么？在我们看来，一个被爱之人死后多大程度上会“被无限”装饰起来？那个人的概念变得“无限”，因为它没有被可预想的未来限制。它变得像一个柏拉图式的理念，在其“圆周”中变得完满，没有开端也没有结束——如同X，一个象形符号。

向后看的同时又向前看，就是要拥有上帝的神力。凸面［)］向左看，朝后看，向着时间；凹面［(］向右看，朝前看，向着时间的上帝。我们心爱的死者不会垂直飞升；他们仍然在人类的水平面上，朝着时间的上帝“向前”迈进。时间的“上帝”，一定是视野中记忆的非时间性的“无限”，其中所爱的死者被放大了。一个人被爱人的消逝所照亮，他便拥有了一颗新的星星（正如狄金森在别处所说的那样）。作为一位留下印迹的诗人，她把新的星星转换为星号，就像在《行你的大道！》(1673，J 1638) 中那样：

行你的大道！
你遇见的星辰
均衡如你自己－

何谓星辰，莫非就是星号
指向一个人的生命？

从韵律方面来看，狄金森写出了一首高度哀婉的“五步格”。同时她也通过自己的断句，写出了新感知的短促的量子－爆发（“光－成就了光－”，“凸面－见证凹面－”），她一举两得，扮演了双重角色：哀悼者与灵视者。

［J 906］

836　肤色－等级－教派－

肤色－等级[1]－教派－
这些－是时间的事情－
死亡那更神圣的分类
对它们一概不知－

如睡眠中－忘记了一切色度－
抛开了－种种教义－
死亡那巨大的－民主的手指
把烙印擦去－

哪怕对切尔克斯人[2]－他也不会在意－
若是他收起茧蛹
无论白皙[3]－还是深棕－
同样是蝴蝶－

---

① 根据狄金森的词典，“Caste”一词义项丰富：人种、民族、世袭等级、社会序列、氏族身份、同等级群体。这里译作“等级”。

② 切尔克斯人是一支生活在黑海沿岸、北高加索地区的世居民族，据说是世界上最美丽、最富有色彩的民族。中世纪晚期以来，在欧洲人的想象中，“切尔克斯人”是女性的理想化形象。

③ “白皙”译自“blonde”，指明亮色，通常用于金发碧眼的白种人，这里带有明显的暗示，以蝴蝶的颜色暗示人种。

从他的含混中破茧而出－
死亡－对此多么熟悉－
而我们渺小的直觉－
认为难以置信

狄金森这首反对肤色、阶级或教派歧视的平静宣言并不为人所熟知，但值得广泛传播，即使只是为了人们对狄金森的一个想当然的判断：她（早年）的阶级态度和朝气蓬勃的才智表明，对于他人的痛苦她始终不够敏感。在这里，“肤色”代表人种歧视，“等级”代表阶级歧视，而“教派”代表宗教歧视。狄金森并没有提出这些歧视在现代社会生活中将会消除；她将它们视为“时间的事情”，每个社会中都会出现，只能随着时间的流逝加以补救。

但是死亡对这些妨碍平等的偏见一概不知：在他“那更神圣的分类”中，它们根本就不存在。通过睡眠与死亡的类比（文学中的一个老生常谈），狄金森说道：当我们睡着时，什么肤色、什么意识形态，统统都被遗忘了，正如在死亡中会发生同样的遗忘。她将欧洲的过去置于身后，点明死亡那“巨大的－民主的手指”自会抹去“烙印”——这个词与被烙下印记的奴隶尤为相关。接着她以具体行动表现死亡。如果一个带有异域风情的美女（一个“切尔克斯人”）死了，他不会对她有任何特殊的关照；他知道，每一只茧蛹（无论深色还是浅色），经过死亡的黑暗，都会孵出一只蝴蝶，与其他蝴蝶平等。这个情节概要引领我们从第12行跨越到第13行，暗示蝴蝶曾被白色空间分隔，之后破茧而出。

最后3行必须倒着读，也就是说：“我们渺小的直觉－/ 认为难以置信［之事］/ 死亡－对此多么熟悉－”。死亡的巨大“直觉”（如同他巨大的手指）知道，死不以肤色来区分；我们“渺小”的直觉却那样执着于可见的差异，竟认为若有一个地方能够实现真正的民主，那是“难以置信”的，那里的“教义”竟然不区分公理会与长老会[①]，那里的“色度”竟然不区分“白皙的”切尔克斯人和“深棕色的”非洲人。

诗人在偏见面前抛出了一个考验。在1864年的美国，奴隶仍被打上“烙印”出售，教义将教会彼此分开，种族和阶级的种种主张和借口将“白皙”与“深棕”隔离。美国唯一真正的民主派是死亡，他平等地对待每一个人，而不仅仅停留于说教。为什么在一个民主的国度，我们的“直觉”如此“渺小”？开国元勋们在他们“不言自明”的真理中写下了“人人生而平等”（尽管黑人的地位在当时并不平等），他们更大的直觉遇到了什么？美国自身发生了什么，让这条真理不再不言自明？

玛莎·狄金森·比安奇1929年在《国家》周刊发表了这首诗，并改动了第5行。对于一位淑女而言，死亡“如睡眠中–忘记了一切色度–”的断言似乎过于激进。狄金森赞成种族间的通婚吗？她在多大程度上想象色度，更不用说“一切”色度，在美国能被忘记？回归基督教的刻板论调，比安奇将这句诗改为了：“如睡眠中–忘记了这里的一切。”一旦尘世被抛诸身后，人们就会忘记（这位虔诚的编辑说）一切，包括心怀偏见的同胞的原罪。我认为狄金森对“教义”的嘲讽呼应了圣保罗的措辞：“既成了人，就把孩子的事丢弃了。”［《哥林多前书》（13：11）］在死亡中，宗派教义或孩子的事都被“丢弃了”，保罗诉诸空间，而狄金森诉诸时间（她把处理茧蛹之事留给死亡）。

第2诗节与第1诗节的结构相似：两行关于尘世生活，两行关于死亡。接下来的5行是诗歌的高潮，随着中央舞台被交给死亡，这种对称结构发生了变化。如果写成散文，这些诗行会是这样：“即使死

① 公理会和长老会是基督教的两个不同教派，前者主张地方教堂自治，后者主张通过选举长老作为代表管理教堂。

者是切尔克斯美人，死亡也是粗心大意的［也就是，不会特别当心］；如果他收起一只白皙的或深棕的蛹，它们都会同等地作为蝴蝶冒出来，从他的含混之中。”只有在最后3行中，在死亡“更神圣的分类”后，这首诗才转向第一人称复数，这首教谕诗假设它所面向的人群是我们美国人，我们觉得任何取消肤色、等级和教派差异的提议都是难以置信的。有人读出“人人生而平等”，而“我们”回应说，“但这太难以置信！”［在1929年的版本中，“implausible”（难以置信）被替换为“incredible”（不可思议），而这个替换词其实已被狄金森本人否决了。］狄金森并未隐藏自己的蔑视，但是蔑视被缓和了，因为她本人也在被蔑视的人群之中，也是不民主的美国人，大家都没有采纳《独立宣言》的民主原则，虽然我们表面上尊重它。狄金森在这里避免提及基督教的不死的“灵魂”。她更偏爱蝴蝶的自然象征，而蝴蝶也是古典的灵魂普绪克的神话象征。

［J 970］

857　她应他的要求而起－丢下

她应他的要求而起－丢下
她生命中的玩具
承担起那份光荣的工作
成为女人，和妻子－

若她错过了什么，在新的一天，
广阔，或敬畏－
或最初的期盼－或金子
在使用中，磨损，

那也无人道及－好比海洋
培育珍珠，和水草，
只有他自己－清楚
它们停留的深度－

年复一年，狄金森目睹着她少女时代的朋友们嫁为人妻，而她自己则是“美人中唯一的袋鼠”，正如她在1862年7月的信中对希金森所说（参见L268，但此信不是关于这一主题）。通过观察他人的（不仅限于她哥哥的）婚姻，她知道婚姻中有许多难言之隐，无论是好是坏，而婚姻美满的社会假象可能会掩盖起悲伤及痛苦的幻灭。尽管如此，她还是钦佩将不满埋藏心底的婚内忠诚。

这首诗是对一位女性婚后生活的三个阶段的心理学研究：第一是她答应结婚以及答应之后的结果，第二是她在物质上和精神上的双重失望，第三是这位已婚女性后来的隐秘的心灵。鉴于其精简性，这首诗在修辞“色彩”上随时间而变化，颇为引人注目。首行以两个主动动词快捷而有活力地开启了第1节：“她应……而起［并］丢下。”但她为什么而起？“他的要求”——这是一个怪异的求婚表达。这要求似乎是她应放弃她生活中的“玩具”（她曾陶醉其中的一切），继而承担起与玩乐相反的事即“工作”。就好像结婚典礼上的字句，声称“要爱并珍惜”的地方，其实是在说“要作为女人和妻子而工作”。是的，这是一个“光荣的”人生阶段——但它一定是仅有劳作而绝无玩乐吗？至少在这首诗中，这“要求”似乎并不包括性或母爱。她作为女人的工作就是操持家务并管理仆人，她作为妻子的工作则是服务并取悦她的丈夫。如果爱和性与“工作”的观念相悖，就会被压制。我想我们要透过新婚妻子的眼睛来读这个诗节，她渴望承担起丈夫对她所要求的责任，但对它们的了解仍很模糊。

在接下来的、关于幻灭的一节中，狄金森列举了妻子在人生的新站点可能会错过什么。我们怀疑她最先错过的就是狄金森认为如果她自己投身于婚姻势必会错过的东西：她会错过“广阔”——一个更广阔的领域，还有“敬畏”——崇高。这位妻子还会错过第1节中描绘的欢乐的“期盼”，是它激发了她对作为女主人的“光荣”角色的设想。但随即而来的幻灭更为深刻；金戒指象征的婚姻的喜悦，出了什么问题？如果它本应被“磨损”，那还有什么可期待的呢？戒指原本意味着持续终生——但如果随着岁月流逝它被磨得越来越薄，当妻子不被爱也不去爱的时候，它最终是否会彻底消逝呢？

这首诗中真正的悬念是妻子在对婚姻幻灭后，心灵会发生什么。面对这种似乎愈发狭窄、紧缩、消减快乐的生活，妻子会做何反应？这首诗是否会以苦涩、玩世不恭、气急败坏或自怨自艾告终？在一个引人入胜的启发真相的时刻，狄金森看到妻子对喜悦或悲伤的反应必须保持沉默与自省，这是保守婚姻秘密的需要。第2节中提到的所有的“磨损”都不会对别人也不会对她的丈夫提及。这沉默将会成为一个反高潮，若不是狄金森以一个深刻的譬喻描绘出妻子的心灵：它是一片海洋（在狄金森笔下，海洋一向是男性），只有它自己能测量其深度。这个藏匿着牡蛎与藻类、珍珠与海藻的不可见的水下领域，对陆地世界而言是未知的。

本节中至关重要的一个词是“培育”。在婚姻的第一阶段，妻子可能在培育珍珠；在第二阶段，是水草；但在第三个也就是反思的阶段，她测量自己所培育的深度。关于这个阶段，我们可能会想到济慈在《人的四季》中对人的发展的描绘。经过一个“生机勃勃的”春季和一个充满梦想的夏季，人的心智来到了它的秋季：

　　他的心灵
在秋天有宁静的港湾，那时
　　他收拢翅膀，如此满足
悠然闲望着雾色。

秋日的雾色如同深不可测的海洋，在它们对沉思的描绘中，排除了任何精力充沛的活动。那个“应他的要求而起”的迅捷的年轻姑娘如今拥有了一个深沉的境界，她心灵成长中的喜乐与悲伤“停留”于此。

[J 732]

861　他们说“时间会平息”-

他们说“时间会平息”-
时间从不曾平息过-
一种实在的痛，随岁月
增强，如肌肉筋骨-

时间是烦恼的考验-
但不是药方-
若证明有效，亦证明
不曾有过病恙-

这是读者所珍视的、干脆而真实的狄金森。多少人看到抨击老生常谈的前两行时，一定会欣喜异常！狄金森带着令人钦羡的笃定发出她最为大胆的声明，而这便是其中之一。通常说时间能够“平息”的，是死亡的悲伤。由于“assuage”（平息）的词根（狄金森可能也知道这一点）是拉丁语词 *suavis*“甜蜜”，她完全有权说，任何有关肉体消亡的事都不会是“甜蜜”的。狄金森在做出一个激进的反驳时，她甚至会毫不犹豫地说出一些存疑的事情。事实上，肌肉筋骨会随年龄增长而增强吗？或许奥林匹克运动员会是这样。但她愤怒地写下了“岁月”（Age，已经包含在“assu-age”的词根中）一词，以对抗那个抚慰人心的动词。岁月不会比死亡更能“［被］平息”。

在拆解了“平息”(assuage) 后，狄金森继续拆解作为抚慰者的“时间”(Time) 。“时间是烦恼的考验”(Time is a Test of Trouble) 通过三个押头韵的“t”——“保证”了陈述的真实性，创造了三个层次。首先你摆好“烦恼”(Trouble) 这个词，在它上面放上“考验”(Test) ，在顶端再摆上“时间”(Time) 。然后从上至下地读出你摆的这一摞，你按这样的顺序依次看到了“时间”“考验”和“烦恼”——一件富有逻辑的完美作品。“考验”或称“测试”，是中世纪确定目击者证词可靠性的一种方式：幸存下来就证明是真的。因此在这里，能在烦恼考验中幸存下来，对心灵是有益的。但比起对烦恼的化解，它更是一次对心灵的强化。

狄金森说她“眯起探究的眼睛”(*550) 来衡量她遇到的每一个悲伤。她在这里窥探到，自己在想象中感同身受的悲伤从其宿主的脸上消失了。难以逆转的悲伤关乎死亡，是无法治愈的“病恙”(Malady) ，没有任何已知的“药方”(Remedy) 。通过“Remedy”与“Malady”在相应位置上的押韵，狄金森表达了她的观点。由于“他们”重申关于抚慰的那些老生常谈，诗人坚决捍卫自己加剧的痛苦，全力否认有任何平息的可能性。而病恙一旦写在纸上，就永不会死去，正如她在“一个词不经意地落在纸上”(*1268) 中所说的那样：

感染在句子里繁衍滋生
我们或许会吸入绝望
穿越数百年的距离
发自那瘴气－

狄金森失去了她唯一的“玩伴”，她的狗卡罗，当时希金森来信表达同情。她回信 (L 319) 说，“谢谢你，我为卡罗祷告”，接着她写出了《他们说“时间会平息”－》中的第2诗节。但她又补充道：

“我还有小山坡，它是我仅存的直布罗陀[1]。在我看来，自然似乎独自玩耍，没有朋友。”她再没收养过其他的狗。

令人震惊的是，这首毫不妥协的诗在诗人死后发表于《独立报》，编辑竟为它添加了这样一个标题——“时间的疗愈”。

[J 686]

① 根据狄金森语料库，“Gibraltar”（直布罗陀）一词有“坚固的据点”“强大的堡垒”等义项，又有“俗世的力量”“暂时的安全”等引申义。

867　我感到我的思维里有一种劈裂 -

我感到我的思维里有一种劈裂 -
好像我的大脑劈开了 -
我尝试拼接它 - 缝接缝 -
但无法将它们吻合起来 -

后来的所想，我竭力接合
到先前的所想 -
但次序散了，声音脱节 -
如个个线团 - 在地板上 -

从词源上看，一道“劈裂”（Cleaving）是由砍刀（Cleaver）完成的。这是人类最可怕的工具之一，通常用于武力。在《我们相会如火花 - 由分散的燧石》（918，J 958）中，狄金森将她自己与一位心爱之人的分离比作“被扁斧劈开”的燧石。在另一处［《在所有鸟之后》（1383，J 1395）］，“劈裂”（cleave）作为反身动词，指某物将自身一分为二。我们或许无法确知她在此处的用法，但在我看来，“劈开”中的暴力意味，表明第一种用法，“被劈裂”，可能性更大。无论如何，这种“劈裂”不是在健康的大脑中自行发生的；它由某些介质导致，而这里似乎是内部介质。诗人感到她的大脑似乎“劈开了”——如同一个过熟的水果，装载过量，超出了它的限度。

她没有试图隔离出单一原因，这首诗没有向后看，而是向前看，看诗人如何试图修复裂缝。不确定裂缝只是虚拟的［在她的“思维”(Mind) 中］，还是生理上的［在她的“大脑”(Brain) 中］，她不停地追问，却最终绝望地转向了行动。在将大脑的两半拼接在一起之前，她必须将一半与另一半相互吻合起来——考虑到大脑两个半球的对称性，人们可能会认为这项任务并不算太难。她无法拼合它们，这一事实表明，问题出在心理而非生理上（正如她已经暗示的，在将大脑纳入隐喻之前，首先将裂缝定位在思维之中）。吻合两半球体的尝试失败了——没能“拼合”在一起——同时失败的，还有单数的“它”［由“劈开”(split) 和“吻合”(fit) 得以再次加强］叠成了复数的“它们”。

在另一个（徒劳地）尝试修补裂缝的过程中，狄金森想要将她的两半思想区分开来，称其中一半为“先前的所想”(过去的)，另一半为“后来的所想”(未来的，下一个)。这两个几乎相同的短语，不同之处仅仅在于状语修饰语“先前的”或“后来的”，这表明把一个与另一个接合在一起，“本应”十分容易。将思想 A 与思想 B 衔接起来会有多大的困难呢？本应容易的一件事却难以置信地困难，这一事实表明了分裂的定局。切口无法弥补。

无法让当下与过去接合是如此令人不安，以至于狄金森倾向于用隐喻来阐明。它是什么样的？在试图重建有序的思想时，她自问道。她想到了毛线团，当它们跌落并滚过地板时，拆散了主人的编织。“缠绕”(Ravel) 是一个丰富的词：除字面意思“拆开编织，拆散编织结”之外，狄金森的1844年版《韦伯斯特词典》将这个词的不及物用法定义为“陷入困惑与混乱”。它提供的例句是来自弥尔顿的引文：“直到加入了他们自己的困惑，他们缠绕得更多，解决得更少。”(《力士参孙》，305，这里，合唱团谈到人类质疑上帝的公正性。)《韦伯斯特词典》的第二个定义也很贴切：“陷入困惑；让自己忙于错综复杂的事物。”

在描绘地板上的线团时，狄金森起初用了一个字面的词语“reach”（延伸、到达、范围），创造了一个完全可以理解的隐喻：

但次序散了，脱离可及的范围 –
像个个线团 – 在地板上 –

然而在修改中，狄金森舍弃了“reach”，换成了“Sound”（声音）。为什么？正是过去和现在的“次序”在自我松散；这告诉我们，狄金森把“次序”（Sequence，来自拉丁语词汇 *sequor*，“跟随”）理解为一种“声音”，如同在音乐中。这里，狄金森的“弦”无疑“断”了，正如在《头一日的夜晚来了 –》（*423）中的情况那样。在那里她描述自己的大脑经受了灾难，以至错乱（“我的大脑 – 开始笑起来 –”），但她还说道，“我曾经是那个人 – / 这一个 – 感觉不一样 – ”，直截了当地说出了这个意思：次序可怕地变成了差异。

在《我感到我的思维里有一种劈裂 – 》中，当次序变成声音，“个个线团 – 在地板上 – ”类似于乐谱上的音符，它们正在自我脱节，形成不和谐的一堆。

狄金森在寄给她嫂子苏珊的版本中尝试了更进一步、更强大的一个隐喻：

后来的尘埃我竭力接合
到前面的圆盘 –
但次序散了，声音脱节
如个个线团在地板上 –

这个新隐喻，从大自然借用的象征物，重塑了“后来的思想”和“先前的思想”，过去和未来。过去是“尘埃”（如同尘世的一切事物）。但什么是圆盘？它是初升的太阳，永远标志着一个崭新的开始。在四行诗《太阳的形态》（1580，J 1550）中，狄金森认为单靠光辉并不足以构成太阳。许多造物可能都有“光辉”，但只有一个是太阳，独一无二，因为他被造成了一种形态，一个圆盘：

太阳的形态
只与他自身相配
因为光辉必须有圆盘
才成其为太阳－

无法将“尘埃”（Dust）并入“圆盘”（Disk）对诗人来说更加痛苦，因为在某些方面二者之间是如此相似：（像 Dickinson 一样）都以“D”开头，都有四个字母，而中间音“us”与“is”也非常相似。两个词语在声音和外观上既然如此紧密关联，把它们接合起来应该不太难。但是当诗人伸向过去，它碎为尘埃；当她伸向黎明，它不会来。“圆盘”这个词是狄金森的一个护身符（在狄金森语料库中，它以“Disc”和“Disk”这两种拼写出现了15次）；她总是以《韦伯斯特词典》中列出的多重含义的某一个，十分严肃地使用这一语词。

我们看到她在这里，带着过往的种种时刻，次序已脱节，每个时刻原本都是一个金色的圆盘，但现在则是一堆尘埃。于是我们看到了思维彻底的悲剧，任何一个未来的圆盘都不可能跟它接合起来。

［J 937，J 992］

895　比鸟儿更深入夏日 -

比鸟儿更深入夏日 -
哀婉，发自草地 -
一个小小的民族在举行
不引人注目的圣礼。

看不见任何仪式 -
恩典如此徐缓
变成一种温和的习惯 -
把寂寞扩展 -

正午最感古旧 -
当八月燃烧殆尽
幽灵般的颂歌升起
以示安息 -

尚未撤回任何恩典 -
辉光上亦无皱痕，
一种德鲁伊的差异
正把自然提升 -

狄金森将这首诗誊抄了一份，装入信封，准备寄给梅布尔·托德（诗人的兄长奥斯汀的情人），不过，富兰克林指出，这个信封“从未贴上邮票或盖上邮戳”。他补充道：“信封里还装入了一只蟋蟀，裹在纸包里。”当我们凝神思考这只死去的蟋蟀，狄金森这首自然诗的字面依据就被强行带到我们面前，昭然若揭，但她在此基础上进行的富有想象力的转化则更为清晰可见。我们可以说，真实的事物于她而言已经具有了隐喻性。《比鸟儿更深入夏日－》一诗有一个最初的版本，在结尾处表达了对挽歌等级的评论：“蟋蟀是［自然的］挽歌／之极致，对我而言－”，比起修辞华丽的篇章，她更喜爱蟋蟀“不引人注目”的挽歌。尽管博雅型挽歌在英语抒情诗中地位卓越，但狄金森更偏爱音乐中的小调，通过虫鸣这一媒介表达她自己更为内敛（也更“自然”）的诗学。由于这首诗经常被赞誉为狄金森的最高成就之一，蕴含着她的艺术奥秘，自然值得特别关注。

狄金森的艺术手法是毫不留情地删减，因为此诗最初的版本有7个诗节，经作者删减之后，只剩下两个完整的诗节。起初她觉得第一版的最后两节值得保留。（它们曾被认为是一首独立的诗，因为它们是在一片单独的纸上被发现的，但富兰克林把这两个诗节与其相应部分对接起来了。）以下是第一版末尾的那两个精致的诗节（既然富兰克林在阅读版中总是选择最后的完善抄本，因此，这两个诗节自然未被收入）：

大地有许多琴键－
旋律不在之处
是未知的半岛－
美－是自然的事实－

可是，见证她的土地－
见证她的海洋－

蟋蟀是她的挽歌
之极致，对我而言－

这些诗行表现出纯粹而绝对的自信：对全部音符的赞美；声称自然没有任何一部分缺少旋律；格言式的主张——对我们来说是事实，对自然来说则是美（这是无可否认的根基）；以及结尾的夸张——把蟋蟀排在挽歌之首——所有这些都极其具有狄金森的特质。然而，诗句的活力却没有重现出那种被归之于蟋蟀颂歌的"小调"式挽歌音调。在写下这两节美妙的诗句时，狄金森在做着她最擅长的一件事——以确切坚定的声音写作，这种技巧令信任这种权威声音的读者放心。很多人被狄金森吸引，正是因为这一类宣言："没有一艘舰艇像一本书""痛苦－扩展时间－""我栖居于可能性－"。狄金森一定付出了许多代价，才甘愿放弃这两个诗节中的光彩夺目的断言。但凭借着一个严谨艺术家的苛刻，狄金森在她的最终版本里，否定了自己令人难忘的结尾诗节及其铿锵有力的确定性。

随着诗人对自己初稿其他部分的修改（总是朝向一种更微妙的表达），她抵达了最终的4节版本，而正如我之前所提到的，这个版本中只保留了原来的7节中的两节。一些变化令人吃惊。起初蟋蟀之歌是"清晰可闻，在黄昏"，这种感受是如何变形为"正午最感古旧"的呢？［狄金森以"更感古旧"（Antiquer）开头，但很快就改为了她所一向偏爱的最高级（Antiquest）。］富兰克林花了4页多来研究这首无可指摘的诗作的异文草稿，但这里由于篇幅所限，我想，先以散文体来重写一下最终版本里的4个句子：

一个小小民族举行，［在一个时段］比鸟儿更深入的夏日里，它不引人注目的圣礼。

没有圣餐礼［仪式］可见；恩典是如此徐缓，以至于它变成了扩展寂寞的温和的习惯。

正是在中午，这歌曲被感觉到最为古旧；当八月燃烧殆尽，这幽灵般的颂歌升起，以显示安息。

尚未有任何恩典被撤回；也没有任何皱痕破坏辉光，但有一种德鲁伊的差异正在把自然提升。

这首诗的主题是渐进或“徐缓”；在我们有所觉察前，秋天就对我们实施了盗窃。诗人如何表现这种难以察觉却又明显的变化呢？既然“恩典”未曾减少，本季节的“辉光”也尚未遭破坏，那么，我们通过什么方式来觉察到这种夏季消退、秋季临近的逐渐增加的差异呢？此诗从许多方面表现出了渐进性。现在仍是夏天，鸟儿仍在唱歌，但是合唱中加入了一种新的（济慈式的）声音，这就是蟋蟀的声响。济慈在《秋颂》中让红知更鸟“柔和高音”的余声与篱间蟋蟀的鸣唱一同被听到。和他一样，狄金森没有用蟋蟀的歌取代鸟鸣，而是让两种音乐共存；然而蟋蟀比鸟儿“更深入夏日”。在“自然的子民”之中［参见《草丛里一条狭长的家伙》(* 1096) ］，蟋蟀是一个“小小的民族”(minor 或许是一个双关语，兼指他们的颂歌中的小调）；然而它们却宣告了由盛转衰的巨大转变。

狄金森通过季节与现象来计时：夏天里先是鸟儿，然后是蟋蟀。蟋蟀祈祷的“恩典”是如此渐进、徐缓，以至于它（几乎）变成了“习惯”——习惯性的一成不变现象。诗人暗示在夏天更早些的时候，某种意义上她已经处于孤独状态，但蟋蟀的歌具有“把寂寞扩展”的渐进效果。“Loneliness”（寂寞）作为一个抽象名词是没有时态的；但作为一种持续的季节性感受，它可以扩大为更具包容性的现象。动词“enlarge”（扩展）是英语中持续进行的、强有力的“进行式”动词之一。因为“to become”（变成）、“to redden”（变红）、“to spread”（传播）、“to brighten”（变亮）、“to enlarge”（扩展）等动词，在被不及物地使用时没有固有的终点，“扩展”可以参与不可察觉现象的习惯性渐进。只是什么时候可以说，一个人今天的孤独莫名地比昨天的“更大”？蟋蟀唱歌的“习惯”在西方文化中持续了那样久，以至于它不是“古旧”或“比较古旧”，而是“最古旧”的；它的神话起源是希腊神话中的提托诺斯，他被众神赐予了永恒的存在而不是永恒的青春，随时光流逝渐渐枯朽，而他的情人黎明女神却永葆青春。

人们可能已经感觉到蟋蟀鸣唱的适当时间应该是黄昏，事实上我上文已提到，狄金森最初写道，“清晰可闻，在黄昏”。然而，正如约翰·邓恩对爱情的洞见：“中午过后，第一分钟就是黑夜。”（见《关于影子的演讲》）狄金森观察到，正是在中午人们注意到天空是多么低沉，而由于是八月，太阳已开始燃烧。在正午，草丛中蟋蟀一成不变的歌曲——如同我们将来那些幽魂自我的无形的幽灵伙伴所唱——述说着坟墓中不受干扰的安息。（在草稿中，狄金森解释了为什么蟋蟀的歌代表着安息，这是由于它的一成不变：“它亦不知区别／无论抑扬，还是顿挫 - ”。）狄金森对蟋蟀仪式的用词［“Mass”（圣礼）、“Ordinance”（仪式）、“gradual”（徐缓）、“Grace”（恩典）、“gentle Custom”（温和的习惯）、“Antiquest”（古旧）、“spectral Canticle”（幽灵般的颂歌）、“Repose”（安息）、“typify”（表示）、“Remit”（撤回）］无一例外皆源自拉丁语，与“圣礼”相配，但最终它们都被更原始的东西取代了。如同天主教的圣礼及其严格的仪式，或是它渐进的恩典，宗教语词“颂歌”（Canticle，与“spectral”构成行内韵）表明这中间的“圣礼”提供了“薄雾中的最后一次圣餐”［正如“夏日的圣典”，见《这是鸟儿回归的日子 - 》（* 122）］。但那首更早的诗（“呵，骗不了蜜蜂的诡计”在其怨恨中）仍然表达了“印第安夏日”模仿真正夏日的苦涩感受。在《比鸟儿更深入夏日 - 》（正如我们将看到的）结束时，没有留下任何怨恨——这种神圣感比《这是鸟儿回归的日子 - 》中封闭的、薄雾笼罩的“圣礼”更为真实，而后者只有“孩子”才能领受。现在狄金森不再假装自己是个孩子，也不会用济慈式的“雾”

或黄昏来临来遮掩现实。她允许在正午时分彻底意识到衰退，同时决定去表现其不可察觉性。除了第一处“Grass”（草地）和“Mass”（圣礼）押完全韵，其他韵脚都是斜韵，它们或多或少彼此分开："Grace...Loneliness”“low...typify，最后是字形相同但听觉截然不同的“Glow...now”，并以“glow”呼应了前面的“low”。①

变化是不可察觉的，狄金森坚持这一点，因而重申了“恩典”这个词。虽然恩典是“徐缓的”，但它还没有明显地撤回（返回）自身的任何一部分。动词“Remit”（撤回）是动词“remits”的未标记形式，其主语是“恩典”，完整句子的规范形式为：“No Grace remits as yet - ［there is］ no furrow on the Glow.”（尚未有任何恩典被撤回－光辉上也没有任何皱纹。）“犁沟”（furrow）是莎士比亚对眉间额上皱纹的比喻，见他的十四行诗第22首《我的镜子决不能劝我承认我老了》：他难过“在你［眉间］看到时间的犁沟”。在狄金森这里，夏天亮闪闪的干草田在收割之后将被犁过，那时，“犁沟”就会到来。狄金森将如何结束她这支关于渐进的柔板呢？她没有采用草稿中的最高级（“蟋蟀是她的挽歌／之极致，对我而言－”），对这个“小小的民族”来说，这个说法听起来未免过于夸张了，于是，她赞美这个脆弱的时刻，一年由盛转衰的时刻——“一种德鲁伊的差异／正把自然提升－”。

仅以一个“异教”词汇“德鲁伊的”，狄金森就全盘颠覆了她的拉丁（安魂曲）恩典圣礼与颂歌，并返回到更为遥远古旧的一种异端传统，那些德鲁伊诗人的无法解释的宗教。对此，1850年华兹华斯在《序曲》（卷13，345—349）中曾加以想象，他在索尔兹伯里平原巨石阵附近，遐思不已，看到了它们——

看到长须冉冉的大师，手执白色魔杖

---

① 中译本语序做了调整，与原文无法对应。

> 举起，时而指向繁星点点的天空，
> 时而，指向下方的平原，音乐的呼吸
> 摇摆着它们的动作，而废墟与他们
> 还有我共同陶醉于那甜美的声音。[①]

狄金森也时不时在自己的诗中指向布满星斗的天空，这里，她模仿德鲁伊诗人的动作，将她语言的“白色魔杖”指向绿草青青的“平原”，并听到——在德鲁伊的“音乐的呼吸”制造的“甜美的声音”中——有类似蟋蟀的音乐伴随着她自己的歌。

华兹华斯为德鲁伊人敬奉天地的宗教祈福，这为狄金森感恩自然运行提供了灵感。不再悲戚于季节由盛转衰，她让自己的诗以提升而不是挽歌作结：“一种德鲁伊的差异 / 正在把自然提升 - ”。这个积极的动词“提升”（enhance，源自拉丁语 *inaltare*，“提高”“举起”）通过其前缀回溯前文所采用的那个伤感的动词“扩展”（enlarge），它“纠正”了（并未抹去）诗人最初对蟋蟀的仪式所做的悲伤解读，她曾多愁善感地以为孤独会随季节更替而扩展。现在，正因为她已领悟到秋天几乎不可见的悄然来临，她就更敏锐地看到了“辉光”，更专注地听到了蟋蟀“不引人注意”的声响。关于诗人与先知，华兹华斯曾说过，每个人都有“一种适合自己的感知 / 以捕捉从前未见之物”（见《序曲》，卷13，304—305）。每个狄金森的读者现在听到不可见的蟋蟀，几乎不可能不同时想起狄金森对世界的感知如何让她得以捕捉到英格兰夏末的这种声响，并将济慈的英国之秋转化为“从前未见之物”的新世界。

［J 1068，J 1775］

---

① 参考英国威廉·华兹华斯著《序曲：或一位诗人的心灵成长》，丁宏为译。

905　劈开云雀 – 你会发现音乐 –

劈开云雀 – 你会发现音乐 –
银波里流转着，一颗颗圆球 –
吝啬地分配给夏日的清晨
为你的耳朵预留，当鲁特琴已旧 –

放出洪流 – 你会发现它分明 –
一股股涌流，只为你蓄存 –
猩红的实验！多疑的多马！
现在，你还怀疑你的鸟儿不真么？

诗人—叙述者被情人指责为不忠，因缺乏对方的信任而备受伤害。她为自己遭受侵犯的痛苦找到了一个暴力的隐喻。她想起在十字架上，“唯有一个兵拿枪扎他的肋旁，随即有血和水流出来”［《约翰福音》(19：34)］，于是她以耶稣的处境自况。她还想起了耶稣复活后跟门徒见面的故事，她把她的情人比作“怀疑者多马”，耶稣复活时多马不在场，因而不相信他已经死而复生：“我非看见他手上的钉痕，用指头探入那钉痕，又用手探入他的肋旁，我总不信。”8天后，耶稣再次来到他的门徒中间，和多马说话：“‘伸出你的指头来，摸我的手；伸出你的手来，探入我的肋旁。不要疑惑，总要信。’多马说：‘我的主，我的神。’耶稣对他说：‘你因看

见了我才信：那没有看见就信的有福了。’” ［《约翰福音》（20：24—29）］

现在诗人拿多疑的情人与怀疑者多马做类比。那么，她自己相当于哪个角色呢？她发明了一个自我隐喻：她是莎士比亚十四行诗（第29首）中的云雀，“在破晓时分”会“在天堂门前唱赞美诗”[①]——但她再也无法歌唱，因为她的情人给了她致命的一击。令我们惊讶的是狄金森想象她身体里藏着诗歌。如同卵巢中的卵子，她未来所有的诗歌曲调都已经在体内打包好了。然而她用花的球茎代替了人类的卵子，在每个春天到来之际都含苞待放。她的曲调如笛声“在银波中流转着”，但（女）诗人的歌谣一直以来都在破晓时分被“吝啬地分配”。她正试图省下自己大部分的音乐，以便有充足的供给留给她情人—求爱者的耳朵，即使后来七弦鲁特琴[②]变得衰老，像他一样。

狄金森激烈的开场强节拍“劈开云雀”，在后来的“放出洪流”中找到了对应的节奏。每行四拍的诗句中都隐含着一个扬抑抑格的韵律：“一二三。”这是一个三拍的华尔兹节奏，其中扬抑格的韵脚可以替代扬抑抑格韵脚，但格律不是我们在“老虎，老虎，明亮如燃烧”[③]中听到的单调的八音节扬抑格韵脚。这首诗中的一个长短格就像音乐中的附点音符，后面是另一个音符：“一（哒）三。”狄金森从她血流“涌流”的主要隐喻中选择她的格律。扬抑抑格的强节拍代表了血流的第一次脉冲；接下来的两个轻音节表示它逐渐减弱，直到快要停止的心跳迸出下一股血流。

---

① 第29首描述诗人沉溺悲伤、自怨自艾，但一想到恋人，“我的精神／便像云雀破晓从阴霾的大地／振翮上升，高唱着圣歌在天门”（梁宗岱译）。

② 鲁特琴，也称“诗琴”，是一种曲颈梨形拨弦乐器。通常指中世纪到巴洛克时期在欧洲使用的一类古乐器的总称，是文艺复兴时期欧洲最风靡的家庭独奏乐器。在天使的手中，鲁特琴象征天堂的美与和谐。

③ “老虎，老虎，明亮如燃烧”（Tiger, tiger, burning bright）是威廉·布莱克诗作《老虎》一诗的首句。

直到狄金森在第2诗节中以自我身份（*propria persona*）言说，我们才意识到格律的这层“含义”；只有错误的出口（伤口而非喉咙）被打开时，“吝啬地分配”（Scantily dealt）某种东西（如音符或血滴）才会开始“涌流”。第2诗节中的感叹修辞从狄金森的假设开始：如果你“放出洪流”［我们以为在 Flood（洪流）这里会看到它的同韵词 Blood（血流）］，你会发现它的供应“分明”——眼看着，在它的银波中流转着——紧接着第一股“涌流”喷出，情人眼见所有为他单独预留的音乐从云雀体内倾泻而出，“一股股涌流”。

如同奥赛罗，多疑的情人非“眼见为实”则不信。在云雀对他的谴责中，最后两股血流押头韵：“猩红（Scarlet）的实验！多疑的（Sceptic）多马！”这最后几股涌流的扬抑抑格与扬抑格之后，是奄奄一息的云雀的“绝唱”[①]。它喘息着，“现在，你还怀疑你的鸟儿不真么？”讽刺的是，与“True”（真）押韵的是“You”（你），那个不忠的情人。而第1诗节中的第二个韵脚“old”（旧），则几乎包含在“rolled”（流转）的音节中，模拟那些在银波中流转的一颗颗圆球。

面对如此猩红的奔涌的控诉，狄金森诗歌的最初编者还是莫名其妙地给这首诗加了这样一个标题：“忠诚”。

［J 861］

① “绝唱”（dying fall）原为音乐术语，指乐段或乐句在结尾收束时渐弱的处理。

926　我从一块板迈向另一块

我从一块板迈向另一块
一种徐缓而谨慎的方式
我感受群星在我头边环绕
我的脚边全是海水－

我不知道下一步是不是
我最后的一寸－
这给了我摇摇欲坠的步态
有人称作“经验”－

狄金森在这里采取了她惯常的做法，从字面意义开始：她从一块木板跨到另一块上，缓慢而小心翼翼（这种体验，其他人可能会在施工到一半的房子的地板或在朽坏的桥梁上感受到）。她继续讲述一个几乎可从字面上理解的场景——只见一人在岸边，头顶是星辰，脚下是大海。即使到了第4和第5行，都几乎可看作是全然写实，直到“最后的一寸”这个词：“我不知道下一步是不是 / 我的最后一寸［一步，在抵达安全地面之前］。”但当狄金森用“inch”（一寸）替换了预想中的“step”（脚步）一词，我们便知道自己处于隐喻之中。因此，读到她在诗歌的最后两行中追加了隐喻叙事的意义，我们并不感到惊讶：解释“经验”对自我来说意味着什么。无忧而冲动，自我在青春时代勇往直前——接着，挫折、错误与痛苦开始长期损耗着最初冲动而轻率的尝试，直到一寸一寸地获得不情愿的“经验”。

这首诗大概一开始就为经验选择了基本的隐喻：一种“摇摇欲坠”的步态。但由于这是一首谜语诗，狄金森想要将前6行蕴含的谜底保留到最后，这样她就可以用“经验”这个词来结束这首诗。因此必须为“经验”找到一个韵，以体现“摇摇欲坠的步态”，而受到挑战的诗人选用了最高级，这是她的典型手法。现实生活中我们会说“最后一寸”或“最后一步”，但通常只有在谚语中，我们才能找到以寸衡量的前进运动：“给他一寸，他要一厄尔［厄尔（ell）是英格兰的度量单位，一厄尔相当于45寸］。”一寸又一寸地前进，一块又一块的木板，又在海上，令人想起对水手施加的死刑——“走木板”(walking the plank)。［关于“走木板”跨出了最后一寸，又见《这是他们从前希冀的地方》(1284，J 1264)。］《我从一块板迈向另一块》并未展现可见的景象——只有上面的星空无限延展，下面的海洋幽深莫测。与脚边的海洋相伴行走并感受（狄金森为这一情景选择的绝佳动词）头顶的星辰，就意味着直视这样的景象：在任何人类、文明或船只中都不可能获得救赎，只有一种精神上的肉体才能同时“感受”星辰与海洋。

摇晃不稳的木板周围的浩瀚暗示了许多“摇摇欲坠”(precarious)的含义。“precarious”这个词来自拉丁语的“祈祷”(*prex*，*preces*)，本意为“有赖于他人的意愿”，因此具有如下的义项（我缩减了《牛津英语词典》的列表）：易于失败，危险的，充满人身危险，有跌倒或遭遇其他事故的风险。一种“摇摇欲坠”的处境让人感到有必要恳请权威提供一个不那么危险的环境。但是在狄金森的诗中，没有这样的权威：一个人会以“摇摇欲坠的步态”行走，直至死亡。“Experience”(经验)这个词也来自拉丁语(*experientia*，尝试的行为)，意为“进行试验”。像任何“实验”一样，这一尝试应该有结果。但是一步又一步，缓慢而谨慎地行走于虚空之上，这里没有产生可见的结果，除了脱逃宿命，得到暂时的一寸。这首诗以日常的盎格鲁-撒克逊语开头，强调“我从一块木板迈向另一块”的字面意义，但到了最后，为表达获得的智慧，狄金森转向了多音节的拉丁语词汇“precarious”（摇摇欲坠）与“Experience”（经验）。然而，那个物质化词汇“Gait”［步态，来自“go”（去），与条顿语词根相同］，确保了这个隐喻中包含的“字面意义”。

［J 875］

930　诗人只是点亮灯盏－

诗人只是点亮灯盏－
他们自己－离开－
灯芯，由他们点燃
只要蓬勃的光－

持存，如太阳－
每个时代，一个透镜
将它们的圆周
撒播，扩散－

在19世纪的灯盏里，有一根灯芯漂浮在油脂或煤油等液体介质中；点灯者点燃灯芯后，如果定期补充燃料，灯芯就会持续发光。最初的光来自上帝，他说“要有光”。永恒的上帝不会“离开”，但诗人会离开，他们是肉体凡胎。然而在诗人身后，他们对其他灯芯的激励作用将持续下去——倘若那灯芯散发“蓬勃”的光芒。因此，倘若光常在，那么诗歌—灯芯便如同太阳，代代“持存”（坚守着，依附着）。每个时代成为一枚透镜，聚集着并扩散着这光芒，让它持续，“撒播”（扩散）它的整体广度以形成光芒的圆周（或许意味着，整个世界）。

为什么有些诗歌流传了下来？狄金森问道。任何时代都有大量的诗人，而每一位都创造了一盏灯，以某种感性的光谱，发着光。而所有的诗人，身为肉体凡胎，都会死去；并且大多数情况下，他们的诗歌也会随着他们创作时代的终结而消亡。狄金森竟然大胆地以诗人的终结来开启她的诗作：她要“离开”。那么，是什么让她的光“蓬勃”而不会衰亡呢？永恒常在的光，其最佳典范是太阳光："因为，正如太阳天天新天天旧，我的爱把说过的事絮絮不休”（莎士比亚十四行诗第76首）。[①]

灯光能够持续燃烧，一代代经久不息吗？那是莎士比亚在他“赋予永恒”的十四行诗中的期望。狄金森比他走得更远一步，她解释说，“蓬勃的”诗歌之所以能够幸存下来，是因为每个时代都会生成一枚独立的历史“透镜”，如同灯塔的透镜那样，可以聚焦并传播光。如果每个时代的透镜都能在前代诗歌中找到些什么并聚焦其上，那么光就能重新焕发并再次被传播。“撒播”意味着撒播种子；而经由透镜的投射，光的圆周就被扩大了，让它能够像太阳那样再次发挥作用，从种子中生长并结出果实。

这首诗的语言——关于灯盏、灯芯、介质、点燃、灯光以及通过透镜传播光——属于光学上的举例说明。其中，第2行，如墓志铭一般——“他们自己－离开－”，让诗人在保持精确性的同时不至于过于冰冷生硬。这首诗的写作超脱了凡人的宿命；就好像采取了上帝的视角，呈现出一种世代相续的全景。狄金森考虑到不同的年代可能被不同的诗歌吸引（一个时代的透镜可能很少固定在此处，而更经常在彼处），而且，时代与时代之间可能存在差异（就像凸透镜与凹透镜间的差异），但她确信每一时代对往日之光而言都是一枚新的透镜，这一点令人安心：在某处，某个时刻，那“蓬勃的”（有生命力的）诗会找到它的读者。如果肉体凡胎的诗人“go out”（离开），狄金森会以“Light”（光）这个词，代表他们的持续存活，与

① 这里采用了梁宗岱的中译本。

他们的“death”（死亡）押韵。而“Lens”（透镜）的小圆圈与诗人的“Circumference”（圆周）押韵（二者相似，而且透镜扩散了圆周）。随着每个时代增加一枚新的透镜，圆周持续扩展，于是，到最后，诗歌的光辉将不可限定，永无止境。

[J 883]

935　不知不觉，有如忧伤

不知不觉，有如忧伤
夏季就这样悄然离去－
如此不知不觉，看不出
背信弃义的痕迹－
一种提纯的静谧
当暮光远远开始，
或大自然独自消磨
她归隐的午后时光－
黄昏提早进场－
清晨闪着异样的光－
一种礼貌而恼人的优雅，
像客人，即将道别的模样－
如此，没有一片羽翼
也无须船只劳累
我们的夏季已轻轻逃逸
消隐于美－

如同《比鸟儿更深入夏日－》(*895)，狄金森再次写下了由夏入秋难以觉察的转变。《不知不觉，有如忧伤》最初是一首8节诗。狄金森将自己的诗稿大幅删减，压缩了一半，仅保留了4个诗节，再次展现出对自我陶醉的严苛态度。首末各有两个诗节被保留下来，中间的4节被删去了（因此没有出现在富兰克林的阅读版中）。以下是被删去的4节关于秋季的诗，选自A版手稿[①]，我在右栏列出了它们的基本释义：

冷静内在固有	清醒
虽有花哨的影响	花哨（红色）
由枫树借给了道路	
图像上的后果	落叶
投入阴沉的地方–	阴沉
如同被某一个清醒者	清醒
突然披上	突然的改变
单调的礼服–	一件单色，没有图案的衣服
鸟儿离去–	没有鸟儿
山坡上竟没有一朵花	没有花，焦虑
装点她因埋葬的压力	埋葬
而僵直的面庞–	
风越来越近–	风声
蟋蟀的话语如此清晰	虫鸣
可以推测–是它的祖先	
继承了大地–	占有权

① 这首诗前后出现过五份手稿，现存四份，分别标记为A、B、C、D、E版，后三个版本均仅存4个诗节。

无论事物在场与否，狄金森对它们的观察总是合乎逻辑。在她的审视中，在场的事物只有花哨的枫树与沉静、阴郁、棕色和光秃的主干道相抗衡。不在场的部分则包括：鸟儿的离开带来了痛苦，而且几乎找不到一朵花，能抚慰山坡因艰难与悲伤而皱缩的面庞。当狄金森对原始草稿的这一部分收尾时，她回到了在场，然而她（借用济慈的《秋颂》）创造了一个针对眼睛而非耳朵的在场。鸟鸣虽然流逝，仍可以听到自然的声音：风儿就在附近、蟋蟀的哀鸣表明了它们对存在根基的古老的拥有权。

那么，狄金森为何否决了这4个诗节呢？依逻辑顺序，4个诗节依次代表（变化后）可见物的在场、从前可见者的缺席，以及不可见物的听觉在场。它们也不缺乏有力的图像，特别是以抽象方式呈现出在场如何带来“后果”，我们从中看到花哨的枫树褪去了树叶，如同“图像上的后果／／投入阴沉的地方－”。我们感到狄金森的视线从枫树过渡到其所处的环境，这里没有鸟儿或花朵；也感到了风的逼近以及蟋蟀的安魂曲，后者一直拥有大地，如今上演着“埋葬的”场景。这几个诗节的麻烦在于，我们意识到（当我们将这几节与狄金森所保留的那几节进行比较），它们并未表现出“不知不觉”这一特征——而这毕竟是本诗的主题。当诗人的眼睛注意到由猩红的花哨到清醒冷静的明显变化时，很难说夏季的流逝是“不知不觉的”。没有什么不知不觉的现象可以说是“突然”发生的。如果说鸟鸣与鲜花“不知不觉”间便不复存在，这一说法未免过于草率；而说风比从前“更近”是对可感事物的感知，而非狄金森的主题——被“不知不觉”所蒙骗。

发现自己前后矛盾：起初提出不知不觉，后来罗列出明显可察觉的视觉变化，于是，狄金森毅然决定返回不知不觉的事物（不用说，这比可察觉的事物更难以阐明）。她首先将抽象概念“忧伤”与“背信弃义”拟人化，暗示这首诗的背后是一次遭受背叛的经历，即朋友或情人的（主动）离开。但她现在早已摆脱了忧伤的最初打击；她已知晓忧伤如何会一点点地“流逝”（消失），直到一个人意识到自己不再像从前那样忧伤。如果关系也是这样一点点地破裂，就像《现在我知道我失去了她－》（*1274）一诗中的诗句：“而是一种疏远，游动／在她面孔和唇舌之际。”没有发生那种可能会被贴上“背信弃义”标签的戏剧性决裂。如何能够（在另一环境，例如在自然界中）感受一种静谧，继而感到它变得如此凝缩，以致成为“提纯的静谧”？如何能说“现在是暮光”，很久之后又说，“现在还是暮光”？浓缩和延长都是变化，但是这些变化过于渐进，以至于可能注意不到。大自然退回到了自己的阵营，不再是初夏的那个慷慨而丰裕的女神，但尚未有任何东西作用于她。是她自己退隐了，以符合即将到来的暮光的静谧。

最终，狄金森接受了一个比较性的说法：黄昏比以前来得更早。但它仍是同一个“黄昏”，跟昨天的那个性质相同；正如向更晚的时间延伸并没有改变“暮光”，因此回溯更早的延伸也不会改变黄昏。没有出现新名词来标示这个可察觉的变化。一天结束之时因为黄昏来得更早，我们推测早晨可能会带来至少是可觉察的变化，事实上确实如此——“清晨闪着异样的光－”，但没有什么词会比异样的特性更为贴切。依旧是清晨，而清晨依旧闪着光，同从前一样，无论是否带着一种令人不安但却不可名状的差异。流逝与背信弃义，以及随之而来的忧伤的拟人化类比似乎暂被搁置，但它们在“像客人，即将道别的模样－”这句中再次化作人形。狄金森的悲伤与失落现在得到了另一种解释：它们伴随着季节而非她本人，准备着主动离开。然而它们只在“礼貌……优雅”这句中表现出了离开的意愿。不是一个词语逃避它们，而是诗人对它们正逐渐退出视野的感觉让这种行为礼貌而优雅，自然对她的善意令人烦恼、难过。

诗歌至此正式结束，最后一节总结之前发生的事。人们可以透过具体的物质迹象看到某种离开：鸟儿离去时展翅升空；一艘船离开时，龙骨吃水渐深。夏季的离开是毫无征兆的；她没有展开可见的羽翼，不用移动龙骨，因为她将自己交付给了“美”。“美”是狄金森一个永恒的精神范畴。纵使眼前的夏季会离去，但它所属的范畴被柏拉图式地保留了下来。

这首诗中最触目惊心的词是“escape”（逃离、逃逸）。一般来说，人们逃离奴役或是监狱。狄金森在夏季身上所看到的背信弃义，正如她现在所认识到的那样——不是不忠，而是优雅地逃离人的束缚。时间有其自身的义务：“神圣的季节可能不会被打扰”（济慈，《海伯利安》，第293行）。在这“逃逸”中，那种不知不觉依然保留着，甚至在离开的动作之中也是不知不觉的。这首诗发生在秋天——毕竟，它用过去时态叙述：“我们的夏季已轻轻逃逸。”这是一首回顾之作，诗人在诗中依次审视自己的感受：从第一次注意到夏季的更替，到稍后理解夏季为何必须离开。

狄金森不会说夏季死去了；不，它逃进了自己缥缈空灵的本质。虽然诗人开始谈论的是无人称的“夏季”，但结束时却亲密地称之为“我们的夏季”。没有背信弃义，这里一定没有悲伤。只不过是我们所怀念的“美”的范畴又获得了一个新的属种：“我们的”夏季。不可察觉的事物很少被如此一丝不苟地加以描述。狄金森对季节交替的敏锐感知，作为她的一大创作遗产，启发了华莱士·史蒂文斯的一组诗作，后者从狄金森那里获益良多。

［J 1540］

962　一种光存在于春天

一种光存在于春天
在一年里的其他日子
它从不显身露面－
当三月刚到这里
一种颜色远远地站立
在孤寂的原野
科学无法攫取
但人性却能感觉。

它在草地上等候，
它亮出最远的树
在你所知的最远的山坡
它几乎在对你诉说。

随后地平线迈开脚步
或是正午转移出发
没有任何配套的音响
它路过，而我们留下－

一种失落的感觉

干扰了我们的惬意
如同交易突然侵犯
一场圣餐礼–

“交易”[①]侵犯了告解者的圣餐礼，这也许会使我们想起杰弗雷·乔叟笔下的赦罪僧，为谋利而贩卖赎罪券或免罪符，据说，这种免罪符可以缩短灵魂在炼狱受苦的时间，而不要求罪人参加神圣的悔罪仪式。[②]在诗歌的结尾，狄金森为什么突然转向一个带有宗教色彩的明喻呢？诗中呈现给我们的光是何种意义上的圣餐礼？迟来的春天里那种胜利的光又在什么意义上亵渎了神明？它非法地侵犯（“encroach”一词来自法语“croc”，意指“钩子”，暗示一方设法攫取另一方的所有物）了并不属于自己的领地。可是，如果三月之“光”所处的空间原本为他者所有（这个他者没有将其商业化），那么究竟谁才是它的拥有者呢？诗歌结尾处的宗教词汇提示我们：这三月初的光与伊甸园最初的光相似，并且，狄金森先是再造了天真的大自然，然后才进入诗歌后半段的失落或沉沦，最后才提供了一个关于沉沦的新版本——“交易”的到来，侵吞了天堂的赠予。

那么，我们又该如何形容玛丽安娜·穆尔笔下的《光谱原色时代》？[③]她所使用的形容词“prismatic”[④]不仅让人联想到一般意义上的光，而且还暗示了狄金森在三月初的光中所体察到的那种原始新鲜的质地。我们试图在狄金森的诗里找寻形容词，却失败而返：我

① 根据狄金森语料库，“trade”（交易）一词可能是一种比喻，本义为“世俗”，从而与“Sacrament”（圣餐礼）形成具有对比性的张力。

② 杰弗雷·乔叟（1343—1400），英国诗歌的奠基人，著有《坎特伯雷故事集》，赦罪僧的故事就出自该书。

③ 玛丽安娜·穆尔（1887—1972），美国现代女诗人，1952年获普利策诗歌奖，主要诗文集有《诗集》（1921）、《观察》（1924）等。“光谱原色时代”是她一首诗歌的标题。

④ “prismatic”原意为“棱镜的”“射出七色光彩的”，“prismatic color”则指光线通过棱镜折射出的七种原色，是“原始”和“质朴”的象征。

们只会碰到名词——“一种光”“一种颜色”。它们仅仅通过自身的行动来自我定义，这些行动变得越来越亲密：光“存在”；色彩“远远地站立”；可是，随着“人性”进入到这种平衡，把感觉带进来之际，光便“等候”着它的人类观察者，通过“亮出最远的树”来展示自身非凡的广度。光的象征性本质随后只聚焦于它的人类观察者：“它几乎在对你诉说”。“几乎”一词的选取表明，狄金森拒斥那种认为上帝能通过自然（就像从亚伯拉罕燃烧的灌木中）发声的宗教信仰。然而，诗人却不由自主地听到“树木的谈话，石头的布道，流水所作的大好文章”（《皆大欢喜》，第2幕第2场）。而且，实际上也许正是对莎士比亚《皆大欢喜》中公爵话语的回忆使狄金森想起了伊甸园。公爵说，在亚登森林，他和他的随从感受到“时序的改变，/那是上帝加于亚当的惩罚”[①]。

就在光“对你诉说”的那一刹那，它朝后退去——或者更准确地说，整个世界都在空间或时间的维度离它而去：地平线“迈开脚步”，正午就像要去另一军团报到的士兵那样，报告“转移出发”。在军队里，这一时刻无疑是仪式化的，以“配套的音响”为标志，但自然却并未奏响军号以宣告这个变化。全诗最简洁的一刻在狄金森哀婉的小结中出现：“它路过，而我们留下－”。我们并非心怀不满——夏天，同样也是美好的。但它毕竟不是天堂般的乐园，因此，我们会感到“一种失落的感觉/干扰了我们的惬意”——这是人类复杂而不可名状的一种情感状态，狄金森擅于唤醒这一类情感。我们就是从伊甸园中被逐出的亚当和夏娃。当然，并不是所有的慰藉都消失殆尽：在弥尔顿的笔下，这对伴侣手挽着手，面对着他们前方的世界，就像穿过“孤寂的原野”那般，在《失乐园》的结尾踏上了“属于他们的孤独旅程”。但是，这种失落的感觉留了下来。曾经与神毗邻而居的生活已然失落。

---

① 参考《莎士比亚全集》，朱生豪译。

回过头来再度思考全诗，我们发现是光促使狄金森断言，科学“无法攫取”情感的意识，感觉无法被量化。在19世纪，科学一步步地而且迅速地“攫取”自然的奥秘，将它们变为智识上可以把握的现象，这个“攫取”隐喻背叛了狄金森的意识。她不得不承认这一点，这迫使她去拎出科学分析无法企及的意识现象。艺术之所以具有必要性，其中一个原因即在于这些内在的现象若是没有艺术就无法进入再现世界。人性所感觉到的事物也值得展示，就像在地球上展示的其他事物一样。这也是华兹华斯《哀歌》一诗的论点，该诗涉及一幅画作——它展示了暴风雨下的古堡景象。[①]华兹华斯写道，在年轻时，如果他是一名画家，他将把这座古堡呈现“在陆地、海洋从未见过的光焰，/添上神奇的笔触，诗人的梦想”。但如今，弟弟约翰在海上遇难，这改变了他的情感生活，他赞许画家能够描绘出这“悲惨的天穹，惊险万状的图景”[②]。假设没有这幅画，诗人内心的波澜就失去了外在的关联物。同理，狄金森也以易逝的光为题材创作“绘画”，借此表达在三月初的风景里自己所感受到的天堂般的圣洁。这种光把自身投射于岁月，仿佛岁月是变化不息的风景，被短暂而相续的四季之光照亮，其中，最初的是最美的。

此诗的发声前后不一，狄金森注意到了这种不一致性却并没有做出补救。绚丽的前8行（两个诗节）是无人称的，但下一诗节使用了第二人称代词“你”。狄金森在诗歌第11行的“你”处做了标记，以寻求一个替代词，不过，很显然她没能找到。[③]在第3和第4诗节，“你”被“我们”及其形容词形式“我们的”替代。从“无人”存在的非个人化表达，经过与单数形式“你”的亲密低语，再到包含了“我们”的共同经验，这种转变颇具原创性，正如自然造物所经历

① 《哀歌》一诗的形成受到了博蒙特所画的皮尔古堡图的启发，是华兹华斯于弟弟海军军官约翰·华兹华斯遭遇海难后不久所作。

② 参考《华兹华斯诗选》，杨德豫译。

③ 在狄金森手稿上，她在“you”（你）的前方标下了“+”。

的精微瞬间并不仅仅独立发生（“一种光存在”），而且还可能是亲密的（“它几乎在对你诉说”）和共通的（“它路过，而我们留下-”）。科学的仪器怎么能够量化这些如此精细的感觉的印记呢?诗人强调，科学做不到，但诗歌可以。

狄金森的用韵重现了这一时刻的特征。当这“一年”(Year)刚刚来到“这里”(here)，诗人便“感觉”(feels)到了“原野”(Fields)；当时间“转移出发”(away)，我们却“留下”(stay)；并且，在一年伊始，我们的“惬意”(Content)源于自然中光的“圣餐礼”(Sacrament)。第2诗节的韵律安排并没有进入上述这般游刃有余的境地，其中，“Tree”(树)与“you”(你)押韵(又或者说，不与“you”押韵)。狄金森本可以轻易地找到与“Tree”押韵的词。但她对“you”一词是如此中意，以至于宁愿牺牲押韵的效果，尽管她也为找寻解决方案花费了些心思。如果我们倒推一下，她能否为“you”找到个名词词性的同韵词，从而代替“Tree”呢?“Dew”(露珠)如何?不行，因为没有人能在“最远的山坡”看到“露珠”。“Blue”(蓝色)怎样?也不行，因为蓝色不是山坡表面的颜色。她保留了“you”，我们也通过她的双眼看到了“最远的树/在你所知的最远的山坡”——目力所及的地平线边缘。这种光，如同上帝一样，无处不在——但它又不像他那般永恒。它的短暂无常使我们的知觉更加敏感，去热切地感受那天堂乐园般的亲密。

[J 812]

983　蜜蜂！我正盼着你！

蜜蜂！我正盼着你！
昨天还跟一位
你的相识说起
你该回来了–

青蛙上周已到家–
安顿好了，在干活–
鸟儿多半已返回–
三叶草厚实暖和–

你会收到我的信
十七号那天；回信
或最好，与我为伴–
你的，苍蝇。

在这首迷人而幽默的诙谐曲中，和狄金森一样久居家中的苍蝇给她在外漫游的伴侣——远方的蜜蜂——写了一封"信"。她模仿农家节气手册，以一个沉默寡言的扬基乡民的口吻写道："昨天还跟一位 / 你的相识说起 / 你该回来了–"，青蛙"上周已到家"——这也是她（苍蝇）的所在；并且，于一周之内，（他们）安顿好自身，继续“干活”。(由于蜜蜂也应该干活，所以苍蝇发出的实际是对其行动迟缓的含蓄指责。) 我们不必知道青蛙们投入的是什么样的“工作”，因为提及他们只是为了使之成为蜜蜂的道德榜样。苍蝇继而让步道，蜜蜂也许还算不上迟到，因为那些具有固定迁徙规律的鸟儿也才“多半”回来了。苍蝇不再以指责作为一种邀请的方式，而是转向了感官上的刺激：“暖和厚实”的三叶草等候着蜜蜂的掠取。

行文至此，好像我们从一开始便知道了这首诗的“秘密”，但是，其实直到最后一节诗的最后一行，我们才意识到狄金森的拟人化手法。通过信上的签名“你的，苍蝇”，她把“苍蝇”变成了一个专有名词。反观开头，“蜜蜂”因此也成了专有名词：“蜜蜂！我正盼着你！”蜜蜂和苍蝇（蚂蚱和蚂蚁的表亲）处于一个伊索寓言式的世界里，而新英格兰人的锋芒则为之增添了生趣。只是到了最后一个诗节，从苍蝇的最后一句话里，她的孤独才有所透露：她渴望跟自己同类的另一个造物到来。对一只苍蝇而言，青蛙、鸟儿和三叶草都算不上伴侣。但蜜蜂同苍蝇一样是有翼的昆虫，直到他回来，苍蝇的生活才能圆满。在最后一节的开头，苍蝇保持了自己强势的品质——“你会收到我的信 / 十七号那天；回信”。但随后，她缓和了命令的口气，满怀渴望地恳求着蜜蜂：“或最好，与我为伴 -”。[“Or better, be with me -”，可谐音理解为“be Bee with me”（做我的蜜蜂，与我为伴），因为狄金森使“be”成为动词和名词的组合体]

狄金森式的“秘密”在诗歌结尾跳了出来：我们所读到的，并非如我们所认为的那般——是人类因期待蜜蜂归来而作的诗句，而是一个拟人化的名为“苍蝇”的昆虫所写的一封信件。“我认识大自然的一些子民 / 他们也跟我熟悉 / 从他们那里我感到一种 / 真挚的欣喜”，这首诗成功地表现了狄金森与其他造物的友谊及她自己对此的承认［见《草丛里一条狭长的家伙》(*1096) ］。在“自然的子民”中其实也有不同的部落，蜜蜂与苍蝇就是同族。在这出调皮的戏剧之下实际潜藏着一种渴求：独一无二的狄金森期待一位跟她本人相像的天然伴侣。

[J 1035]

994　他打量了它－跌倒－

他打量了它－跌倒－
掉落了那通向过去
或时序的圆环－
无助地抓向一种感觉，仿佛
他的心灵就要失明－

向上摸索，看上帝在不在－
向后摸索自己
抚摸着扳机，心不在焉
从生命里漫步而去－

八个动词构成了这则以过去时写就的讣告，它们追踪了主人公所经历的轨迹：从明白真相，到迷失方向，最终走向自杀。发生了一个灾难性的领悟，但只是被简单地命名为“它”。不管它是什么，都具有强大的破坏力。一旦“他”看到了它（也许是一封信？），他便完蛋了，顿时垮掉，仿佛被击打倒地一般。经受初次打击之后，他的心灵将面临怎样的后果呢？首先，他丧失了对时间的全部感知：一切发生在这次打击之前的事情都消失了，因为一幅全新的生命图景把过去都冲掉了；其次，他失去了与他的生活“时序”的全部联系。狄金森想象所有人都以“圆环”为向导，它通向过去、现在和未来，构成一个个“时序”。而她的主人公与过去再无瓜葛了，生活由“时序”构成的观念也与他毫无干系了。他处于它所带来的单一而永恒的当下。心灵的观看功能（“在我的心灵的眼睛里，霍拉旭”①）被扑灭了，正是它使他“打量”到自己的毁灭；在失明的情况下，他试图抓住任何一种感觉，以便重新定位，但什么都没有出现。由于丧失了心灵的世界和感官的世界，这个盲人首先向着模糊的“上方”摸索，那里可能会找到上帝，但他什么都没有找到。接着，离开毫无回应的天堂，他“向后”摸索，看看是否能为失明且跌倒的自己寻得某种曾经的安全感；可是，他自己没在家，正如上帝没在家一样，他扑了个空。

实际上，对他而言，宇宙中已没有他的安身之家，所以接下来，他想抹除意识，就像《心－首先－请求快乐－》(*588) 里那位审查官手里的囚徒那样。与那位囚徒不同的是，他可以自己处置自己，在所剩无几的事物中，他唯一能赏玩的东西是那件自我毁灭的工具，那支能解救他的枪，在结束残生之际，他满怀感激地爱抚着枪的“扳机”。我们一般把开枪自杀所致的死亡归为“暴力”一类；但在狄金森看来，这个行动是温文尔雅的，甚至是给人安慰的，它成全了她的主人公，当他已被它的始作俑者抛弃，被他的时间感和空间感抛弃，甚至被上帝抛弃（可以把他比为钉在十字架上的耶稣），当他的全部所有皆被掏空之际，让他得以在支离破碎的状态下，“漫步”出生命。

由于意识到这八个连续的动词所构成的下行轨迹，同时也对导致主人公自我毁灭的那种认识的重要性了然于心，狄金森将最初的四个节拍分成了两行，而不是将它们写在一行之中。从节奏来看，如下所示，第1诗节也许可以这样读：

---

① 这句话出自《哈姆雷特》第1幕第2场，译文参考《莎士比亚全集》，朱生豪译。

他打量了它－跌倒－丢失了那通向过去
或时序的圆环－

从表意来看，它也许还可以被呈现为一种下降的序列：

他打量了它－
跌倒－
丢失了那通向过去
或时序的圆环－

狄金森在节奏和含义间所做的折中处理既突出了动词的连续性，也没有完全破坏诗节的潜在韵律。这首诗展示了她如何以颇为“亵渎神明的”方式对赞美诗加以改编：她挪用赞美诗来描述无法承受的创伤造成的自杀性精神分裂。

[J 1062]

1010 崩溃不是一个瞬间动作

崩溃不是一个瞬间动作
一个根本的中止
瓦解败落的过程
是有条不紊的衰朽－

先是一张蛛网在灵魂上
一层灰尘的角质
一个轴心里的钻孔者
一种元素的锈蚀－

毁坏是井然的－魔鬼的工作
迟缓而又持续不断－
无人确曾，溃败于一瞬，
滑落－是毁灭的法则－

我们总是过于随意地使用带有暴力色彩的名词，如一次“毁灭”、一场“坍塌”，而这些名词实则模糊了暴力（导致破碎或崩溃）引发的结果通常具有缓慢的特征，是一个时间的和情绪上的过程。[①]狄金森，一位勤勉的观察者，聚焦于自然界和精神界的精微过程，将这种隐微的、逐步的毁坏以不祥的隐喻表达出来，使自然界和精神界联系在一起。

她一开始信心满满，认为自己诗歌首句所提出的观点富含真理："崩溃不是一个瞬间动作。"它不是一次"中止"而是一个运动。随后，她以同样的坚定重申自己的观点，并在"瓦解败落"一词中诉诸墙壁瓦解时石子一块接一块碎裂的无机化过程。可是，对崩溃过程的这样一种说明实在是过于随机：诗人所提到的"崩溃"不是随机的，而是"有条不紊"的形式，它通过有机的"衰朽"而呈现自身。她脑海中想到的是解体的人类，而非破碎的墙壁。但是，如果时间的废墟可以从掉落的石头里以宗教的方式被观照，那么她便会把这些"瓦解败落"（"dilapidation"的拉丁语含义为"一面石墙一块石头接一块石头地剥落"，其中"*lapis*"是拉丁语中"石头"的意思）转化为堕落的灵魂。

对灵魂毁灭过程所做的一连串类比是她写过的最好的系列隐喻。灵魂（以大脑的形式存在）是身体的阁楼；它被人忽视，就连蜘蛛都抛弃了它，第一个迹象便是孤零零的蜘蛛网。还有什么能比它的凶险更小呢？灵魂是一间房屋；当主妇不再打扫时，它便生出了一层由灰尘构成的难看的"角质"（Cuticle，来自拉丁语 *cuticula*，意为"小块的皮肤"）。灵魂是一个苹果；它被一只无形的蛀虫侵蚀，一个"轴心里的钻孔者"，而它的最终毁灭则由狡猾的蛇加以确保。狄金森给最后一个隐喻找到了一个最强烈的词，"Rust"（锈蚀）。从字面意义上讲，它是铁元素的氧化形式；从比喻义上讲，它代表腐烂和朽败；但它同时也指小麦和谷物因受真菌感染而患上的

---

① 在本诗的最后一句，狄金森把"crash"（毁灭）拼作"Crashe"，然而这不是一个正规的拼写，更像是狄金森自己的发明或笔误。根据狄金森语料库，这种怪异的拼写仅出现过这一次。

枯萎病。不管怎么说，灵魂都变成了一个无人照料或不受保护的东西，它被缓慢地毁灭或摧毁。当然，狄金森也会想到耶稣的训谕［《马太福音》(6：19—20)］：“不要为自己在地上积攒财宝，地上有虫蛀，会锈蚀，也有盗贼钻进来偷窃：但要为自己在天上积攒财宝，天上既没有虫蛀，也不会锈蚀，也没有盗贼钻进来偷窃。”人类在世俗生活中所面对的危险（虫蛀、锈蚀、入室偷窃的贼）都是外部的、物质的，但在狄金森笔下，遭到毁灭的介质却是精神层面的。

诗歌精辟的隐喻使诗人可以在最后一节重申她起初在叙述中所表现出的坚定立场。尽管她最初宣称崩溃的本质关乎有形的物质（瓦解败落与衰朽），但是在第3节，她却给出了一种精神意义上的主张：“毁坏是……魔鬼的工作”。这是宗教论述中的传统观念，可狄金森对其做出了自己的修正：“毁坏是井然的－”。除了魔鬼遵循着一个“有条不紊的”过程，一步一步地去毁灭灵魂，这还能意味着什么呢？残酷的是，他的过程“迟缓而又持续不断－”：蜘蛛网向外扩展，角质变成了一层膜，钻孔者变成了毁灭者，斑斑锈蚀从一种元素散布到一切事物，伊甸园变成了地狱。

狄金森一直在抽象地谈论着灵魂的疾病，但忽然之间，她回归到一种共同的经验：人类处于持续的滑落状态，直至落入深渊。“崩溃不是一个瞬间动作”突然变成了“无人确曾，溃败于一瞬”。在某一瞬间，趋于视线的滑动，我们会把“Fail”（溃败）看成“Fall”（堕落）。并且，狄金森抛下了魔鬼和他的工作，以一个科学的“自然法则”为诗歌结尾：如果毁灭终将到来，滑落会先于它而发生，一点一点地，缓慢而无形，直到毁灭的现身。要是根据物质宇宙的规律，在“中止”或许掩盖起“衰朽”的情形下，在缓慢形成的“Dust”（灰尘）和“Rust”（锈蚀）押韵的情形下，毁灭将会是突如其来、无可避免的。

那么，狄金森究竟为什么把魔鬼引入这首诗作呢？在她的全部诗作里，魔鬼实际上只出现过两次，在另外一首《魔鬼-他若忠诚》(1510，J 1479) 里，他可能是狄金森曾狂热爱慕过的一个人的化身，可她逐渐意识到此人的品德虽谈不上令人讨厌，却不够端正。在这首《崩溃不是一个瞬间动作》中，狄金森也许一直在记录自己与一位老朋友平缓而彻底的疏离过程。这种关系缓慢衰退却无法弥补，只有在回忆中狄金森才能看清它最早生出的蜘蛛网和灰尘，它们逐渐演变为不可逆转的瓦解败落和衰朽，从而引发了终极的“毁灭”。然而，出于一贯的少言寡语，狄金森从不言明她的“魔鬼”是谁，那么这首诗也就更像是对人类毁灭法则的描述——那种有条不紊、持续累积的过程，而非一种个人化的发声。

[J 997]

1038　开花－是成就－遇上一朵花

开花－是成就－遇上一朵花
瞥一眼，漫不经心
几乎不会察觉到
那个小小情景

促进这光辉的事业
完成，如此复杂精心
然后，像一只蝴蝶，
献给子午线－

裹住花蕾－抵御毛虫－
获取它的雨露权－
调控高温－避开风－
躲过偷偷摸摸的蜜蜂－

不会让大自然失望
迎接她，就在那一天－
成为一朵花，是重大
深远的责任－

在1819年写给乔治·济慈和乔治亚娜·济慈的一封信里，诗人济慈把尘世称作“缔造灵魂之谷”，这是他对尘世的最终理解，跟基督教所称的“眼泪之谷”构成了对照。狄金森也表达过类似的看法，不过，她把这个戏剧安放在一个微缩舞台上加以表演。展现在我们面前的是一个“育花之谷”，虽然路人把花儿的开放视作当然，不以为意，狄金森却揭示了一个漫长而艰辛的开花过程：花儿因其绽放而存在，还得防御危险的猎物。

第1节，以一种克制的语调，诗人把这个努力开花的过程叫作“小状况”，不过，没过多久她却透露，完成这个任务是多么“复杂精心”。这朵花对它的造物者（大自然，而不是上帝）负有责任［正如耶稣那个关于才能的寓言，见《马太福音》（25：15—30）］，大自然等候着她于春日出现，她不让大自然“失望”。狄金森直到结尾才给这朵花赋予性别，在第10行，那个“它”开始带有女性特征，一旦它成为圆满的物种，大自然自会迎接“她”。如果灵魂不让“大法官”在那个开花的日子“失望”，那么它需要怎么做？狄金森的这个花朵寓言与精神的发展历程是对应的，请注意，这里的“开花”(Blooms) 是对“末日”(Doom) 的机智改写，诗人让她的故事充满幽默。

狄金森很可能读过乔治·赫伯特的诗《花》，在那里，赫伯特自比为花，这朵花确实让他的造物者失望了，因为“我”傲慢无礼，“依然昂首向上，就好像天堂是我自己的”（楷体字是本文作者所加），于是，上帝震怒。狄金森可能为她的“灵魂之花”借用了这个传统意象，不过，赫伯特热切地向往天堂（“你给我们备好一座花园，让我们栖居”），而狄金森却代之以轻快的园艺指南，她好为人师地列举了花的一系列责任：“裹住花蕾－抵御毛虫－/ 获取它的雨露权－/ 调控高温－避开风－/ 躲过偷偷摸摸的蜜蜂－”。其实蜜蜂并不伤害花朵，狄金森用“偷偷摸摸的蜜蜂”增加了一种喜剧感，不然的话，这个满足开花条件的活动清单就太一本正经了。

“pack”（裹住）是一个单音节词语，由它开启了后续过程，随后的一系列动词都是整齐的双音节抑扬格：oppose（抵御）、Obtain（获取）、Adjust（调控）、elude（避开）、Escape（躲过）。在诗行内部，她也采用了类似的对称结构：四音步诗行（第1行），有两个动词（pack，oppose），接下来的三音步诗行（第2行），则只有一个动词（Obtain），这个结构在第3—4行再次重复，四音步，两个动词（Adjust，elude），三音步，一个动词（Escape）。这种整齐的动词分布组合（2，1，2，1）配上整齐的音步，让成为花的这个一般过程［请注意定冠词的使用：“the” Bud（花蕾），“the” Worm（毛虫），等等］就像是预先确知的一样，跟组装机械发动机的指南差不多。如果这里不使用对称结构，会怎么样？请对比一下：

裹住花蕾－战胜毛虫，
恳求雨露，
找一个树荫遮蔽炎热，
击退苍蝇和蜜蜂－

To pack the Bud - defeating Worms,
Soliciting the Dew,
To find a shade against the Heat,
Repel the Fly and Bee -

通过这样的修改或许刚好可以证明，诗人是多么小心地安排结构，以再现一种图表式的抽象过程，一种开花规律，可以在春日里被任何一种花重复。

狄金森或许可以让此诗从种子开始叙述，然后进入花蕾，再继之以高潮，也就是绽放。这样的叙事结构在第3节的指南里“冒出”了一部分（尽管与之相伴的是一份危险清单：毛虫、高温、风、蜜蜂。在普通的简明生物成长手册里，一般不会提到这些，而是让这座花园在想象中生机勃勃起来）。可是，诗人并不是简单地概述植物的生长过程，事实上她在前两个诗节评价了那种漫不经心的一瞥，由于意识迟钝，根本不会料想到这一项开花的光辉事业意味着什么；那种没有好奇心的过客只看到开放的花瓣像“蝴蝶”一样把自己献给了正午的太阳。蝴蝶也是和谐的春天里另一种欢快的栖居者。

写到这里，从一方面来看，这首诗就可以结束了，因为“结果”已经得到了。可是，那种迟钝的意识一定要严厉地纠正过来，在接下来的两个诗节里，狄金森以高妙的讽刺艺术，向过路人指出，他错过了什么。如果只是走过路过，瞥上一眼，当然也会发现这成长的灵魂是令人愉悦的，但是这种缺乏探求心的瞥视不会意识到，造就这样的灵魂需要付出什么样的努力。前两节中描写了一个冷漠的旁观者，另一个是敏感的懂得精神成长的观察者，通过这样的对比，狄金森似乎写了一首说教诗；不过，那只蝴蝶和偷偷摸摸的蜜蜂为此诗增加了机智风趣的一面，说教的意味也有所缓解。像乔治·赫伯特一样，她把机智（wit）和见证（witness）融为一体。

［J 1058］

1064　正如饥饿的大漩涡舔食海军

正如饥饿的大漩涡舔食海军
正如秃鹫展翅
逼近孤独山谷中的幼雏
正如老虎稍有平息

为尝到一点血碎渣，禁食猩红
直到他遇上一个人
优雅地装饰着纹理和组织
任他享用－他的舌头

因那道菜肴而凉爽了片刻
变得更加嚣张
他断定他的枣子和可可
是一种劣等营养

我，有一种更精美的饥荒
认定我的晚餐干巴巴
只为一种多明戈浆果
和一种热烈的眼眸－

狄金森描绘“饥饿”，使用了一个由明喻引导的长长的掉尾句“正如饥饿的大漩涡…… / 正如秃鹫…… / 正如老虎……”，然后是主句“我……”。大漩涡和秃鹫只是一个前奏，重头戏是老虎，对老虎的叙述充分而详尽。在《我爱看它舔食一里又一里－》(*383)，狄金森描述过她的铁马（火车），不过，一个饥饿的大漩涡把一个个人类的“海军”全部吞下肚去，则是另一回事了。同样饥饿的秃鹫吞掉了孤零零的山谷里的一窝窝没有防护的“幼雏”。可是，那老虎——啊，老虎！狄金森的开胃菜写得绘声绘色。

老虎寻找“血碎渣”(狄金森讽刺地以“血碎渣”代替了“面包碎渣”)，这个动作唤醒了老虎那种非自然的饥饿画面，可是，这一点“血碎渣”根本无法满足他的胃口——他想要吃掉整个人。“禁食猩红”的老虎，他嘴边的鲜血味不断刺激着他，让他被那嗜血之欲纠缠着折磨着，直到他遇见了那个上天注定的猎物——“一个人 / 优雅地装饰着纹理和组织”(“这道菜”在老虎看来似乎是那么“优雅”，与狄金森的非人化手法如出一辙)。老虎“享用”他的大餐（“享用”正是一个“优雅的”词语，描绘老虎将猎物一块块撕碎享用，自有一番优雅的气度)。然后，诗人有意戏仿人类的嗜好，描述老虎那焦灼的舌头经过这野蛮的餐饮之后稍有平息，随即变得更加嚣张，甚至瞧不上之前的食物（那些绿植素食和热带可可)，觉得它们低劣，缺乏营养。因此他开始一意孤行地寻找生鲜。

至此，狄金森的一连串暴食的比喻结束了，接下来是她对比喻的应用：她本人也是如此，她因为终日享用“多明戈浆果 / 和热烈的眼眸”而被宠坏了，在寻常的干巴巴的晚餐里，她只看见饥荒。狄金森后来在寄给嫂子苏珊的一封信里用“多明戈”和“热烈的”这两个词来描述苏珊：

做苏珊是想象，

拥有苏珊，是梦－

在那热烈的精神里多明戈有着怎样的深度!

[L 855]

两位女性之间的关系始于狄金森对另一方的爱慕之情，她发现苏珊的话光彩照人，她从前不曾听过，而这首诗暗示出，结识苏珊宠坏了她的胃口。苏珊的热带嘴唇和眼眸（以及狄金森归之于圣多明戈的异域风情）已经把狄金森变成了一只老虎，一旦尝过生鲜，就嫌弃了沙漠中无味的可可和枣（对狄金森来说，阿默斯特社会就是沙漠）。欲望一旦被唤醒，她顿时发生了变化，对此，狄金森首先单独描述那种精神的动荡，让她变成了一个大漩涡；然后描绘猎食的欲望，这欲望把她变成了一只秃鹫；然后才描述那种血淋淋的饥饿如何把她变成了一只老虎。难怪在她眼中，阿默斯特的淑女们都是"何等温柔的－天使般的造物－"(*675)，因为相比之下，她本人是她们客厅里的秃鹫或老虎。

最后的诗节突然沉潜下来，正如狄金森给自己赋予了一种更精美的饥饿：那只吃人的老虎嘴里的血淋淋的肉，到了她那里，变成了热带浆果。她尚且拥有理性判断，能够"认定"（一个谨慎考量的词语）她的新英格兰晚餐食之无味，甚至节奏也从之前的降拍变为抑扬格："For but a Berry of Domingo"（只为一种多明戈浆果）。这种突然出现的端庄得体让我们意识到之前的食欲发出的那种重锤式的节拍——扬抑抑格和扬抑格，以及那些强烈刺耳的起始音节，它们此前一直主宰着这首诗作。我们也开始察觉到，在最后一节的第1行，狄金森突然截短了她的音节，由此前的九行四音步［比如"Cooled by the Morsel for a moment"（因那道菜肴而平息了片刻）］，缩减为七行三音步［"I, of a finer Famine"（我，有一种更精美的饥荒）］。此前，对饕餮胃口的叙述甚至有几处跨行漫游到诗节之间的空白行："老虎稍有平息 / / 为尝到一点血碎渣"；"他的舌头//因那道菜肴而凉爽了片刻”。一个主语（他的舌头）可能在诗行中间露面，然后要跨越到下一个诗节中才能找到其动词（变得）。最后一个诗节向“晚餐”的沉潜，让此诗在结尾冷静下来，不过，“热烈的”依然是主调。

一心一意想吃鲜肉的欲望，这个主题激发出狄金森的一些最出色的想象。“稍有平息//为尝到一点血碎渣”是怎么回事？为何“禁食猩红”？她出色地暗示出老虎精致的美感：最吸引他的是一个人“优雅地装饰着纹理和组织”。狄金森频繁地提到趣味的相对性，比如《知更鸟是我评判乐曲的标准》(*256) 认可诗人以“新英格兰方式”观物，可是，它也指出，甚至女王也以“本乡本土方式”观物。每个人的趣味都受制于语境。如果你有老虎的体格，你或许也会发现“纹理”和“组织”是“优雅的装饰”，而同样的词语（优雅、装饰）在阿默斯特人的客厅里可能用于描绘项链和宝石。如果你是一只猫，一只老鼠就可能是你的“菜肴”（Morsel，来自拉丁语 *mordere*，意思是“咬”）。

这首诗充满大量双音节扬抑格名词和形容词：“Maelstrom”（大漩涡）、“Navies”（海军）、“Vulture”（秃鹫）、“Valleys”（山谷）、“Tiger”（老虎）、“Scarlet”（猩红）、“Dainty”（优雅）、“Tissues”（组织）、“Morsel”（菜肴）、“moment”（片刻）、“fiercer”（嚣张）、“finer”（精美）、“Famine”（饥荒）、“Supper”（晚餐）、“Berry”（浆果）、“Torrid”（热烈）。在这些双音节词语中，狄金森的两个三音节词语（每个重音都落在中间）被凸显出来，这两个词不仅在重音上而且在主题上相互契合：被随意打发的“营养品”（Nutrition，老虎的）和被赞美的“多明戈”（Domingo，诗人的）。当然，饥饿状态的持续在拖长的、后延的句法中被模仿出来，它把个人（“我”）与大漩涡、秃鹫和老虎关联在一起。

这个掉尾句的主句是“我认定”，它出现在那里，就像是一个花彩，装点着三个明喻（大漩涡、秃鹫、老虎）及其全套“优雅的”附属装饰物。老虎和诗人合二为一，在主题上构成关联，在音效上构成押韵，特别体现于两个动词的相互应和：老虎的“断定”(esteem) 和她自己的“认定”(Deem)，两个词语都是狂热激情之下的率性的（错乱的）判断，却冒充自己是高明的鉴赏家。

[J 872]

1096　草丛里一条狭长的家伙

草丛里一条狭长的家伙
偶尔出游－
你也许遇见过他？若不是
他突如其来－

草丛分开像被梳了一下－
露出一个带斑点的箭杆，
然后它在你脚旁合上
又在前方张开－

他喜欢一片沼泽地－
冰凉得无法长玉米－
可当时一个小男孩光着脚
我大中午不止一次

路过它，我以为是一条鞭子
散开在阳光下
当弯下身子辨认
它起皱，溜了－

我认识大自然的一些子民
他们也跟我熟悉
从他们那里我感到一种
真挚的欣喜

但每次遇见这个家伙
无论有伴或单独
无不是呼吸收紧
零度入骨。

狄金森有一组诗歌把自己表述为一个小男孩（另见231、271、284、456、547、1271、1538、1577），这是其中之一。这些诗歌羡慕男孩子拥有想当然的自由，而女孩子只能望而却步。说话人是一个“小男孩光着脚”，他碰到了蛇。一个阿默斯特家境良好的女孩不大可能获准在野外光着脚漫游，就算她有可能在她的花园里光着脚玩一玩。这个小男孩，凭他的野外经验，知道蛇偏爱冰凉的沼泽地，而不是暖和的田野。在他光脚探险之际，他曾不止一次因为一条不期而遇的蛇而神经紧张。(他和诗人都清楚，新英格兰港湾有毒蛇，比如铜头蛇）。到了最后两个诗节，那种男孩子的语调消失了，听起来更像“狄金森”而不是“哈克－费恩”[1]的风格了。

诗歌结构巧妙，由两部分构成，狄金森以10行的篇幅对蛇做了一般性描述（叙述者对一般性的观众“你”说话）；接下来的6行是男孩子的回顾性叙述。描述“狭长的家伙”在草丛里穿行，诗人使用了人称代词“他”：“你也许遇见过他…… / 他突如其来－/ ……他喜欢一片沼泽地”。到了第2诗节，“他”变成“一个带斑点的箭杆”，此时，狄金森将那个男性代词陌生化为一个视觉上的东西。在

① 这里指马克·吐温的小说《哈克贝利·费恩历险记》中的主人公。

男孩子的回顾中，这条狡诈的蛇或鞭子变成了“它”，从无生命的事物飞速变形为有生命的事物，其中，诗人一前一后连续使用了两个“它”：当男孩弯下身子辨认“它”（鞭子），“它”（蛇）随即“起皱，溜了－”。此时，威胁吓退了熟悉：那个口语体的“你”消失了，再也没有回来。最后8行采用第一人称成人视角（而非前文的男孩故事所假定的男性声音），区分出其他的“大自然的子民”和蛇（从“一条……家伙”变成了由手指瞄准的“这个家伙”）。男孩的发抖被替换为一个成年人对蛇的毒性的清醒意识，因此遇到毒蛇，不禁会吓一跳，而且伴随一种生理学上的恐怖：人的体温，在骨髓深处，跌落到零度，一种死亡的冰冷。

有人想从蛇的形象中认出撒旦。不过，正如狄金森在《人不需要一间屋子－来闹鬼－》（*407）里所说，人不需要某种超自然的蛇来毒害一个场景；一条普通的毒蛇足以令“零度入骨”。狄金森或许想以“草丛里的蛇”来讽喻某种人，但恐怕不是撒旦。

《草丛里一条狭长的家伙》是一首名副其实的名作，几乎受到全方位的考察。蛇不是“狭长的”（narrow），空间是“狭长的”。蛇会占据空间，它“rides”（出游）时，草丛“divides”（分开），这里的韵脚强化了某种随意关系，解释了诗人为何选择“出游”来描绘蛇的最初行动。蛇的不可见的移动，导致草丛“分开”，然后“合上”，然后“在前方张开”——你可以通过他造成的影响来追踪他。在一种奇怪的草丛和诗人的移情式融合中，草丛变成人的头发，蛇是造成分开的梳子；但这个过于居家日常的类比被下文加以补充：在草丛分开之处，露出“带斑点的箭杆”。一方面，“箭杆”（Shaft）一词具有潜在的毁灭性（按照狄金森的1844年版《韦伯斯特词典》，第一个词义是“一个箭杆或发射器”）。另一方面，真正的箭杆不具有自然的“斑点”，一般来说，豹子有斑点，一页纸可能有眼泪留下的斑点。或者这个词语可以在狄金森的笔下成为一个转类形容词——可以读一读她对“有斑点的世界”的道德评价［见《当我们站在事物顶端》(343, J 242)]。

“带斑点的箭杆”为下文对蛇的描述里即将出现的逃逸做好了准备。“你也许遇见过他”的轻松口语体（就好像提到一个邻居似的）在“他喜欢一片沼泽地－”里延续，可是，此时，说话人迅速想到了他的男孩子的意识：蛇侵入一片温暖的田野或草地是非自然的。随后，有惰性的鞭子（皮革编织绳）突然“散开”也是非自然的；接下来，描写蛇聚集力量向前爬行的动作，诗人用了一个非同凡响的动词“起皱”。我们一般采用“起皱”的过去分词形式，比如“衣服起皱了”，而一般不会以主动语态来使用它。狄金森是怎么找到这个令人不安的动词的？线索就在“起皱”(wrinkled) 与“蠕动”(wriggled) 二词的相似性上。

男孩子的故事结束了，我们起初以为说话人可能找回了某种愉悦感，以亲切的语气谈论他对这个家伙的某种伙伴情谊。正如他是大自然的子民，他们也是；他们属于同一个部落，已认识的或即将认识的，而他的心也对他们充满温情［按照狄金森的词源学隐喻，“Cordiality”(真挚) 来自拉丁语词根“*cor*”，意思是“心”］。可是，我们弄错了：蛇造成的心理印象太深入了，全世界的“真挚”都无法抹掉“这个家伙”(以及他带来的死亡)。他造成的恐惧无法因人类的同情心而有所缓解；在这位说话人的记忆中仍保留着极度的惊恐，呼吸收紧，真挚的温情一扫而空，化为零。

此诗发表于《春田共和报》时，她的标点符号被修改，致使其中两行的意思发生了改变，此事（情有可原地）让狄金森感到恼火。她的本意是“你也许遇见过他，但是，如果你还没有遇见他，请允许我告诉你，他的到来总是很快，事先没有通报”。她本人的工整抄本如下：

你也许遇见过他－若不是
他突如其来－

可是在《春田共和报》上面的印刷本如下：

> 你也许遇见过他－不是吗？
> 他突如其来，

在给希金森的一封书信里（她对他说过，她不曾发表），狄金森提到这首诗是从她这里被"抢走"的，而且第3行的标点符号错了："万一你遇到我的蛇，以为我欺骗（我告诉你我不曾发表）这是被抢走的－第3行被标点符号破坏了。第3和第4行原本是一行－"。报纸印刷时造成的不正确的语法表述或许让狄金森感到畏缩不前。若按照《春田共和报》对它的理解，这个陈述应该写成这样："你也许遇见过他－你*没有*吗？（斜体字为本文作者所加）"，这样的话，第一个部分和第二部分就匹配了。然而，这不是她的说法，她的正确说法如下："你或许遇见过他。你若没有（遇见过他），他就会这样。"后来，在给嫂子苏珊的抄本中，她在第3行的中间添加了一个问号，以避免再次造成误解。

[J 986]

1097　灰烬表明那曾经是火 -

灰烬表明那曾经是火 -
敬畏那一堆惨白的灰
为了那逝去的造物
曾一度于此徘徊 -

起初，火存在于光
而后凝固为
只有化学家能揭示的
某种碳酸盐 -

狄金森的编者给此诗加了一个标题“火”。此诗固然与火有关，但并不限于火，它主要关涉灰烬，以及光、碳酸盐、化学家，更别提尸体——那“已逝的造物”。《灰烬表明那曾经是火 - 》这首诗有助于我们理解狄金森如何看待她的诗作——它们是她的情感和心智的炽热火焰留下的神秘难解的残渣。她的读者必须成为一位法医那样的“化学家”，通过研究火焰的灰烬，通过相关实验来观察灰烬中的物质材料，然后通过分解，最终判定那些特殊的碳酸盐是由哪些初始物质化合而成的，其性质如何。这个过程可以解释狄金森的大部分诗作为何如此短小——它们是生命现已急遽凝缩为灰烬的诗行。这个隐喻在她另外的几首诗作里有所重复，比如：《闷烧的灰烬脸上泛红》(1143)、《多年的分别 - 造不成任何》(*1405)。肉身从坟墓里神奇地复活（其原型可以追溯到耶稣令拉撒路起死回生）是一个熟悉的文学主题。“不过，甚至耶稣，”狄金森低语道，“也不曾令死灰复燃。”若要明白（并敬重）这“逝去的造物”，需要化学家那种物质还原的本事。

在狄金森的生命里有一位杰出的阿姆斯特精英，爱德华·希区柯克，一位化学教授，做过阿姆斯特学院院长（1845—1854）。按照狄金森传记作家休厄尔的看法，希区柯克在各种著述中把宗教和科学融为一体，这些学说在狄金森求学过程中对她产生了影响。希区柯克著有《地质宗教学》(1851)，狄金森的哥哥奥斯汀读过，诗人十有八九也读过。在这本书里，希区柯克提出，虽然基督教徒一般相信“整个物质世界最终将被大火彻底毁灭，终至灭绝”，这个观点来源于“一种共同的信念：这正是燃烧的必然结果”。但希区柯克认为，在燃烧过程中没有任何东西被灭绝。以下的句子引自《地质宗教学》的开始部分，谈及狄金森稍早的一首诗作《化学的信念》(1070，J 954)，休厄尔曾引用过这些句子，它们所提供的相关语境对于我们这里正在讨论的《灰烬表明那曾经是火 - 》也同样适用：“但是，化学告诉我们，任何一种燃烧，无论多么猛烈的火焰，都无法灭绝物质的最小分子；火焰只能改变物质的外形。不仅如此，没有任何理由足以让人相信，自从世界开始以来，曾有过任何分子被灭绝了。”狄金森认同希区柯克所提出的物质持续不灭的观点，不过，她在第2个诗节里首先简洁地讲授了一段关于火的运作过程，然后才让她的化学家和他的碳酸盐出场。

第1个诗节中的唯一科学词语是“denote”（意思是表明，按照1844年《韦伯斯特词典》为“以可见的符号表示”）；狄金森在另外一首诗里也使用过相同的语义：“我的花园 - 像沙滩 - / 表明那里是 - 海洋 - ”(469，J 484)。不过，其余的词语差不多都是日常用语：灰烬、火、敬畏、惨白的、堆、逝去的、造物、徘徊。或许我们可以推测，狄金森起初采取了一种“人性的”视角：一个逝去的爱人（如今只是一个无名的逝去的“造物”，其身份已随肉身而去）被那个死后残留的（多年已久的）惨白的灰烬表明了。应当“敬畏”那些遗物，并追思死者的精神，（根据时人的迷信说法）在死亡和葬礼之间，死者的精神在肉身周边徘徊不去。在墓碑上留下“请停一下，旅行者”这样的文字，以招呼过路人停步，是一种司空见惯的做法，在这首诗里，相比之下，狄金森恳请读者“敬畏”那个小小的灰烬堆，这里使用了一种突变手法。那个小小的灰烬堆，就其自身而言，看不出有什么值得敬畏之处；我们敬畏它是为了那个如今已逝的“造物”。“徘徊”这个词微微发抖、断断续续，甚至暗示过路人说不定会瞥见那个渐渐散去的幽魂。不过，这个人性的叙事毕竟是有缺欠的。我们知道一个死去的“造物”已被之前的某种“火”化为灰烬了，但就我们目前所知，那火可能不过就是我们大家都熟悉的火化（这种火葬仪式从史前时代就有了）。从目前的灰烬状态，我们对那“造物”不得而知。总之，从人性的视角来观察灰烬可谓并不完美，乏善可陈，写到这里，狄金森似乎流露出些许轻蔑语气。

第2诗节则大为不同。对于那个逝去的造物或者那个不散的幽魂，再无一语，对过路人也不再劝告，也没有任何哀伤的词语来呼应那个令人悲悯的“一堆惨白的灰”［原文使用了最高级“Greyest”（最惨白的）］。一系列冷冰冰的科学语汇，如“凝固”“化学家”“碳酸盐”，让第2诗节的表达以直接意义而不是隐含意义为主导。如果说第1诗节描写结果（灰烬是火的结果），那么第2诗节则描写过程，由三个步骤组成。首先，“逝去的造物”遇见光，然后，遇见火，最后，火（摧毁了死者的身体）把肉体的物质“凝固”为灰烬。“凝固”是一个动词，表示被焚烧的肉体被聚合并固化的过程。用科学语言表述，火把肉体固化为“碳酸盐”（狄金森的第三个科学词语）。在过去的造物和现在的“固化”碳酸盐之间，还有一个化学家。这四个关键词的第一个辅音都是［k］，构成了头韵，这并非巧合。狄金森用声音把第二个诗节所描写的过程连缀为一个整体。

如果我们把这个过程视为狄金森的一个寓言式表达，寓指从生命到艺术的过程，那么，我们可以读出这样一个暗示：一首诗，初看之下，似乎总是干巴巴，简练凝缩，几乎认不出它曾经热烈燃烧的样子。一切个人的都已被榨取殆尽，只留下生命被榨干的凝缩物，这与狄金森在《精油 - 得之于挤压 - 》(*772) 里所说的玫瑰"精油"(芳香的，永远的) 不同。谁能解读它们？谁能想象出那个曾经寄寓其中的心灵的精油或实质呢？"如果我是灰烬，"狄金森的诗歌对读者说，"你必须把那个保存在这'一堆惨白的灰'中的那个本来的我的组成成分还原出来。""堆"(Pile) 这个词正如"杂乱的一堆"(heap) 一样，表明一堆东西堆在一起，彼此难以区分。如果没有化学家，我们永远无法还原那个构成了逝去的造物的有机成分，虽然它们在氧化过程中变成了碳酸盐，但仍然可以辨析出它们过去的组成成分。"造物"这个宽泛的词语可以指代任何有机生物，从毛毛虫到长颈鹿，它召唤我们去发现、去揭示其最初的生物种类。在这个意义上，我们都是追踪溯源的化学家。

狄金森的词汇在第2诗节里变得枯燥起来，因为她想声明她的诗歌在一种科学的意义上也是有效的，比如在给事物测量和命名的意义上，就像化学一样精准。华兹华斯说过（在他给那首诗《荆棘》的一条有名的注释里，见1800年《抒情歌谣集》)："诗歌是激情：它的情感的历史或科学。"诗歌的目标不仅仅是诱导情感共鸣，它们更呼唤一种"科学的"阐释者，对它们自身作为情感的遗留物给予阐释，呼唤一位化学家或批评家来辨别并揭示诗歌的原始材料，无论它们多么晦涩或隐秘。正是这种诗歌的物质观念促发了狄金森在诗歌中提出这样的证词，并以精炼而"凝固"的诗行与之相配。它们是肉身经受激情火焰的严峻考验之后的残留物，那些"激情"的完整"历史"太长了，对于短小的抒情诗来说，容纳不下。

不过，这里不仅有摧毁性的火，在遇到火之前，还有光。与激情和痛苦相遇，首先是一种启蒙性的体验，可以扩展人的头脑和心灵。格雷在《哀歌》里说过，“在我们的灰烬里甚至还活着那寻常过往的火”，其基本情绪跟狄金森此诗类似；不过，格雷在“寻常过往的火”里遗漏了火之前的光，那以生命形式闪耀的光。光与火的关联是关键性的。狄金森并没有说“起初，火作为光而存在”，而是说“起初，火存在于光”，这是一个隐秘的表述，不过，它暗示光是火的开始。艺术也是如此，艺术揭示寻常过往的火，它起初也存在于光，正如激情通过诗歌提供的情绪揭示给我们。当狄金森反思她的情感在语言中的残留物，也就是那悉数固化的、完全凝缩的残渣，她对我们是信任的，她相信我们像化学家一样，能够分析出那“逝去的造物”，也就是她的过去，相信我们会成为一个充满敬畏心的旅行者，会在她的诗歌纪念碑面前停下脚步。

［J 1063］

1100 她活着的最后一个夜晚

她活着的最后一个夜晚
是一个普通的夜晚
除了死亡－这对于我们
让自然变得不同

我们注意到最细微的事物－
那些事物从前被忽略
由于这伟大的光，在我们心灵上
被重点标记－可谓如此

当我们进进出出
在她最后的房间
和那些活人的房间之间
明天，是，一种罪责

他人得以存在
而她必须就此终结
一种嫉妒为她而起
如此接近无限－

在她离去时我们等待着－
这是一段狭窄的时间－
我们的灵魂推挤得无以言说
终于，通知来了。

她提起，随即忘记－
然后轻柔地如一根芦苇
弯身向水，几乎没有挣扎－
同意，随即死去－

我们－我们把那头发放好－
再把那脑袋摆正－
然后就是可怕的空闲
来整理信仰－

这首著名的美丽的诗作似乎如此透明，如此向读者敞开，起初我们从中几乎看不出艺术性所在。不过，有一个诗节的艺术性明显可见，它描写了女人死去的瞬间，正是在那里狄金森做了两处关键的修改。起初的版本如下：

她提起，随即忘记－
然后柔和地如一根芦苇
弯身向水，几乎没有－颤抖－
同意，随即死去－

She mentioned, and forgot -
Then softly as a Reed
Bent to the Water, shivered - scarce -

Consented, and was dead -

因为只有在这个诗节里围观者缺席，让我们见到了那个临终的女人，而我们只能靠临终之床的场景来了解死者的性情。在两个版本中，她皆尝试着要说些什么，但都未能说完（她甚至没有“说”——她只是不引人注意地“提起”）。为了描绘出实际的死亡，狄金森以一个明喻把这个女人变成了一根芦苇，一种水生的纤细的植物，因风而弯腰，在那些强壮的荆棘或树木中间，显得十分脆弱。一根芦苇向水（它的媒介，它的源头）弯腰，这不难理解，不过，一根芦苇是怎样弯腰的呢？狄金森首先选择了“柔和地”(softly)，触及声音和触觉层面：死亡的瞬间是非抗议的、平顺的，几乎听不见声音。相反，狄金森取而代之的词语将死亡带入运动层面，描述身体的动态：芦苇“轻柔地”(lightly) 弯腰，优雅如一个舞者——死亡的瞬间实现了物理学上的优雅，她临终时的表现正如她一生的表现一样。其他修改缘于诗人需要选择一个词语，来表达身体在临终时刻的最后抽搐。狄金森的一个选择是“颤抖”，以再现一种非自觉的动作，正如之前的“忘记”。它描述出死亡的寒意，并暗示肉体的抖动。另一个替换词“挣扎”是自发的（“提起”和“同意”也是如此)，它们让这女人的精神作为一种自由的中介依然保持，把她从芦苇的变形状态（正如古希腊神话中的仙女绪任克斯）恢复为人的状态。

从这个诗节里我们得知这位女子言语亲切、高雅、谦和，不愿意表现出对死亡的不得体的抵抗，以打扰她床边的亲人。她的死是一种“德高”之死，对此，约翰·邓恩在《别离辞：节哀》中如此写道：

……正如德高之人安然离世，

对灵魂轻轻地说一声走了，

悲伤的朋友们聚在旁边，
　　有的说“断气了”，有的说“没有”。[1]

…Virtuous men pass mildly away,
And whisper to their souls to go,
Whilst some of their sad friends do say,
“The breath goes now, ” and some say “No.”

在基督徒的心灵中，邓恩设想的这种安然的“幸福之死”与罪人之死构成了鲜明对照，那些罪人恐怖地离世，以他们临终前的呼吸对抗死亡（正如马洛笔下的浮士德）。而狄金森笔下的女人是如何占据最后的死亡时刻呢？她以最后的呼吸，在短暂的不引人注意的挣扎之后，自愿同意。

在女人周围，家人聚拢、守望。他们的在场（作为见证者）组织起前5个诗节，然后女人死去，他们的在场（作为哀悼者）监护着最后一个诗节。按照狄金森的结构来看，“我们”旁观者，有时是中介，有时是行动的对象，在主语“我们”（观察和等待的人）和宾语“我们”（事物作用于我们）之间变换。我们在人称代词的主格形式和宾格形式之间的移动与我们在“最后的房间”的进进出出是平行的。在下面的散体复述中，我以斜体标注了代词（以及代词词组）：

这对于我们让自然变得不同	（宾格）
我们注意到最细微的事物	（主格）
事物被重点标记在我们的心灵上	（所有格）
我们进进出出	（主格）
一种责备，一种嫉妒因她而起［于我们］	（宾格）

---

① 这里参考卞之琳译本，略有修改。

我们等待着	(主格)
我们的灵魂太乱	(所有格)
[女人死了]	
我们摆好	(主格)
[对我们来说]，有空闲去整理信仰	(宾格)

This *to Us* made Nature different	(us)
We noticed smallest things	(we)
Things were italicized *upon our minds*	(our)
We went out and in	(we)
A Blame, a Jealousy for Her arose [*in us*]	[us]
We waited	(we)
Too jostled *were Our Souls*	(our)
[The woman dies]	
We placed and drew	(we)
There was leisure [*for us*] to regulate Belief	[us]

节奏在动作和悬念之间的交替包裹着死者家人的心理反应。她的亲属在死亡的重大性之中感受到那种“伟大的光”，这光把发生的每一件事物都做了重点标记，在这个本来“普通的夜晚”（它界定了女人活着和死去的时间），他们就这样等待着。对于旁观者来说，这个世界的构成就在临终的房间和那些明天将继续活下去的家人（他们也在其中）的房间之间。他们感到反抗是一种徒劳，这是不可改变的必死命运（由代表自然法则的情态动词“必须”表达出来）——“她必须就此终结”，当他人尚且活着。旁观者责备他人的存在，他们想要为她嫉妒那些依然活着的人。反讽的是，这个亲切的临终的女人并没有感受到这些。她不责备活人，她没有表达任何“无限的”嫉妒。在这个“窄门”的狭窄时刻，旁观者的灵魂被死亡

“推挤”：“你们要进窄门……引到永生，那门是窄的，路是小的，找着的人也少。”［《马太福音》(7：13—14)］。可是，那个将死的女人没有被一种高级的力量“推挤”；她只是在短暂的挣扎后，同意了。这首诗主要不是关于她的死去，而是关于“我们的”存活。

这首诗作，叙述家人心爱的女人临终前的时辰，主要因其简洁而动人的开篇而闻名——“她活着的最后一个夜晚 / 是一个普通的夜晚 / 除了死亡 -”，随后是完美的克制陈述：“这对于我们 / 让自然变得不同。”外面的生活以其通常的方式继续着，只是房子里面的那些人知道他们永远不会忘记这个“被重点标记”的日子。可是，狄金森也让那个夜晚对读者有所“不同”。整个诗作以过去时态叙述，但现在时刻的标记无处不在。我们在代词“这”(this) 中可以见到，它是近端指示语［指示代词，指向手边的某物；“那”(that) 是远端指示语］。“这”表示现在身边的某物：“这对于我们”“这伟大的光”。现在时刻也暗含在词语“明天”中（用于描述过去的“明天”，通常会说“第二天”）。我们在无法结束的悬在句子中间的语法中也可以看出正在进行的现在时态，倘若真是过去的叙述，这些句子本来是可以结束的：“As We went out and in / …a Blame… / / …A Jealousy…arose / So nearly infinite -”（当我们进进出出 / ……一种罪责…… / / ……一种嫉妒……起 / 如此接近无限 -）。

句法断裂在那里，没有完成，缺少后文：“So nearly infinite (that what?)”［如此接近无限（以至什么？）］。最终，诗歌终止在一种预期的伸向未来的不定式状态，此刻，哀悼者有“可怕的空闲”（于此）整理他们的信仰——或许永远无法整理好，因为这叙述永远不揭示它所展望的未来结果。这个过去的夜晚，对于说话人也就是哀悼者来说，是永远的现在，她目前仍未能成功地“整理”好她的信仰，以符合基督教关于灵魂不朽的信条。最终，我们站在这过去—现在的时刻，站在“这伟大的光”之中，同时也站在昨天“这最后的夜晚”和要去“整理”的明天之间。狄金森以她专家的手笔向我们表明，哀悼者的心灵永远不会从过去中恢复，那是永恒的现在，这经验破坏了她现在的信仰，或许也将伸入未来。

狄金森以一系列柔和的动词轻柔地演绎了“德高之人”的死亡，这些动词如：“提及”、“忘记”、“弯向”、“挣扎”（但几乎没有）、“同意”。这些无生命的动词所指示的动作施之于迟钝的身体（“她的头发”“她的脑袋”前面的“她的”被定冠词取代了，这点明身体已处于死后状态）：“我们把那头发放好 - / 再把那脑袋摆正 -”。打理尸体的那种冷静，打造出那个机械的词语“整理”。整理好尸体之后，“可怕的空闲”来了，到了清算教义的时刻。（“空闲”这个词可曾以“可怕”来修饰吗？）

此诗1890年首次出版时，编者删掉了第3节，其中有一句“罪责”对于那些活着的人，大概是考虑到对于有宗教信仰的哀悼者来说，这种情绪是不恰当的。被审查过的诗歌从“重点标记 -”直接进入“他人得以存在”。诗人的编者因担心而删改诗作的事实让我们更强烈地意识到，“尊敬”在狄金森的时代所具有的强制性压力，而她本人对这一类“凸花条纹布的信念”（*675）是多么不以为然。

[J 1100]

1121　天空低垂－层云卑劣

天空低垂－层云卑劣。
一片游荡的雪花
争辩它该飞越谷仓
还是穿过车辙－
狭小的风整日抱怨
有人待他如此这般
自然如我们，有时被撞见
刚好没戴她的冠冕－

天空、云、雪花、风，这四物中的每一物都可以作为例证来说明，灵魂若是忘记了它的尊贵权，人类的行为将会如何。面对美丽的自然，狄金森易于狂喜，而面对女王般的自然，她感到敬畏，不过，若有那么一天，自然激不起任何愉悦的审美反应，这一切就会受到冲击。诗人走出户外，她注意到的第一件事就是天空“低垂”(low)——这个词当然可以仅仅意味着云层很低；但是当她紧接着将云层形容为“卑劣”时，可以肯定的是，这是对人类品质的评判。为什么诗人把云层形容为“卑劣”呢？它们的富足正在缩减，它们不过是团块而非建筑。“低下”和“卑劣”这两个词常用作阶级划分，而这首诗似乎是在拿阿默斯特的上流社会和下层阶级做比较。但正如我们所见，即便是高贵的自然，倘若没戴她的“冠冕”，也是“低下”和“卑劣”的；因此问题在于行为，而不是阶级。

天空和云几乎没有得到任何说明。那么我们能不能指望这首诗接下来对低下和卑劣下一个更好的定义呢？狄金森的第三个例子似乎令人困惑：一片犹豫不决的雪花。大概头戴冠冕的雪花会庄严地穿过天空，而不会滞留在“谷仓”或“车辙”，不知何去何从。它已从最初天赐的优雅，沦落为俗世的平庸。最后，最低劣的人类行为通过牢骚满腹的风展示出来。这里的风甚至无力掀起狂飙：它是“狭小”的。它不停抱怨，神经兮兮，“整日”都是如此。这些例子里并不存在什么原罪——但是通过引用这些不复优雅的例子，狄金森暗示出，除了原罪之外，还有其他方式也会造成人性的衰微。

由于这首诗是一个清单（列举无冠冕的特征），狄金森必须找到恰当的方式来调控它们的节奏。以下为清单中的各项：

天空低垂-
层云卑劣。
一片游荡的雪花争辩它该飞越谷仓还是穿过车辙-
狭小的风整日抱怨有人待他如此这般。

前两项，每一项都是4个单词[①]，是静态的，也没提供什么信息。倘若作者的目光追随某种现象更久一些，这一天是否会显得更有生机呢？不，雪花似乎也没有提供什么信息，尽管它用了17个词，却并不知晓自己的游荡轨迹。作者的目光并没有从雪花与它自己的争辩中获得明显的快乐。也许应该张开耳朵而不是眼睛？不，进入耳朵的只是不断重复的哀鸣，持续了11个词（实际上是“整日”）。直到此处，这首诗似乎都只是对堕落的本性的谴责。但是，狄金森式的手腕轻轻一滑，出现了“如我们”这个短语，于是，警句就变成了

① 4个单词是指英文，下文同。

责备。狄金森追忆着人们不那么美好的时刻，让它们与闪闪发光的古希腊词“Diadem”（冠冕）构成对照，“冠冕”代表着他们潜在的高贵。

狄金森把这首诗附在了一封书信里，在诗的前面有一句话，更直白地表达了这首诗的含义：“今天非常庸常、粗鄙，那种庸常就像人精神不美一样。”(L321，狄金森对相貌平平的人很感兴趣，比如乔治·艾略特，她的魅力就在于“精神之美”。）她的编辑们把这篇社交挽歌命名为“云遮”——这个标题完全看不出狄金森对自然与人类行为的类比。

［J 1075］

1142 蜜蜂的低语，已停息

蜜蜂的低语，已停息
但还有某种低语
后来的，先知的，
已同时出现。
一年里更低沉的韵律
当大自然的欢笑停歇
这本书里的启示录
它的创世纪在六月。
恰当的生灵应和她的变化
由原型母亲派遣
随着语声消隐，时断时续
在分手的朋友之间
直到我们的推测，已成事实
我们不愿表露的心思
变得与我们更加亲近
而不是我们熟悉的人。

此诗以一个谜语开篇，正如《比鸟儿更深入夏日－》（*895），其主角是夏末的蟋蟀（未被点明）。同样是描述一年中的换季时分，这一次，狄金森没有沉浸于那种“德鲁伊的差异”[①]所引发的冥想，它变成了“分手的朋友”的一个寓言。他们曾是“朋友”，有人也许会说他们仍然是朋友，可是，到了这个短暂的“启示录”季节的尽头，他们将分道扬镳，话语的力量已不足以修复。他们之间的日常“语声”，随着逐步的疏远，变得“时断时续”，仿佛一个离去的声音渐渐“消隐”于远方，只听得见零星的碎片。这个悲伤的分手事件的威严主宰者就是自然本身，“原型的”母亲。正是她，发生着变化，如“原型”（“Type”这个词在《圣经》中指预先的征兆）遭遇其预定的结局，一种最终的圆满（早期基督教会将许多《旧约》中的“原型”确立为对《新约》弥赛亚的预言：以撒是愿意为人类献身的耶稣的“原型”；参孙，力量复原之后，推倒腓力士神庙，是复活的耶稣击败原罪的“原型”；亚伦，作为祭司长，不仅是为信徒设立圣餐礼的耶稣的原型，同时也是后来基督教牧师的“原型”，就如乔治·赫伯特在诗歌《亚伦》中所写到的那样）。“原型母亲”，类似于各种原始女神，有着自己的随从和图示。她朝最后的审判日派遣“恰当的生灵”，配合她的变化，直到她的最后一日：她的神圣之书（由各种自然图示构成，它的“创世纪”发生于6月）将在秋日遭遇最终的“启示录”。

经过长达10行的序曲，狄金森才抵达最核心的两行诗句：分离的友人之间的消隐的语声。随后是对既定事实的后续评论，也就是诗歌的第三部分。由此可见，序曲具有重要的寓意，其重要性高于我们初次阅读时的感受（那时我们只想着大自然的变化）。它的叙述其实与四个主要事件有关。

在最初的两个事件里，当来自其他声源的低语同时响起，蜜蜂

---

① “德鲁伊”(Druid)：词根“druis”在希腊文中指“橡树”，后半部分与印欧语系词尾“-wid”相似，意为“去了解”，所以这个词可被理解为“了解橡树的人”，或“橡树贤者”。一般认为，德鲁伊教徒是自然的崇拜者和拥护者，而狄金森则把“Druidic Difference”当成了一个窗口，打开它，便可以窥见这个星球上那些沉默寡言的生命的复杂奥秘。参考安妮·芬奇《德鲁伊的差异：品尝丰盛的夏日诗学赠礼》。

便停止了它们的低语。（用相同的“低语”一词去描述两种不同的声音，表明这两个事件是同时发生的，这两组“生灵”同时在场。）对于“自然之书”的“创世纪”①，蜜蜂是“恰当的生灵”，但它们被替代了，被谁替代呢？我们仅仅知道，新来者是“后来的”（“Posterior”，在夏天之后），又是“先知的”（“prophetic”，它预知终结，这一年的终结还是这个世界的终结？），狄金森用两个以“p”开头的形容词描述这同一个对象，这种故意的搭配（几乎是一种重合），使我们注意到这个拉丁语的悖论：它们同时居于“之后”（post-）和“之先”（pro-）。这些先来的和后来的低语声像一对括号，把秋天的全部体验括在一起。

序曲中的第三个主要事件是测量（通过诗的“韵律”）那个瞬间，大自然以悲剧替换喜剧的瞬间。在她的《圣经》的开头几卷，欢笑的自然是春天、花神弗洛拉以及后来的果树女神波摩娜。可如今，在低沉的情绪和肃穆的气氛下，她的“欢笑”最终“停歇”，新旧两部经书都已耗尽，她正迫近她的“启示录”所预兆的末日时刻。序曲中的第四个主要事件是由她召集的歌队宣告原型母亲的“变化”。

如果我们想知道这段序曲如何引出了朋友之间悲剧性的分手，我们可以探寻这首诗的情节梗概，从中找到答案。当甜蜜的话语依然在诉说的时刻，一个不同的语调插了进来，一点点清晰可辨，它跟朋友之间深情的语调不一样。它甚至泄露了后—友情（post-friendship）的一种“后来的”的弦外之音，因此，很明显，它成为一种预示。但它预示了什么呢？令说话人难过的是，朋友间的欢声笑语彻底消失了。友情降温了，节奏放缓了。有某种东西潜伏在那里。不受欢迎的末日启示即将来临，它是什么呢？草丛里的一些居民察觉到了

① 自中世纪以来，欧洲人常常把大自然比喻为一本大书，认为上帝为人类提供了两本书：“大自然”和《圣经》。狄金森在本诗中借用了这个比喻，在她的笔下，这部“自然之书”像《圣经》一样，也有“创世纪”和“启示录”，与大自然的季节相应。

它，随着蜜蜂亲切的嗡鸣声消散而去，蟋蟀的挽歌开始了（狄金森的这首诗就好比是这些声音）。最后，朋友之间的日常“语声”渐渐“消隐”，她的身影也渐渐离开了视线，交谈时断时续。

至此，故事已结束。但在这个离别的结局之后，狄金森又加上了一段终曲，以表明自己的姿态，而且，那个预言也应验了。之前觉察到的忧虑仅仅是一种猜测，但它现在得到了证实；沉默寡言的说话人不愿向他人展露自己的悲伤，种种背叛与放逐的念头都藏在她的内心深处，现在，跟她“更加亲近”的是它们，而不是那个曾与她朝夕相处的人。我们体会到，这首诗的重点不仅哀悼朋友分手，更哀悼随之而来的隐痛和心思——把它们藏起来，继续生活下去。

那些“我们熟悉的人”不再“熟悉”我们；我们生活在欢笑的帘幕之后，欢笑成为“痛苦的盔甲”［见《受伤的鹿－跳得最高－》(*181，J 165)］。从此，我们存在于一种双重意识之下，它彻底摧毁了一种简单的反应，使我们难以轻易接纳他人，包括一些可能成为朋友的人。

在《蟋蟀歌唱》(1104，J 1104）里，狄金森也曾处理过这个主题，诗中，词语“low”没有被用于形容韵律，而是被用在了短语“The low Grass”(低矮的小草）中；蜜蜂不仅“停息”了低语，甚至还“从景色中消失”；陪伴着蟋蟀的是一群人或可说是人化的形象：“暮光”是一个陌生人，在去留之间犹豫不决；“苍茫”变身为一位邻居。此外，还有很多“做工的人”在日光中忙着缝合最后一道缺口（我所引用的是该诗最长的一个版本，即富兰克林编定的B版）。狄金森在《蟋蟀歌唱》里将注意力扩散到旋律、各类角色以及夜晚的降临，完成了一个秋日景色被精确记录的寓言；相比之下，《蜜蜂的低语，已停息》更为连贯。

最后的4行诗的前两行描述灵魂的后—创伤状态，这是本诗的核心体验，此前，狄金森一直没有遇到任何麻烦。友情悄然衰退，捉摸不定，她的反应如何？应该如何描述？下面展示的是在其他版本中她曾为此处的动词所做的一次又一次的选择，一共留下了5次记录：

<table>
<tr><td rowspan="5">直到我们无法</td><td>证实的（友谊的衰退很难被证实）</td><td rowspan="5">已经到来</td></tr>
<tr><td>选择的（我们自己中断了友谊）</td></tr>
<tr><td>看清的（很明显我们缺乏洞察力）</td></tr>
<tr><td>命名的（这个变化过于细微以至于难以被描述）</td></tr>
<tr><td>面对的（我们都知道发生了什么，但我们拒绝承认）</td></tr>
</table>

尽管狄金森把“has come”（已经到来）改成了“has been”（已成事实），使这场分离成为板上钉钉的事实，但她仍选择了一个具有无限伸缩性的词语“speculate”（推测），因为灵魂感受到的根本痛苦是它的不确定性。我们可以对由上面五个动词带来的各种可能性进行“推测”：推测我们所怀疑的能否被证实；我们或许由于软弱而选择不去打破彼此的关系；为什么他人能够看清我们看不清的东西；为什么我们不能描述究竟发生了什么；或者为什么我们拒绝面对友谊冷却的事实。“推测”一词为我们展示了一个处于持续紧张状态下的心灵，它不安地困惑着，始终有所疑虑，无情地怀疑着，偷偷摸摸地做出否认。“speculate”一词是上选，充满反讽，其（带有乐观色彩）词根同时意味着“看见”（“to see”，拉丁语源写作“*specio*”）。在这首诗里，那一面投向自然的镜子（或称“*speculum*”，一种反射镜）无法为焦虑的心灵提供恒定可靠的形象。

这首诗始于美景和献给原型母亲（以及失去的朋友）的挽歌；却终结于一种斯多葛式的隐忍，虽惋惜却又自持，使我们不再是我们熟悉的人曾一度熟悉的人。

[J 1115]

1150　这些是甲虫喜爱的夜晚－

这些是甲虫喜爱的夜晚－
自遥远的高地
驱动笨重的垂线
他那亲近的形影－
孩童的恐惧
成人的欢喜
放下他的雷电
他又一次遥遥升起－
天花板上的炸弹
是一件有益的东西－
它让神经保持奋进
让推测生生不息－
多么可亲，这夏日的夜晚
没有谨慎的警报－
由昆虫界提供
以它剩余的魔力

把这首令人愉悦的小诗的开头以惯常的句法调整一下，将有助于我们的理解。闪电突然造访了夜晚：一道“笨重的垂线”自遥远的高地驱动自己钻入土地，这个“亲近的形影”就是划破夜空的闪电——罗马十二主神之首“朱庇特”的专属技能。此后，这首诗渐入佳境。闪电会造成哪些影响？狄金森对此进行了深思；在她费力写就的草稿里，闪电是“孩童的狂喜 / 成人的危险”。这两个短句符合事实：孩子们的确因闪电富有戏剧性的夸张效应而感到欣喜，成人则了解它的危险之处。可狄金森认为这些感受太过平淡无奇，于是她颠覆性地调换了它们，所以，闪电变成了“孩童的恐惧 / 成人的欢喜”。在恐惧中缩成一团的孩子们不再欢欣鼓舞；不过，对于成人而言，闪电则成为消遣的来源，他们安全地待在室内，欣赏风暴。高地不只拥有一个武器：由于驱动了聚集着电力的光束，他得以“放下”（“deposits”，源自拉丁语的 *de* 加上 *ponere*）雷电——一种他乐于“放下”的沉重负荷。随后，高地使自己“升起”（hoists）至天空的国度——从这个词语与航海相关的本义来讲，这就如同人们“扬起”（hoists）风帆。而这也成了外部风暴的最终结局。

接着，狄金森一如既往地转移到了内心世界，而我们也许会期待看到一个严肃且富含寓言意味的观点：心灵的风暴导致恐惧和欢喜轮番而至。可事实并非如此——相反，我们看到了她对人类心理状态所做出的最不寻常的断言之一：“天花板上的炸弹 / 是一件有益的东西－”。它可能随时在脑壳的“天花板”附近爆炸（正如闪电和雷鸣在任何时候都有可能出现），因此，思想不敢有任何松懈。更确切地说，“它让神经保持奋进”，处于一种持续的活跃状态：在诗歌《让自己承担更繁重的事务》（887，J 786）里，“神经的活跃随从”即为她知觉意识的一种成分。而且，炸弹的存在令推测得不到一丝休息，它就如同一种能量尤其充沛的精神振荡那般，生生不息。心灵的炸弹，不断迫近的歇斯底里症，甚至可以让生命中最乏味无聊的阶段也变得妙趣横生。

在刻画完“天花板上的炸弹”这出有趣的漫画式场景后，狄金森才回归了正常的生活轨道，简洁明快地写道，她渴望自己可以度过一个美好的夏日夜晚，一段摆脱焦虑的时光。在这段时光中，夜晚既不是狂喜也不含危险，既没有恐惧也没有欢喜，它是平静的，仅此而已。然而，那是伊甸园堕落前的景象；如果没有这些“谨慎的警报”——天空的惊雷、天花板的炸弹和草坪上的甲虫，那夏日的夜晚将多么悠闲，多么“可亲”。可以说，甲虫（Beetles，这个名称源于古英语 *bitan*，意指“叮咬”）对应了天空和天花板上的警报，是它在陆地上的一种呈现，并且，通过把甲虫放在诗歌的首行，把“喜爱”这样的夜晚算作其特点，诗人表明，甲虫是与它们自身有头韵关系的炸弹的预兆。

因为闪电“笨重的垂线”从天空消失，天花板上的炸弹依然处于内部，所以，一些能够给人以警告的东西不得不待在外部，留在自然中——这些东西就是那群甲虫。它们在朱庇特伴着雷鸣和闪电腾空而去后，依然为这个夜晚提供着“剩余的魔力”。狄金森在盘点神的闪电（Bolts）、内在的炸弹（Bomb）以及夜晚的甲虫（Beetles）时生发出了一种纯粹的欢喜，而下述几个意思相反的韵脚都有助于展现它：“遥远的”（remote）成了“亲近的”（intimate）；一个“警报”（alarm）也能够变成“魔力”（charm）。之所以取消四行诗节，使诗歌具有紧凑的十六个诗行，是因为在狄金森看来，伴随着甲虫这种触发推测不断滋生出焦虑的元素，诗歌中也不该出现任何中断，以致破坏暴风雨给孩童、成人以及她自身带来的多重效应。思绪的活跃神经在“笨重的垂线”、天花板的炸弹以及自然中的甲虫的保护之下，生成了这首短小的“田园诗”；新英格兰传统下所有以自然为主题的感伤诗在它面前，都受到了挖苦和讽刺。

[J 1128]

1163　一只蜘蛛在夜里缝制

一只蜘蛛在夜里缝制
没有任何光
在一个白色弧面上–

是贵妇的蕾丝皱领
还是地精的寿衣
他自己告知自己–

对于不朽
他的策略
是面相术–

这首离奇的小诗，每一节都是三行押韵体（aaa），而且都是自成一体的句子，以3–2–3的奇特节拍向前推进。从节奏、韵脚以及诗行长短来看，这首诗在狄金森的作品中都是独一无二的。不过，诗歌里的蜘蛛并非独一无二，它让我们想起了后来的一首蜘蛛诗（1373，J 1275），狄金森对它有一种特别的亲近感：

作为艺术家的蜘蛛
从不曾为人所用–

虽然他卓越的品质
可随意证明

由每一个扫帚和女佣
在整个基督的国土-
被忽视的天才之子
我牵着你的手-

蜘蛛牵出狄金森心中的一种伙伴情谊是因为她也被“忽视”了。她强调他的优秀品质（尽管女仆对他挥舞扫把，他却始终坚守自己的艺术），她强调他是“发明精神”的后裔［在拉丁语中，“天才”（Genius）与“发生”（generate）的词根相同］，她推许这种像她自己一样的造物，将他高度人格化，甚至以她在《草丛里一条狭长的家伙》（*1096）里表达的那种“真挚的欣喜”来牵他的手。

这首更早的《一只蜘蛛在夜里缝制》的蜘蛛不是“天才之子”或“卓越的艺术家”。他无须任何人证明，也不在乎被人忽视；他对即将临头的爱尔兰女佣挥舞的“扫帚”没有丝毫预感。他独立自足，心无旁骛，只知道他在制作什么衣服，他只管告诉自己就足够了。他已铺好了“白色弧面”的主体，也就是他的蛛网的圆周，现在他耐心地把半径缝在一起，以支撑圆周。他的工作无须光照（这张网将于天明时被发现，那是夜里完成的，昨天还不在那里）。他忙于缝制的衣服可能是某个男人或女人的蕾丝皱领；另外，它也可以轻而易举地变成地精的寿衣；我们要等他做好了才知道。他脑子里有衣服的模板，不可见，但可以完美复制。

狄金森羡慕蜘蛛全然自治，而她却在意（至少起初）嫂子苏珊或她的朋友希金森等人如何看待她的作品。不朽是她最钟爱的主题之一，尽管她无法把它作为信条来信奉或作为经验来描述，但对她来说，它始终存在，若是存在于某个地方，或许就在那个把我们跟未知阻隔的帷幕的另一面；可是蜘蛛对此并不怀疑（亦不信奉）。他只是采取“策略”，不朽将靠它成就：在他的网里，创造一种无法遗忘的“面相”或外在形貌。

按照基督教的观点，成就不朽（至少一部分）依靠内在品德：充足的恩典将施予有准备的心灵，以进入永生。与此信条相反，诗人让蜘蛛的不朽策略寄托于外在品德：他的网的外观面貌。蜘蛛的心灵是神秘莫测的；他不会向我们透露他的模板。“瞧，我的网！”(这是他的“要有光”的版本）是他唯一的也是最后的姿态。网（“web”这个词语，源于盎格鲁－撒克逊的“wefan”，即“编织”）是一个文本（“text”，源于拉丁语“*texere*”，即“编织”）的古老象征；虽然狄金森在此诗中并没有提到“网”这个词，但这里必然会发生这样的联想，并带入编织的想法。

狄金森为什么不说“一只蜘蛛在夜里编织”(A Spider wove at Night) 或那个更常用的动词“一只蜘蛛在夜里结网”(A Spider spun at Night) 呢？为什么不是“在一个白色的网上”呢？或许考虑到这是一种美学创造行为，她觉得缝制比编织更恰当，或许还有两个原因：它不需要织机（蜘蛛的艺术不需要他物，全靠自己）；她创造的每一首诗都注定要缝制到手稿册里。[①]那么，为什么蜘蛛是男性？(按照传统说法，蜘蛛是女性，神话中的女子阿拉克尼被愤怒的雅典娜变形为蜘蛛，因为她在编织物中描绘了神的不忠之举。）此外，缝制以及编织通常也归之于女人，那么，她为什么不写一个女裁缝呢？既然这是一首未加稀释的赞美之作，既然原型艺术家（从米开朗琪罗到莎士比亚再到伦勃朗）总是男性，不难理解，狄金森就以男性蜘蛛作为艺术家的代表了。不过，她选择男性也是因为基督教的三位一体。

---

① 据狄金森文献学家考证，狄金森缝制手稿册（或称“诗笺”）的实践主要发生于1858年至1864年的7年里（28—35岁期间），此后，不知什么原因，她不再继续缝制小册子了，而是留下了大量分组却未装订的手稿以及各种零散的草稿。

狄金森的三行韵起初是完全韵："Night"（夜里）、"Light"（光）、"White"（白色）。然后缩减为斜韵："Dame"（贵妇）、"Gnome"（地精）、"inform"（告知）。最后则是悖反式的弱韵（仅元音押韵，前面的辅音不押韵）："Immortality"（不朽）、"strategy"（策略）、"physiognomy"（面相术）。狄金森拒绝19世纪的种种常规之见，比如以艺术家的高贵品格、以艺术家的神圣意图、以艺术家的观念的真实性为基础来衡量其艺术价值等，她认为艺术家的价值仅仅在于创造"面相"（即外形）的力量，这足以支撑她的名声。她生前发表的十首诗作都是匿名的，仅仅向读者提供了它们的面相。（正如独立自足的蜘蛛，狄金森与希金森从1862年通信，直到1870年见面，在这8年时间里，她只通过她的诗歌和信件为对方所知，她的签名从1862年的"E-Dickinson"，至1866年缩减为一个单独而强大的"Dickinson"。从1875 之后，她的信件只署名"你的学生"。）

三位一体的诗节，三位一体的韵脚，准神学式的"自己告知自己"的圆环，以及这位面相创造者的神秘莫测，在此都暗示着，在这个小小的水晶般的习作之后，有一个幕后的背景。"自己告知自己"与狄金森的另一首诗作《我身后－降下永生－》(743, J 721) 中的句子极其相似，在那里她戏谑地演绎了三位一体中的父与子：

> 那是后来的－王国－他们说－
> 完美－而持续的君主国－
> 它的王子－不是任何人的儿子－
> 他自己－就是他无期限的王朝－
> 他自己－变幻他自己
> 双重的神圣－

在这两个例子里，都使用了同样的反身代词（他自己—他自己）以表达绝对的自治。

读这首诗的时候，我们可以明显感觉到前两个诗节和第3个诗节的区别。在第1个诗节的干脆的单音节和第2节的配对式的双音节（他自己告知自己）之后，狄金森为最后一个诗节创造了一种铺张的古典风［“Immortality”（不朽）源自拉丁语，“strategy”（策略）和“physiognomy”（面相）来自希腊语］。她还动用了惹人注意的多音节（三个韵脚词分别是五音节、三音节和五音节）。在前两个诗节里，我们尚处于人工制品的世界，到了第3个诗节，我们似乎穿越到柏拉图的领地了。这是一个二阶诗节，不再叙述事实层面，而是反思其存在的原因。蜘蛛为什么做这些呢？不是为了制作这件或那件东西，如蕾丝皱领或寿衣，而是要成就不朽。通过什么方式来成就不朽呢？这是第3个诗节，也就是那个“形而上学”的诗节提供的答案：一件产品的外观或表面。

这首小诗仅有32个词语，如此精干，该如何阅读它的音步呢？我们注意到，每个诗节的前两行若合并起来，就构成了五音步，

一只蜘蛛在夜里缝制，没有任何光
在一个白色弧面上 -

是贵妇的蕾丝皱领，还是地精的寿衣
他自己告知自己 -

对于不朽，他的策略
是面相术 -

A Spider sewed at Night without a Light
Upon an Arc of White -

If Ruff it was of Dame or Shroud of Gnome
Himself himself inform -

Of Immortality his strategy
Was physiognomy -

若以这种形式来阅读，就可以看出，前两个诗行明显起到了为第3个诗行蓄势的作用。蜘蛛在没有光的夜晚缝制并不那么重要，重要的是他在创造“一个白色弧面”，这位几何天才的作品将成就他的不朽。缝制出什么物品以及为谁缝制并不那么重要，重要的是其模板藏在里面，只有蜘蛛自己知道：“他自己告知自己－”。他有一种获取不朽的策略并不那么重要，重要的是他决定采取“面相术”——取表面而非深度，取外貌而非心灵（当然，大家普遍相信，可以从外貌直觉到灵魂）。狄金森这样安排她的诗作，以便让每个诗节经过蓄势再进入高潮。

可是，我们还要看看诗歌的实际音步：三音步、二音步、三音步。两个三音步一前一后把那个更短线的二音步围在中间。好像那些二音步诗行可以被甩掉，好像少了它们诗歌的立论依然不受影响。如果蜘蛛在夜里缝制，显然他没有任何光。如果他能为贵妇人做蕾丝皱领，那他当然也能为地精做寿衣。如果他要获得不朽，他自然需要一种“策略”，还能是什么？可是，相比之下，“策略”不那么容易处置。对于前两个诗节，只读第1行和第3行（抛开中间的二音步），完全可以读得通（并能抓住诗人的主旨）：

一只蜘蛛在夜里缝制
在一个白色的弧面上－

是贵妇的蕾丝皱领
他自己告知自己－

但是这个“策略”打断了第3个诗节，这样读不通：

对于不朽
是面相术－

不过，在表述上稍做修补即可：

他的不朽
是面相术－

当然，真正的问题不是何为他的不朽，而是他是否有足够的天分赢得不朽，以及他需要采取什么路线来获得它。追寻不朽的艺术家们动用各种策略，如尖锐、时尚、批评家的认可、赞助等，但这一切都以读者为导向。对观众的自觉意识造成了一种叶芝所称的“修辞的”姿态，也就是一种雄辩家的姿态，与抒情诗不相宜。叶芝说，是我们与我们自己的争吵造就了诗歌。蜘蛛以他体内蕴藏的源源不断的丝线，织出一个“面”（Face），他就生活在那里，不在乎任何人也不被任何人在乎。这里，狄金森与莎士比亚笔下的邓肯国王发生了争吵，邓肯得知考特爵士的背叛行为大为震惊，他说“没有一种艺术／可以从脸上探明心灵的构造”（《麦克白》第1幕第4场）。正如音乐和绘画，我们从曲谱和画布中探明心灵的构造，诗歌也是如此：外形为制造外形的心灵提供了“可见的核”（约翰·阿什伯利《凸面镜里的自画像》[①]）。

[J 1138]

① 约翰·阿什伯利1974年发表长诗《凸面镜里的自画像》，1975年获得三项大奖：美国国家图书奖、全国图书评论奖和普利策奖。

1218 没有骨髓的骨头

没有骨髓的骨头，
会是什么结局?
它不适合端上餐桌
或给乞丐和猫咪－

一根骨头有义务－
一个人亦如此－
一个没有骨髓的集合体
该受罚，何止羞耻－

可是一个完结的造物
其功能如何更新?
老尼哥底母的幽魂
又一次直面我们!

此诗中最出人意料，也是最佳的诗行是“一根骨头有义务－”，它以一种认同的语调宣布了一个声明，就好像我们常说“一个学生有义务”似的。狄金森对教条的戏仿总是机智风趣，这里，“罪犯”是一根没有骨髓的骨头。教师问道，这样一根干巴巴的东西能指望什么样的下场呢？这位兴师问罪的教师或牧师，既然把骨头贬损了一番，说它没有任何用处，宣布没有骨髓就“该受罚，何止羞耻”，接下来，按照习惯，他自然会敦促听众悔过自新。令人震惊的是，狄金森的第3节从戏仿转向恳求，从嘲讽式的责备转向心碎的询问，她引用《约翰福音》中的著名典故（详见下文），以确保那个令她痛苦的疑问是合理的：无望的“完结的造物”怎么能复生并重新变得有用呢？从反讽转向诚恳是狄金森最典型的策略之一。我们首先被一根有缺陷的骨头的奇喻逗乐了，但随着诗歌转入严肃主题，我们会感到沮丧受挫，这里，狄金森问道，她自己的已完结的情感生命如何才能恢复生机。

在第2节的中间我们意识到，这根骨头只是全部无骨髓的骨头集合体中的一根，也就是说，这个集合体其实不过是一个人的一副骨架，其生命的实质内容已干枯掉了。其他“羞耻”只是局部的，但这个缺欠是整体的，“该受罚，何止羞耻－”。非难者将责罚和羞耻并列在一起，让罪人一方面被他人责罚，另一方面自感羞耻，在社会上和心理上都被摧毁。我们起初以戏仿的态度来读此诗，因为它的第1个诗节确实滑稽可笑。它在“Marrow”（骨髓）和“Bone”（骨头）二词的饱满的元音之后，以一系列单薄的元音［除了“Table”（餐桌）中的那个长元音“a”］，构造出无骨髓性，并且伴随着十个连续喷发的“t”，在首字母、中间或最后的位置，模仿气愤的声音，我以大写方式印在这里；而且，这个诗节中还有三个字母“t”，虽然不发“t”音，但在字形上也起到了辅助效果，我以斜体字一并标注出来：

> *T*he Bone *T*haT has no Marrow,
> WhaT UlTimaTe for*T*haT?
> IT is noT fiT for Table
> For Beggar or for CaT -

在第2节中，“t”音引人注意地消失了，一个都没有了（虽然有两个不发“t”音的字母“t”在“obligations”和“than”中），这进一步确保了第1诗节中的“t”音重复造成的喜剧效果。

如果一个人失去了内在生命中的骨髓，慢慢干枯，变成一副死亡的骨架，那此人该怎么办？在狄金森之前，不乏诗人写过灵魂的暗夜、精神的干瘪，但没有人会从一根骨头写起，这骨头毫无价值，无法端上餐桌，连乞丐也对它没有胃口，甚至猫咪也不屑一顾。狄金森顿时变得死一般地严肃，绝望之际，她追想尼哥底母对耶稣的那次拜访［《约翰福音》(3：1—5)］：

> 有一个法利赛人，名叫尼哥底母，是犹太人的官。这人夜里来见耶稣，说：“拉比，我们知道你是由神那里来做师傅的，因为你所行的神迹，若没有神同在，无人能行。”耶稣回答说：“我实实在在地告诉你：人若不重生，就不能见神的国。”尼哥底母说：“人已经老了，如何能重生呢？岂能再进母腹生出来吗？”耶稣说：“我实实在在地告诉你：人若不是从水和圣灵生的，就不能进神的国……”

基督教提供的这套施洗学说对于已经施洗但仍充满怀疑的狄金森来说没有用处，面对尼哥底母的问题，狄金森找不到任何世俗的答案。

正如在第1节中她以“t”来制造文字游戏，在第3节她又动用了一系列“f”音：“Finished”（完结的）、“function fresh”（更新功能）、“Phantom”（幽魂）、“Confronting”（直面）。她完结了。功能更新了吗？幽魂直面着她！尼哥底母像个鬼魂一样从她心灵里升起，他的问题也是她的，可是她想要重生的希望没有被获准，没有救世主前来，将她从内在绝望的“羞耻”中解救出来。

［J 1274］

1243　我可否取用你，诗人问

我可否取用你，诗人问
那个被提议的词语？
安置到候选行列
等我更好地试过－

诗人遍搜文献
正准备按铃召唤
那个被悬置的候选词
进来了一个，不召自来－
那幻象的一部分
曾以词语来填充之
基路伯，不必指派
自会揭示－

狄金森把这首诗作（一种既反讽又兴奋的叙述）分为两个不平均的诗节，以摹写一部被分为两个场景的戏剧。在1945年首次出版时，她的两位编者梅布尔·托德和米利森特·比安奇将此诗依韵脚划分为3个四行诗节。

在第一个场景，诗人仔细研究了她所知的所有词语，以为她已找到了那个"恰如其分的词"，来填充她诗歌中的一个位置，于是就召来了她想到的那个词。可是，诗人看过之后，仍不满意，于是她命令那个词加入一个已经相当庞大的“候选”行列之中，它们都有填充这个位置的可能，她命令它在那里等，让她再试一试。“候选”（Candidates）源自白色的（拉丁语 *candidus*）外袍，寻求官位的罗马人都穿这种外袍；狄金森的每个“候选词”都想在诗歌中寻求到某个职位。

第二个场景表现诗人努力搜求“文献”（Philology，希腊语，“爱词语”），但不足以创造出一首可行的诗作。随后，诗人正要放弃勤勉的搜索，准备妥协，摇铃召唤那个“悬置”的候选者或仆人或词语来填充空位，这时，在诗人毫不用力的情况下，出现了一个重构的观念——一个格式塔，而不是一个新的词语，诗人把它称为“幻象”。想象顿时具有了一种更好的轮廓，这样的幻象让诗歌得以重新自我定位，并且，可以推测的是，随即得以成功地搜寻到那个恰当的词语。她本以为她在寻找一个词语，但实际上，她在寻找她的内在幻象的完满（此前她甚至不知道它尚未完满）。最后，狄金森提供了一个简洁的评语：上帝御座旁的天使信使不必像对待仆人那样，摇铃召唤之。虽然尘世的候选人可以被委派来应召某个位置，但一个尘世之人不能委派天使来应召灵感源的位置。正如耶稣对尼哥底母所说，灵“随着意思吹，你听见”[①]，即你不能迫使灵［见《没有骨髓的骨头》（*1218）］。

第一个场景的简单性被“Till I have finer tried -”中的“finer”（更好）这个词语变得复杂化了。诗人一直在努力尝试：她有整整一个行列的候选词等候在舞台两翼。她不仅考察了一系列词语，而且还“遍搜文献”。她盯视着那个空位，那个空位也盯视着她，就算她仍不满意，可是，接下来还能怎么做呢？她留下一个替换词“further”

---

① 见《约翰福音》（3：8）：风随着意思吹，你听见风的响声，却不晓得从哪里来，往哪里去。

(进一步)，意思是“我必须进一步尝试”。可是，在文献之外已没有“进一步”的地方去寻找那个空缺的词语了。她还留下一个替换词“vainer”(更徒劳)，意思是“更多的徒劳”而不仅是“更多无价值的词语”，可是，她拒绝了这个词，因为她不想过早宣布，她苦苦搜求词语却以失败告终。最后，她放弃了这两个替换词，找到了“finer”(更好)：“更好地”尝试也就是更努力地尝试，这个词语兼有美学上和道义上的自我评判——“我一直太粗疏懈怠，太容易满足于我的发现（那个被悬置的候选词)，虽然我明白那不是最‘恰当的’一个。我必须精益求精，信守我的诗歌标准。”

在第一个场景里诗人显得威风凛凛，她评断“被提议的词语”，发布了一道断然的命令：“安置到候选行列”。第2节令人疑惑，因为语法上不完整。最初的版本有一个由“When”（在……之际）引导的分句，句子是完整的，当此诗被收入《旋律的闪电》（1945年）首次得以出版之时，编者正是采用了这个版本（斜体字是作者所加）：

诗人遍搜文献
在准备按铃召唤之际
那个被悬置的候选词
进来了一个，不召自来－
那幻象的一部分

狄金森故意牺牲了常规的语法，没有采用“When”引导的状语从句形式，于是，这个“不召自来的”独立的幻象的部分就不必以某种时间形式而依赖于诗人的行动了。有趣的是，在狄金森看来，幻象的完整概念在创作过程中是可分割的。诗歌的一部分，诗人已经安置妥帖了，但手稿中有一个执拗的令人烦恼的空白，由“幻象的一部分”（当时在她的思维里尚未澄清）负责。她必须后撤，回到诗歌创生之初的体验中，再试一试。当然，她后来意识到，不是一个缺失的词语而是缺失的一部分幻象，妨碍了诗歌的最终圆满，随即，整个幻象的格式塔就如施了魔法一般现身了；于是，我们知道，既然事情已经澄清，那个恰当的词语将随即出现（作为一个成功的候选词），用来填充手稿中的那个空白。

大天使以金箔之身出现在上帝的“施恩座”两侧（《出埃及记》）[①]，随时听从上帝的而不是诗人的召唤。上帝“指派”他们完成这个或那个职责，他们服从他。不过，若诗人所见到的幻象确实准确无误，上帝自会派遣（用狄金森的类比）一个天使一般的信使揭示那缺失的部分。狄金森让“fill”（填充）和“reveal”（揭示）二词押韵，这显示出幻象完满带给她的快乐之情，不过，诗歌结尾流露出对其他诗人的一种警告：别以为你可以强迫诗歌发生，天启是无法强迫的。耐心是一种品德，你需要在已知的一部分幻象中等待、沉思，待另一部分显身。在利己主义的驱动下诗人可能会草率地完成诗作，采用一个大致恰当的词语，那似乎就是当时的“文献”能提供的最好的词语。可是，对诗歌的忠诚则劝告诗人要耐心等待内在想象力的幻象达到完满之后，再来选定最终的词语。

从头韵和腹韵来看，《我可否取用你，诗人问》是一首低调的朴实无华的诗作。其深度来自20个源自拉丁语、希腊语和希伯来语的庄重词语：

“Poet”［诗人（两次）］源自 *poetes*（希腊语）；
“propound”（提议）源自 *pro* + *ponere*；
“word”［词语（两次）］源自 *verbum*；
“stationed”（安置）源自 *stare*；
“Candidates”［候选（两次）］源自 *candidus*；

① “要用金子锤出两个基路伯来，安在施恩座的两头。这头做一个基路伯，那头做一个基路伯，两个基路伯要接连一块，在施恩座的两头。两个基路伯要高张翅膀，遮掩施恩座。两个基路伯要脸对脸，朝着施恩座。”［《出埃及记》（25：18—20）］

"finer"（更好）源自 *finus*；
"tried"（试过）源自 *triare*；
"searched"（搜索）源自 *circus*；
"Philology"（文献）源自 *philo* + *logos*（希腊语）；
"suspended"（悬置）源自 *sub* + *ponere*；
"unsummoned"（未经召唤的）源自 *sub* + *monere*；
"portion"（部分）源自 *portio*；
"Vision"（幻象）源自 *videre*；
"applied"（用来）源自 *ad* + *plicare*；
"nomination"（指派）源自 *nominare*；
"Cherubim"（基路伯）源自希伯来同一词语；
"reveal"（揭示）源自 *re* + *velum*。

这首诗作里的主要词汇都源自古典语言，除了仅有的几个例外："take"（取用）、"ring"（按铃）和"fill"（填空）。它描画了一位严肃认真、努力奋斗的诗人形象，最后还向其他诗人发出了警示，这一切尽管带有反讽意味，但其主导隐喻却是清教徒对于选民和恩典的叙事。狄金森以世俗的叙事（如作者权和幻象）重构了宗教叙事，并采用了一系列古典语汇，以符合古远的诗人的品性和事业。

[J 1126]

1263　说出全部真相，但要委婉－

说出全部真相，但要委婉－
成功在于迂回婉转
真相的超级惊喜，太明亮
对于我们虚弱的快感
如闪电扑向孩童，需要缓冲
以和蔼亲切的说明
真相的炫目之光必须渐进
否则人人都会失明－

狄金森为“委婉”辩护正如耶稣为寓言辩护：某些真相必须以寓言的方式说出。不过，耶稣的动机是为了密传，而狄金森则出于善意。耶稣在一个神秘的段落对他的门徒说，他以寓言来说话以便让那些打算皈依的人听得懂，而让那些顽固的罪人（无论他们视觉上的和听觉上的肉体感官多么敏锐）听不懂。他以寓言来发表真理，“叫他们［顽固的罪人］看是看见，却不晓得；听是听见，却不明白。恐怕他们回转过来，就得赦免”［《马可福音》(4：12)］。

狄金森本人一向谙熟于象征性的表述，她一定琢磨过耶稣这段话。关于她自己为什么要委婉地言说真相，或许她这里决定提出一种相反的陈述。她的用意不是向那些偏好假象的人隐藏，而是出于善意，做些调整，不然，那些人太虚弱无力，受不了强光的刺激。

当我们认识到一个迄今不曾知晓的真相或真理，那令人目眩的光芒太强烈了，简直无法直视，除非让它以象征性的表述“渐进地”靠近我们。正如闪电逼近孩子们的心灵，他们（可以理解）被它吓坏了，成年人需要为他们“缓冲”一下，不让那致命的潜在威力直接释放出来，因此，当真理那闪电一般的击打逼近读者的心灵，狄金森需要以“亲切的说明”，也就是她的寓言，加以“缓冲”。

狄金森宣誓说出“全部”真相，其言外之意是，诗人可能受到诱惑，只说出部分真相，也就是观众能接受的那部分。（她经常抵制取悦大众的诱惑，甘愿承受代价，也要坚持她自己的诗学，即便她的诗作读起来不那么容易理解。）这首诗是“亲切的”，甚至孩童也能读懂，它在声音和字形上的游戏让它顿时获得了吸引力：首行中的字母“t”，在开头和最后的位置一再出现（Tell all the Truth but tell it slant -），然后是字母“s”（包括它的读音）出现在一连串的词语中：“slant”（委婉）、“success”（成功）、“Circuit”（迂回）、“lies”（婉转）、“Truth's superb surprise”（真相的超级惊喜）、“As”（如）、“eased”（缓冲）、“must dazzle”（炫目之光必须）。这一系列头韵，再加上“bright”（明亮）和“Delight”（快感）二词的腹韵，让这首说教诗带上了一种轻快的调子，这恰是它诗中所提议的“委婉”的诗学。我们可能以为在“真相的超级……”之后，会是“启示”或“教义”，可是我们读到的却是“惊喜”。伴随真相的发现，我们认出了闪电以及那种快感。

狄金森发明了一种悖论式的真相，它会“渐进地”发出强光，这个表述是悖论式的，因为“dazzle”（炫目之光）这个英文词是指一种最明亮、最活跃、最直接的光照。在亨利·沃恩的诗歌《夜》里，他写道：“在上帝之中有一种深邃而炫目的黑暗。”[①]狄金森起

① 亨利·沃恩的创作受乔治·赫伯特影响较大。《夜》是沃恩的一首名作，经常被收入诗歌选集，狄金森很可能读过这首诗。

初想用“dazzle moderately”（适度的炫目之光），但随后将附属词修改为“gradually”（渐进地），在声音上与“dazzle”更接近，而且通过太阳从黎明到中午逐步变亮的过程，我们对这个词语是比较熟悉的。以“moderately”（适度地）来修饰“惊喜”似乎有些不温不火，而“gradually”来自拉丁语“*gradus*”，也就是“stair - step”（阶梯），意味着逐步向上移动，比如“gradus ad Parnassum”（帕那索斯进阶），也就是诗人向帕那索斯山的攀登（而“适度地”一词则不具有逐步上升的意味）。

狄金森最大胆的修改是在新版本中提出完全对立的断言。她写下了“Too bright”（太明亮），然后搜寻到一个头韵词“bold”（大胆的）来修饰“Delight”（快感），于是，得到这样的句子：“bright for our bold Delight”（对于我们大胆的快感太明亮）。可是，既然我们像“孩童”一样需要“缓冲”才能理解真相，既然我们的快乐无法承受真相那炫目的白光的直射，那么，就不能说我们的快乐是“大胆的”。何况“bold”是单音节词，而狄金森需要两个音节来完成这个句子，于是，她放弃了“bright”和“bold”的头韵，代之于“infirm”（虚弱）。狄金森笔端一滑，承认人性的无能和局限，从“大胆”的快感，瞬间转入“虚弱”的快感。

“闪电”是自然现象，不会对眼睛造成物理伤害；但真相之光具有穿透力，若不加以调整，就会让“人人”都成为盲人——一个极度的夸张。我们起初都是不明真相的孩童，对肉体和自我懵懂无知，“生命的事实”（身体上、情感上和智识上的）一点一滴逐渐向我们传递、透露；可是，尚有很多真相，我们至今仍是一知半解。需要一首诗，让我们的眼睛逐步接受被遮蔽的真相那强烈的光芒。狄金森的词语的小漩涡以“i”为腹韵，渐次从亮转暗：“bright”（明亮）、“Delight”（快感）、“Lightning”（闪电）、“blind”（失明）。仅寥寥数语就勾勒出一个大致的场景：如果真相完整而过早地暴露在我们面前，我们的命运会怎样。不过，那些词语也告诉我们，闪电是快感的一位表亲。

[J 1129]

1268　一个词不经意地落在纸上

一个词不经意地落在纸上
或许会圣洁一只眼睛
当那皱缩的作者躺下
被叠进永恒的接缝

感染在句子里繁衍滋生
我们或许会吸入绝望
穿越数百年的距离
发自那瘴气－

在西方，有一种由来已久的印象，即书籍（不同于纯粹事实类书籍）要么能拯救灵魂（《圣经》），要么会危害灵魂（1966年之前，罗马天主教廷一直保留着一部《禁书目录》[①]）。初次起草这首诗时，狄金森尚未摆脱与宗教救赎有关的、《圣经》般的口吻："一个词……／或许会*圣洁*一只眼睛"（斜体字为作者所加）。接着，她又使诗歌极端世俗化，谈论了现已过世的"*皱缩的*作者"。本来，狄金森做出了一个世俗的断言："一个词……／*或许会*激励一只眼睛"

① 指罗马教廷编订的《禁书目录》。罗马教廷认定目录中的书籍具有"危险性"，会影响天主教徒的信仰和道德，因此严禁印刷、进口和出售这些书籍。《禁书目录》于1559年首次公布，至1966年6月14日被保罗六世废止，其间共有32个修订版。

（“A Word... / May stimulate an Eye”）——并且她还使用了带有宗教意味的“造物主”(Maker) 一词①。将“造物主”还俗为“作者”(Author) 让她得以使用虔诚的“使……圣洁”(consecrate) 一词。

于是，我们有了现在的诗歌。我们也看到，诗歌中狄金森对在伦理上有益还是有害的宗教或道德观念并不感兴趣。她思考的是书籍曾在情感上受到感染，并且现在仍具有情感上的感染力。这里的“感染”并不是禁书对宗教的影响，而是一种带有医学意味的说法。书籍的力量并不在于它们符合宗教和伦理教条，而在于它们能不受制约地传播思想与感受（这无疑也表明了狄金森对她本人作品的雄心）。词语是永恒的；或者，用狄金森自己的话说——见她于1872年寄给表妹诺克洛斯的信，信里介绍了这首诗的第1小节：“我们必须谨慎对待我们所说的话。没有鸟能重新变回鸟蛋。”

这首诗非个人化的第1节关注了作品的寿命：当“皱缩的作者”躺进他的坟墓许多年后，他“不经意地落在纸上”的词语可能会吸引某人的眼球（“一只眼睛”），并且能帮助它（眼睛）。第1节，第一人称“我们”拉近了诗歌与读者间的距离，诗歌情感却突然发生转向，出现了不祥之兆。这时，情感并非由一个词语引起，而是由句子产生，并且一个句子（如孩子们学到的那样）表达了“完整的思想”。通过诗歌中的一句话——并不仅仅是一个“不经意的”词语——久已离世的作者的世界观得以展现，这是一种灾难性的、强烈的绝望之词。狄金森断言，阅读是一种精神呼吸的形式；因此，我们“吸入”绝望——这种感染在字里行间悄然“繁衍滋生”，直到我们通过注意力将其转变为积极的、具有情感冲击力的形式。也许我们读到的书页可以追溯到遥远的过去，与当下有着“数百年的距离”；然而书籍的“瘴气”仍然具有传染力，并且我们或许也会因阅

① 此诗的手稿显示，诗人在“stimulate”下面添加了“consecrate”，在“Maker”下面添加了“Author”，以替换之前的词语。

读而患上永久的甚至可能致命的绝望之症。

正如我们所看到的，狄金森经常在诗歌开头部分描述词语的本义，随后再引申出其象征含义。在本诗中她反转了此过程，她以抽象、普遍且带有宗教意味的词语“使……圣洁”为诗歌开头。直到第2诗节，狄金森才揭示出“圣洁”这一隐喻的本义：它其实是已过世作者的“Malaria”（瘴气）——意大利语意为“evil air”（邪恶的空气）——从纸页之中弥漫开来，并使我们被精神上的绝望团团围住。诗人在《有一种斜落的光》（*320）里将放弃希望导致的最终结果（“封印”）告诉了我们：“这是封印绝望 - ”。

我认为，“一个词不经意地落在纸上”首先从抽象入手，因为狄金森想要采取的行动就是将《圣经》中永恒的造物主世俗化为一个“皱缩的作者”。这位“皱缩的作者”被表述得有些奇怪：他躺下“被叠进永恒的接缝”里。是的，他躺在坟墓里。但为什么会有这个隐喻？我们是否能够将此理解为“被叠进裹尸布里，被缝在亚麻布的永恒缝隙中”？或许吧——但在“被叠进永恒的接缝”这句诗里，我们也能听出有意附加的暗示：“被折叠的永恒接缝”（作者被封在其中）就是作者的书，即叠好的、缝起来的“稿件”（分组的纸张）。（狄金森可能想起了《论出版自由》，在这本书里，弥尔顿说书籍“并不是绝对死的东西，而是包藏着一种生命的潜力，是灵魂的子孙后代，它和灵魂一样活跃……一本好书把杰出人物的宝贵心血熏制、珍藏了起来，为了生命之外的生命”。）人们认为，感染会留在尸体中，甚至是被掩埋的尸体；狄金森说，正因如此，感染才能从作者“涂了香料的不朽的”书籍里散发出来。（这样的说法亦见于罗伯特·洛威尔[①]的诗歌《阅读我自己》：“这本翻开的书……就是我敞开的棺材。”）狄金森自己的诗被保存在纸页里——她将其对

① 罗伯特·洛威尔（1917—1977），美国自白派诗人，代表作有《不一样的国度》《卡瓦纳家族的磨坊》《生活研究》等，诗集《威尔利老爷的城堡》获得普利策文学奖。

折，并缝制成了诗笺。她可能躺下，叠进（她自己里面的）永恒接缝。

狄金森通过词语“In-fection”（感染）和“in-hale”（吸入）的组合将结果和行为联系了起来。她煞费苦心地使扬抑抑格三音节词语“Centuries”（数百年）与同是扬抑抑格三音节的“distances”（距离）相互呼应，除了语音上的相似之外，这两个有共同字母的词语还创造出了镜像的效果：它们都有字母c，e，n，t，i和s。我们不免好奇，狄金森究竟是从哪位作家被感染的作品中吸入绝望的呢？也许是莎士比亚——早在狄金森之前，济慈就从他的作品之中吸入了绝望（参见《坐下来重读〈李尔王〉有感》[①]）。

[J 1261]

① 《坐下来重读〈李尔王〉有感》是济慈的一首十四行诗。参见《济慈诗选》，屠岸译。

1274　现在我知道我失去了她－

现在我知道我失去了她－
不是因为她已离去－
而是一种疏远，游动
在她面孔和唇舌之际。

陌生，尽管比邻
像一个外来的种族－
来回移动，她停步于
无纬度之地。

要素，未改变－
宇宙，同一个
但爱的迁移－
不知怎么已然发生－

从此以后，要记住
自然夺走了白昼
我曾为此付出太多－
他的（结果），是贫困
不是为自由而辛劳

也不是为家庭
只是为归复
偶像崇拜。

狄金森再现了未被承认的疏远。叙述者和她的朋友仍旧见面，仍住在“比邻”的地方，仍在同一个宇宙，处在不变的要素中——但她们不再是朋友了。诗歌首句“现在我知道我失去了她－”，以一个惨淡的开场白，宣告故事情节就此结束。它也结束了第3节末尾的那个扩展情节：“但爱的迁移－/ 不知怎么已然发生－”。第4节，亦即最后一节（由两组押韵的四行诗组成，但被写成了一个诗节）是对过去的回顾。随后，诗歌的结尾流露了一种凄楚的“始终在场而实则丧失之感”，这就像在诗歌《九月的毕业告别》（1313，J 1271）中写到的一样，回顾是“一种隐约的烙印 / 使心灵放下快乐－/ 变为哲人”。

通常认为，这首诗指涉了狄金森与她嫂子苏姗之间的关系逐渐疏远（参见 Sewall，212）。苏姗（与丈夫，狄金森的哥哥奥斯汀）住在与狄金森家宅“比邻的”房屋“常青藤”，狄金森曾与她颇为亲近，并狂热地崇拜她。然而最后，狄金森和苏姗却不再面对面接触了。（奥斯汀 · 狄金森与梅布尔 · 托德——阿默斯特学院一位教授的年轻妻子——成为情侣。艾米莉 · 狄金森和苏姗依然保持着便笺往来，但两人不再见面了。奥斯汀常去狄金森家宅看望妹妹，也不时在那里同梅布尔 · 托德相会；知道实情之后，苏姗不愿、也的确不曾再踏入狄金森的家宅。）

不同于开头的个人化叙述，此诗回顾性的结尾，指向了一种普遍性：诗人失去的并不是某个女人，而是“白昼 / 我曾为此付出太多－”。其悲剧，从根本上说，并不是失去了朋友，而是一种不可能性，即便付出辛劳，也无法恢复“偶像崇拜”——那曾一度占据着整个灵魂的崇拜。考虑到“摩西十诫”将“偶像崇拜”作为“第一诫”［“在我面前，你不可有别的神”，见《出埃及记》（20：3）］，而狄金森却努力“归复／偶像崇拜”，这无疑是亵渎神明的。情欲上的绝望——“归复”无望——使她陷入情感上的贫困状态。[我认为，狄金森用“Restitution”（归复）这个词大概是因为后面潜藏着“Destitution”（赤贫）一词。如果仅从语义上考虑，她本可以使用“Restoration”（恢复）一词。]

我已概括了贯穿于诗歌前3节中的失落感，但还没有提及叙述的发展过程。在诗歌前12行里，狄金森来回摆动于物理在场的事实与情感缺席的真相之间，这种摇摆不定最终止步于某个中间地带（*tertium quid*）①——“无纬度之地”，既不在这里也不在那里（neither here nor there）②，而她从前的朋友就转移到了“无纬度之地”。

情感的缺席　　　　　　　　　　物理的在场

现在我知道我失去了她－ ——→ 不是因为她已离去－

而是一种疏远，游动 ——→ 在她面孔和唇舌之际。

陌生， ——→ 尽管比邻

像一个外来的种族－／来回移动 ——→ 她停步于

无纬度之地。

要素，未改变－

↓

宇宙，同一个

←——

但爱的迁移－

↓

不知怎么已然发生－

---

① “*Tertium quid*”为拉丁语，意为两事物的中间状态，来源于古希腊柏拉图所使用的词语“*triton ti*”（意为在两种已知的要素中在场的第三种未知要素）。

② “Neither here nor there”字面意思为“既不在这里也不在那里”，作为一个惯用语，通常指“无关紧要”“不着边际”“不相干”之意。

这种摇摆不定也体现在韵律的持续变换上：诗歌奇数行以“阴性”单词结束，而偶数行则以“阳性”单词结束并押韵。（“阳性”单词的最后一个音节是重读音节，“阴性”单词的重音则落在倒数第二个音节上。）在场与缺席之间的摇摆不定也可能出现在同一个诗行里（“陌生，尽管比邻”），或是贯穿整个诗节（诗歌第9—12行），总之，两极之间的摆动构成了诗歌叙述的基本张力。内在的疏远使两人的关系降至冰点；尽管叙述者知道她的朋友在哪里——草坪的另一边——但那个“地方”事实上却是“无纬度的”：它的实际位置无法被地理坐标（经纬度）确定。“无纬度的”一词创造了一个虚拟的平面，诗人那位疏远的朋友来回移动于其间，而她却无法接近。诗人的朋友偶尔从虚拟的平面返回，在实际的地方“停步”片刻；但随后她又再度消失于她自己的“无纬度之地”。“疏远”显露于面孔上（也许在某个“停步”的时刻）是能被想象的。但它如何蔓延于唇舌之上？是体现于语气中？言语中？还是在反讽（诚恳被反讽取代）中？

诗歌前三节中存在大量移动。它们并非物理上的运动：诗人的朋友没有“离去”。但疏远的感觉在“游动”，冷漠的朋友回到了使人心寒的虚无之地；并且——出人意料地避开了让人受伤的移动——狄金森补充说，爱经历了一次“迁移”（transmigration）。和令人震惊的词语“Latitudeless”（无纬度的）一样，“transmigration”也需要加以解释。爱已迁徙，的确如此。但是，是谁的爱呢？爱的移居是什么意思呢？“transmigration”的词根“trans-”强调了“穿行”之意，它与“transhumance”（迁移放牧，意为将牲畜从一个牧场赶到另一个）等词语类似。但“迁移”也含有现已被废弃的“灵魂的转世轮回”之意——灵魂从一度寄居的肉体中移动出来。诗人朋友的肉身依然在场，脸庞和唇舌都看得见。但那曾使诗人与朋友的灵魂紧密相连的感情已经“迁移”到了未知而无纬度的黑暗之中。

这份失落是难以忘怀的；“从此以后”它将被永远记住，没有终点。按照狄金森这里的看法，人类只会经历两个阶段：白昼与黑夜，生与死。自然已夺走了她的“白昼”，因此狄金森是在一种精神已死的状态下写作的。在“白昼”被［自然］夺走之前，她究竟付出了怎样沉重（“太多”）的代价呢？她以崇拜为代价，供养了自己的偶像。在当下的贫困中，诗人唯一的愿望就是归复（对偶像的崇拜）：她不能不为之辛劳。无论是为了“自由”而艰苦奋斗的革命者，还是为了“家庭”而努力打拼的劳动者，他们都能有机会见证自己的努力开花结果，无论果实多么渺小。但真正的贫困则不会获得任何结果，尽管她竭尽全力（不可能地）想恢复对自己昔日偶像的崇拜。［狄金森把“偶像崇拜者”（Idolator）这个词用在自己身上，仅有过一次，她在一封信中写道：“苏姗的偶像崇拜者为她留着一个神龛。”（L 325）］

狄金森有意将曾经的“paid”（付出）与现在的“Penury”（贫困）联系起来，就像她把押头韵的“Freedom”（自由）与“Family”（家庭）联系起来，从而为她的辛劳提供了对照物一样。词语“Family”［（家庭）日常生活范畴］和“Idolatry”（偶像崇拜，对一个“异教神”“外邦神”的崇拜）的押韵具有讽刺意味，这强调了诗人的错误选择——她将最强烈的感情投向了草坪对面那所房子里的一个被偶像化的外来者，从而形成了感情最初的“迁移”。

［J 1219］

1279　有些事情，我们曾认为应该去做

有些事情，我们曾认为应该去做
我们却做了别的事情
而那些特别的工作
从不曾开始。

有些土地我们曾认为应该去寻找
到了足以行动的年纪
却被推测让与
推测之子－

天堂，我们曾希望在那儿停留
等到规训已完成
逻辑上却站不住脚
但它可能就是那一个－

促使狄金森写下这首诗的是保罗在《罗马书》（7：19）中的自我控告："我所愿意的善，我反不做；我所不愿意的恶，我倒去作。"狄金森在第1节中改写了保罗的话，她借用了保罗所说的"do"（做），并且添加了过去分词"done"（做了），但她以复数形式"我们"将保罗话中的"我"普遍化了（尽管这几乎不可避免地

带有个人色彩）。尔后，狄金森为保罗的动词模板创造了平行词：在诗歌第2节，与“do”平行的动词是“seek”（寻找）和“行动”（run）；第3节，她以平行的动词“hoped to pause”（希望停留）开始，但在之后又以“done”（完成）的形式恢复了保罗使用的“do”。她让第1节中的“done”（做了，主动动词）和第3节中的“done”（表语形容词，意为“完成”）双关。

保罗对自己的无所作为感到厌恶：“我所愿意的善，我反不做。”但他的所作所为同样让他反感：“我所不愿意的恶，我倒去作。”当读者初次浏览这首诗时，也许会错过诗歌最引人注目的文体特征——狄金森在诗中一直不停押“-*un*”韵，这否定了任何变化的可能：“done”（做了）、“begun”（开始）、“run”（行动）、“Son”（子）、“done”（完成）、“one”（一个）。无所作为让诗人和每节诗首行中自己过去的积极想法（我们曾认为……我们曾认为……我们曾希望）背道而驰，也破坏了诗歌乐观的生命叙事——而这本是诗人想去讲述的（关于“做”“寻找”和“希望在那儿停留”），整首诗成为对基督徒天堂朝圣之旅的戏仿。在这首诗歌中，无所作为（not-doing）是“情节”，也被视为失败的原因（un-doing）；并且，诗歌中的任何预期都未能实现。

是的，诗人告诉我们，她的确曾在她的人生中做了些什么，但“那些特别的工作”——她的天赋促使她去做的事情——“从不曾开始”。诗人使用的现在完成时［“have been begun”（已经开始）］将过去与当下连接起来，这给人们留下了一点微弱的希望，好像那些工作依然还能开始。然而，如果她还没有开始最适合的工作（“特别的”意味着“专属于某一个人”），那么她的想法将无法实现。如果某人忽视了自己的天职，那么“别的事情”都是无关紧要的。

在第1节一般性的伦理自责之后，诗人回想起了她年少时的冲动。她曾想去寻找遥远的土地；一旦“到了足以行动的年纪”，她就会奔向那里（一个孩提般的句子：不说“年纪足够大”，而说“像大人一样大”）。她推测自己会在这里发现些什么；但由于她的犹豫不决，探索的许可证被“让与”推测者王朝里她的继任者。当她渴求在天堂“停留”、得到尘世生活的痛苦规训带来的回报时，诗歌便进入了成年期。但这些希望都落空了，因为对理性的头脑而言，天堂是“逻辑上站不住脚”的。在诗歌最后，诗人又夺回了一丝从前的希望：《圣经》里的天堂“可能就是那一个”她所渴望的东西。

由三个部分组成的诗歌在狄金森的诗歌中很常见。与那些由两个鲜明对照或截然相反的诗节组成的诗歌不同，这类诗歌与故事的基本惯例相符，必须有开端、发展和结尾。但诗歌中一直回响着的“*un*-”拒绝区分这些句子：这个故事一遍又一遍地说着相同的事情。工作、思索和规训全都化为泡影。

狄金森的修改值得注意。这首诗早期的版本中，在那个狄金森最后填上了“规训”的地方，她曾在“骑士精神”“规训”与“暴政”这几个词语之间举棋不定。[①]每个词都代表了对她过去生活的总结——“骑士精神”。她最初的想法（狄金森就像个游侠骑士）被删去了；随后，她又写下了与之对立的“规训”和“暴政”。她的生活首先呈现出来的是“暴政”，这一说法的确暗示了她经常发现自己承受着制度的压迫和家庭的反对；但（狄金森一定感觉到了）“暴政”这一词语对她的生活而言是有失偏颇的，这忽略了她在思想和精神上相当大程度的独立自主。当选择“规训”一词时，她不仅能将该词带有的惩罚含义包括在内（它意味着人们的灵魂被痛苦、审判、死亡以及其他的灾难所惩罚），而且包含了唯心论的意味——这指的是希望通过自我规训来提升自己的行为和品性。这种规训，无论是来自外部还是发自内心，在天堂里都不再必要。

在这首诗的早期版本中，为了在诗歌倒数第2行里给“天堂”找

---

① 根据狄金森的手稿显示，这首诗最初的手稿版中，在“规训”所在的地方，狄金森本来使用的是“骑士精神”（Chivalry），随后她划去了这个词语，并在上方写下了作为替代的“暴政”（Tyranny）和“规训”（Discipline）。

到一个恰当的形容词，狄金森最初写下的是“Impassable to Logic”①（逻辑上行不通的），在她的隐喻中，这同时意味着一条被阻塞的道路和另一条通向逻辑的道路。“行不通的”暗示了一种物理上的堵塞（就像山口被积雪封堵一样）。尔后，她删去了“行不通的”，并将它换成了“无法渗透的”（impervious）；但逻辑并不是雨、寒冷，或是任何什么事物，试图寻求一条路径，通向（*Per* + *via*）②天堂。天堂会阻碍逻辑吗？天堂会抵抗逻辑吗？这两个意象都无法让诗人满意。待狄金森完成了这首押“*un* -”韵的诗作，她突然想到了一个词——“站不住脚的”（Untenable），不难猜想，她一定高兴极了：事实上，这个词恰好是用来形容逻辑的［比如“站不住脚的命题”（untenable proposition）］；并且，天堂的概念与逻辑之间的冲突本来就是智识上的（站不住脚的），而不是物理上的（无法渗透的）。狄金森使用了一个双关的形容词“*Un* -tenable”③来描绘天堂，并将单词“one”（一个，英文里最接近“*un* -”韵的单词）置于诗歌的最后一个音节，这让“*un* -”的声音直击人心，好像生活的希望都破灭了（undone），“未实现，未完成”（*un* - *dun*），这个没有说出却又无处不在的词语，回响在每节诗句的懊悔之中。

这首诗让我们有机会去思考近来提出的一个观点：应当完整保留狄金森诗歌手稿的原貌。在手稿中，一个诗行被拆分成连续两行的情况很常见。由于富兰克林在他编订的“影印本”中收入了狄金森的“诗笺”和“分组诗稿”，我们得以窥见她怎样推翻自己之前写好的许多词语，也使我们禁不住思考这些词语有什么意味深长的区别。米切尔曾细致考察了狄金森手稿，他反对将这种观点无限扩

---

① 根据狄金森的手稿显示，这首诗最初的手稿版中，在“站不住脚的”所在的地方，狄金森本来使用的是“Impassable”（行不通的）一词，后来她又使用了“Impervious”（无法渗透的）一词，但她将这两个词语都划去了，最终选择了“untenable”（站不住脚的）。

② “Impervious”这个词来自拉丁语，在拉丁语中，*per* -作为词根，指“经由”“通过”，*via* 指“路径”“道路”。

③ 既押“*un* -”韵，又是否定式表达，同时又刚好表示出不合逻辑之意。

大，他认为狄金森的手稿实践并没有前后连贯的标准。尽管如此，考察狄金森诗歌在纸页上的空间安排，依然不无启发；接下来我将援引米切尔在《艾米莉·狄金森：感知的君主》中对该诗手稿原貌的转写（来自狄金森写给托马斯·温特沃斯·希金森的一封信）：

The things
we thought
that we
should do
We other
things have
done
But those
peculiar
industries
Have never [page break]
been begun.

The Lands
we thought
that we
should seek
When large
enough to
run
By Speculation
ceded
To Speculation's
Son

The Heaven,
in which we [page break]
hoped to pause
When Discipline
was done
Untenable to
Logic
But possibly
the one - ①

根据手稿影印本可知，起初狄金森好像是在数音步，前4行的音步是每行一个抑扬格；但是，在“We other”（我们却）这一行，她背离了这个节奏，因为这里多了半个音步。于是，我们觉得狄金森可能是在数单词，每行两个单词。可是，读到“done”（做了）这一行，此理论不攻自破，因为这行诗里只有这一个单词；紧随其后的是“peculiar”（特别的）和“industries”（工作），它们各自占据了一个诗行。接下来的两个诗节中包含了之前出现过的三种形式（每行一个音步，每行两个单词，每行一个单词），但并不完全整齐，例如诗行“in which we”（在那儿我们）中有三个单词、一个半音步，而诗行“Untenable to”（站不住脚）则有两个单词、两个半音步。没有哪一种理论能解释清楚狄金森手稿对分行的选择。然而，不可否认的是，留心她的分行安排之后，也许会对这个或那个诗节产生不同的感觉（有些很有趣，有些则没有）。因此，富兰克林决定在他的汇编本中尽可能提供手稿信息。

[J 1293]

---

① 中文翻译请参考本文前译诗，分行有差别。

1311 你就是我曾想要的东西？

你就是我曾想要的东西？
走开－我的牙齿长成了－
去侮辱一个小胃口吧
你无法刺激它如此之久－

我告诉你，在我等待之时－

这食物的神秘性
增长，直到我发誓戒掉它
如今已自我持存，如上帝－

这一定是狄金森最傲慢的诗作。她终于有了勇气，可以拒绝自己曾极度渴求的爱。（我认为她这里指称的对象是一个女人，因为狄金森向她爱慕的男性诉说时，语气通常不会如此挑衅。）这个狄金森曾一度崇拜的女人，长久以来拒绝邀请狄金森上她的餐桌，一直残忍地刺激（goaded）她，但如今已失去了魔力。［名词“goad”（刺棒），指一种顶端附有尖刺的棍子，用于驱赶牲畜。此处，最接近狄金森本意的是该词的动词用法，它比喻“由持续不断的刺激驱使，而进入……某种……心理失控的状态”（《牛津英语词典》，s.v. 2.）］这个一直嘲弄狄金森的所爱——现在被鄙视为一个“东西”——已不再符合诗人的口味了。以“我的牙齿长成了 -”这个不合常规的措辞，狄金森想表达的是“美味可口的”（Toothsome），意思是“吸引胃口”。诗人甚至暗示，这个现已被她抛弃的女人应该找那些“小胃口”的人去侮辱——这意味着，哪怕一个不如狄金森精致的人，也会觉得这个女人倒胃口，也会因为她现在的讨好而受到侮辱。

在这首诗的初稿中，并不存在如此彻底的情感决裂，狄金森只是告诉这个女人“提供给小胃口吧 / 他们没有挨饿太久”。在之前的版本中，狄金森假定这个女人其实可以满足“小胃口”的人，但并没有将自己的挨饿归咎于她（就像“刺棒”所做的那样）。在最终决定使用“侮辱”一词之前，狄金森一直在寻找合适的字眼，于是她让这个女人向他人“提供”（或“赋予”），或是“邀请”别人上她的餐桌。这些动作（提供、赋予、邀请）都是自发的，但没有哪一个恋人会故意“侮辱”自己的潜在恋人的胃口。“侮辱”这个词让这个女人被所有人讨厌，哪怕是那些“小胃口”的人；与此同时，诗人也做出了声明：她本人的品位是不可低估的。

这个女人还能“刺激”她挨饿的朋友吗？不能了——不仅因为诗人“牙齿”的鉴别能力已经“长成了”。事实上（诗人在第2节中说道），诗人根本就没有“牙齿”，也没有胃口了；长时间肉体上的饥饿，已经让她把自己磨炼为纯粹的精神。像上帝一样，她不需要食物供给了。与其说她胃口大了或品位高了——不如说，她神圣而无食欲了。“我告诉你”，她说（这是在模仿耶稣经常挂在嘴边的“我实实在在地告诉你们”），“在我等待之时 -”（狄金森在这几个词后留下了一行空白，这也许在无意间象征了那段折磨人的等待过程；富兰克林的版本复制了这个空白），“这食物的神秘性 / 增长，直到我发誓戒掉”。诗人将心爱之人直接称作食物，这个字面上的直白表达，和那个施虐式的刺激，共同创造了一种受虐狂的激情之“神秘性”，而这也使狄金森的谜语一目了然：“食物的神秘性”。

一直以来，她莫名其妙地维持着对某个人的胃口或嗜好，而那个人却恶意地将她拒之门外。爱，像食物一样，成了肉体的必需品；人不能不吃东西，否则就会死。如果爱也像食物一样是必需品，我们怎么能把它“戒掉”呢？就像俗语里所说的“发誓戒掉它”？［“Abjure”，本义为“发誓放弃”，来源于拉丁语词根“*ab*”（远离）和“*iurare*”（宣誓）。］

这个受虐的癖好持续不减，这迫使她苦苦思考自己的处境：为何会一直痴迷于这个拒绝她感情的人？最后，她终于能抽身而退，但她只是（通过发誓）否认自己有任何食欲。这个宣言是荒谬的，只有当诗人承认欲望（需要食物）是一种神秘，其荒谬性才有所减轻：这受挫的感情让她如此执迷，这份韧性，她一直无法理解。随着欲望越来越折磨人，食物的神秘性，那种不可理喻（它为何如此迷人？她为何无法自拔？）持续增长。

既然现在诗人已经完全凌驾于欲望之上了，她就必须找到一个合适的动词来描述自己现在的状态。最开始，她写自己“用餐时不吃［东西］，像上帝一样”。但上帝会用餐吗？根本不会。因此，她郑重宣布，自己现在“像上帝一样”*自我持存*［*subsistsing*）。动词“持存”［subsist，本义为“立在下面”，来源于拉丁语词根“*sub*”+“*sistere*”（支撑）］有它明确的神学含义：“上帝就是存在本身，他自己维持自己”（《牛津英语字典》，*s.v.* 1，引自牧师、哲学家贝默顿的约翰·诺里斯[①]于1701年发表的一部作品）。上帝支撑自己，维持自己，不依靠任何人。诗人也迈入了一种崭新的、神圣的存在模式：她不再仅仅只是*存在*——她*持存*。通过“Food”（食物）和“God”（上帝）的押韵，狄金森强调了欲望绝对的非此即彼。只要是人，就需要食物；但若是戒掉肉体欲望，便可成为纯粹的精神，

---

① 贝默顿的约翰·诺里斯（1657—1711），英国神学家、哲学家、诗人。原名为约翰·诺里斯，由于逝世于贝默顿，因此也被称为贝默顿的约翰·诺里斯。

"像上帝一样"。

诗歌中，戏剧性言语行为的变化是可以（并且即刻）听出来的，而这也改变了诗人的语气。诗歌开头这个颇为轻蔑的*问题*——"你就是我曾想要的东西？"表明了诗人的自我怀疑，因为诗人从纯精神的角度出发，嘲笑了自己曾莫名其妙地痴迷多年却又无足轻重的东西。随后，傲慢的命令——"走开"和"侮辱"——清楚表明了高低等级：上级的叙述者和下级的（曾经的）所爱。"我告诉你"则是诗人斩钉截铁、不留余地的宣言。而"食物的神秘性 / 增长"是一个*启示*（来自神秘的形而上学领域），对人类而言，这是一个不可理喻的事件。"增长"（同类型的动词还有"增大""衰减""变红""变亮"等）是一个进行式的动词，它表示一种永远持续、却始终无法抵达终点的渐进过程。此处，那个终点，也许就是诗人实际上已成为上帝，洞明一切神秘，也不再需要任何食物了。

[J 1282]

1325　没有一次我听到有人死去

没有一次我听到有人死去
生命之不可预测
不是再一次将我毁灭
那信念之最强大者，

太强大，对于日常的心灵
耕种它的无底深渊，
经受疯狂，一次，甚或两次
那张着嘴巴的意识，

信念裹着绷带，像舌头
当恐怖被说出
以任何相称的语调
会即刻置我们于死地－

我不知道谁如此胆大
敢在荒僻的地点
跟那可怕的陌生者－意识
从容不迫地面对面－

这首凝练的诗，我来重述如下：

我每一次听说某个人死去的消息，那生命的不可测定（也就是“偶然”），没有一次不是再度将我毁灭——它将我暴露在最强大的信念之下：即每个人都会逐渐毁灭，化为乌有，彻底死亡——对于日常的心灵而言，这种信念过于强大，它耕种（自己的）深渊，使人经历一次甚或两次疯狂，［因为（我们在疯狂时）见到了］内心最深处那张着嘴巴的［如坟墓般敞开的］意识。我们蒙住——用绷带包裹——自己的眼睛，以便不去看可怕的、必死的肉身（我们若睁着眼睛就会去看），以便不去面对那些信念（例如，我们一旦死去就彻底毁灭），对日常的心灵，这是无法承受的。同样，我们包裹（绑住）自己的舌头，以便不去谈论死亡。如果将那最恐怖的东西以任何相称的语调讲出来，它就会立即置我们于死地。我不知道有谁，胆敢在荒僻的地点，从容不迫地面对那位可怕的陌生者——意识。

对狄金森而言，至少在这首诗里，真正去面对意识就意味着被迫接受个人最后的毁灭。麦尔维尔对宗教的态度在很多方面与狄金森类似；像她一样，麦尔维尔也不相信人有来世，在霍桑《英国笔记》[①]1856年的一篇文章中，他曾记载麦尔维尔“打定了主意，去面对毁灭”：

> 麦尔维尔，就像他一直做的那样，开始怀疑神的旨意、来世，以及所有那些超出人类知识范围的东西，他告诉我，他“几乎打定了主意，去面对毁灭”；但他似乎并没有就此止步；并且，我认为，在得到一个坚定的信念之前，他永远不会停步……他既不能信，也不能安心于不信；他是如此真诚、勇敢，竟无法去尝试非此即彼。[②]

---

① 1853—1857年，霍桑担任美国驻英格兰利物浦领事，在此期间他周游了英国，并以日记形式记载了自己的所见所闻。霍桑去世后，该笔记由其妻整理，并以《英国笔记》为名发表。

② 1856年，霍桑与麦尔维尔在利物浦最后一次会面，尔后写下了这篇文章。

在这首诗中有一个由词语混合而成的警语，在各种不同的语境下，被广泛引用——“信念裹着绷带”。诗人坚称，可怖的信念被裹起来了，因为对芸芸众生来说，接受它们太过痛苦。与狄金森相似，麦尔维尔也对宗教抚慰人心表示怀疑。正如他在1851年6月写给霍桑的一封信中所说：“让某一位牧师在他坚实的大本营——布道坛上，把真相讲出来吧，看看人们会不会把他从布道坛的栏杆里赶下来，把他赶出教堂去。”麦尔维尔描绘的芸芸众生面对真相后会发生怎样的骚动的讽刺画面支持了狄金森的观察，即对于大多数人而言，意识的另一面，那没有被包扎的一面，是个令人生畏的陌生者——几乎没有人敢独自去面对它。

那么，面对个人毁灭的真相，狄金森创造了一首怎样的诗呢？这恐惧会出现于日常的心灵，更不用说完全清醒的意识所见到的更严重的恐惧。仅仅“耕种”日常心灵的“深渊”，就使她两次陷入疯狂，陷入她的极度痛苦中。那么，反思由超出日常的意识所带来的启示，又会怎样呢？狄金森创作的这首诗，可被视为我们给真相强行绑上绷带的例证：我们以一种遮掩或是“包裹”的方式来表达思想，几乎处处阻碍它真实意义的出现。什么是“生命之不可预测”？听闻死亡的消息，又是如何“再一次”毁灭她的？什么是“日常的心灵”，什么又是它的反面？永恒的心灵？疯狂的心灵？超越的心灵？日常的心灵为何像“深渊”？你如何能“耕种”深渊？（答案是人们并不能，然而诗人却写道，日常的心灵不断重复着这一行为。）耕种这深不见底的空间后，会发生什么？人们以何种方式进行这一内心日常耕种的行为？这一行为是否会像耕种土地一样，能收获果实？经受“疯狂”和发疯是一回事吗？为何意识可以被形容为“张着嘴巴的”，就像大地上的一条裂缝、一座坟墓？人们用什么绷带来包扎信念？绷带之下的恐怖，是什么样子的？什么样的语调才是和那恐怖相称的？恐怖意味着什么？死亡？意识？或者这二者又是不可分离的，因为死亡的意识会置人于死地？“张着嘴巴的”

(*yaw*ning) 意识，也是“可怕的”(*aw* ful) ——这张开嘴才能发出的“*aw*”，就像是开着口的深渊的声音。最后，既然“信念”(在宗教中) 表示肯定的含义（人们相信不朽，或是拯救），那狄金森为什么又赋予了这个词以否定真相的含义？真相意味着个人的毁灭——而这也取消了创造，取消了上帝从虚无中（*ex nihilo*①）所创造的一切，以及他的命令（*fiat*）——“要有人类”(Let there be this human being)。②

想要回答所有这些问题，可能会冒一定风险，因为狄金森诗中的意象和语汇可以追溯到不同种类的源头。有一些来自《圣经》(例如与上帝面对面、信念的原则)，有一些则是词源学的（例如，“annihilate” ［毁灭］中的“*nihil*”，意为“虚无”；“commensurate” ［相称的］中的“mensurare”，意为“测量”）。有一些是悖论的（例如，赋予具有肯定含义的“信念”以死亡的含义），或是取用了生僻的含义［例如，用“yawning”形容深渊或地狱（参见济慈《许珀里翁》③，“所有地狱之张口”）］。但直到诗歌清晰的最后一节结束，这些狄金森有意挑选的词语都只是一个“绷带”，她并未说明在“绷带”的表面之下，还隐藏着更为复杂的关系：不仅有各主题元素——生与死、意识与疯狂、劳作与无果——之间的关系，也有词语、句法成分、意象和事件之间的复杂关系。狄金森只是逐渐地揭示出，所有这些在生命中维系的关系都是“绷带”，遮住了完全醒觉的意识中那难以表达的恐怖。

［J 1323］

---

① “*ex nihilo*”为拉丁语，意为“从虚无中来”，其中 *ex* 意为“从……中来”，*nihilo* 意为“虚无”。

② 在拉丁语中，*fiat* 意为“要它完成”(let it be done)，此处文德勒的“Let there be this human being”(要有人类) 也模仿了这一句式，该句指涉的是《创世纪》中上帝按自己的形象造人的情节。

③ 《许珀里翁》是济慈未完成的长诗。来自古希腊神话，是十二提坦之一。

1332　亚伯拉罕必须杀他

亚伯拉罕必须杀他
被确切无疑地告知－
以撒是个顽童－
亚伯拉罕老矣－

没有一丝犹疑－
亚伯拉罕从命－
因恭敬而感惬意
暴行被叫停－

以撒－得以幸存
把故事讲给儿孙－
道德寓意－一只獒犬
也能用规矩驯服。

这首亵渎神明的轻快小诗，以近乎无礼的口语写就。在这首诗里，狄金森改写了《圣经》中最著名的故事之一——亚伯拉罕献祭以撒的故事［《创世纪》(22：1—13)］。狄金森对《圣经》漫画式的缩写也出现在诗歌《〈圣经〉是一部古旧的书卷－》(*1577) 里。在《创世记》中，上帝决定考验亚伯拉罕，便要求他带着独子以撒

（他所爱的儿子）前往摩利亚地的一座山上，把以撒奉献出来，当作燔祭[①]。亚伯拉罕听从了。以撒拿着生火用的木柴，合情合理地向父亲问道：“燔祭的羊羔在哪里呢？”（22：7）亚伯拉罕回答他：“我儿啊，神必亲自预备燔祭用的羊羔。”（22：8）接下来，故事愈发残酷：“他们来到神所指示他的地方，亚伯拉罕在那里筑了一座祭坛，摆好木柴，然后捆绑了他的儿子以撒，把他放在祭坛的木柴上。亚伯拉罕就伸手拿刀，要宰杀自己的儿子。”（22：9—10）随后，耶和华的使者出现了，他告诉亚伯拉罕不能杀以撒，因为耶和华“看见你没有把你的儿子，就是你的独生子，留下不给我”（22：12），知道亚伯拉罕非常敬畏他。上帝准备了一只“犄角被灌木丛缠住”的公绵羊（因此很容易捕获它）；“亚伯拉罕就走过去，取了那只公绵羊，代替自己的儿子献为燔祭”（22：13）。

毋庸多言，对于这段阴暗的情节，人们一直争论不休，反对者从中看出了上帝的不堪，赞美者则见证了信仰如何终获回报，因为亚伯拉罕对以撒说，上帝必会预备燔祭。在故事当中有一段令人困惑的沉默：尽管以撒曾问过绵羊在哪里，可是，当他的父亲把他绑在木柴上，拿出刀来，想把他杀掉，然后再生火烧掉他的尸体之际，他竟然什么也没有说。（这则故事常被视为上帝之子耶稣在十字架上受难的预演，也成为后世无数艺术作品再现的主题。）

狄金森选择以一种无礼而世俗的方式，重述这则残忍的故事（当然，狄金森也许不仅读过这个故事，还可能在她年少时参加的某次布道中听到过它；不难猜想，当她坐在自己的座位上时，也许就在悄悄构思着这个故事的另一个版本）。她的故事大肆渲染了上帝作为暴君的形象，尽管诗人同时代的读者会意识到故事是对《圣经》文本的戏仿，但这依然令人震惊。狄金森忽视了亚伯拉罕对上

① 燔祭是《圣经》中一种重要的献祭方式。这种献祭需要用火烧全牛、全羊等动物作为祭品，不可留下任何一点肉，被认为是最好的献祭方式。

帝一定会有所准备的虔诚信仰；她讲述了一些无关宏旨的事实：亚伯拉罕垂垂老矣，以撒则年轻力壮；最重要的是，她无视上帝预备替罪羊的情节，而将他最后的温和归因于施暴的快感：亚伯拉罕如此顺服听话，让他觉得十分惬意。狄金森将原来的故事缩减为三个核心情节：上帝命令亚伯拉罕杀掉以撒；暴虐的上帝变得温和，对亚伯拉罕的顺从感到满意；以撒得以幸存，把故事说给儿孙们听。

尽管诗歌采用了一种电报体风格：它由一系列没有主从关系的平行句子构成，并在一定程度上限制了解释性的成分；但狄金森依然通过不同的时态（未完成时、过去时、现在时）、语态（被动或主动语态）、语气（陈述语气、虚拟语气），或是通过改变不定式的功能（将助动词变为系动词）、采用不同形式的名字（真实的和寓言的）等方式，改变了各个部分的语法形式，从而让故事始终活泼生动。当然，我并不认为所有这些选择都是狄金森有意为之；我只是想说明，她知道一行有弹性的诗听起来是什么样的，就像作曲家凭直觉（由经年累月沉浸在音乐之中而获得的直觉）知道怎样谱写一首生动而和谐的管弦乐曲。

然而，在所有这些改变背后，狄金森仍保留了一些她惯用的句法和韵律形式，例如简短的主谓结构（“亚伯拉罕从命”“暴行被叫停”），以及由扬抑格三音步的完美重复带来的强有力降调等。与诗歌《现在我知道我失去了她 -》(*1274)、《你就是我曾想要的东西?》(*1311) 类似，本诗也隔行交替使用了阴性韵和阳性韵，使每个偶数行都以短促的方式结束。这种韵律形式突出了诗歌的断奏①，从而打破了叙述的连贯性。接下来的两首诗歌（*1347和*1369）②也使用了相同的交替韵。

与其他寓言故事类似，狄金森的故事也以道德寓意结尾，它为

① 断奏，原义为一种不连贯、不连续的音乐演奏方式，此处指本诗歌不连贯的韵律形式，即上文所说的“以短促的方式结束”。

② 指本书接下来收录的两首诗歌。

人们提供了一条普遍原则：只要举止得体，便可制服一条“獒犬”（一种大型犬，强壮有力，常被用作看门狗）。狄金森也许已经从她的词汇探索中得知，“Mastiff”（獒犬）——这个在她所处的时代具有恐怖内涵的词语，来源于拉丁语单词“*mansuetus*”，该词义为“温和的”，表明狗已被驯服。如果你不去挑衅他，这只谙熟“规矩”的獒犬便会以他“温和的”一面回报。狄金森采用了一个荒诞手法：用看门狗隐喻上帝，从而让诗歌以一个潜藏的双关作结——把“God”（上帝）倒过来拼，就是“dog”（狗）。

［J 1317］

1347　好奇 - 不是确切的知

好奇 - 不是确切的知
也不是确切的不知 -
一种美妙而渺茫的状态
谁若没尝过，就不曾活过 -

悬念 - 是他更成熟的姐姐 -
成人的快乐要么是苦痛
要么本身就是新的忧虑 -
这是致人碎裂的蠓虫 -

这首诗能让我们一瞥狄金森如何在她的脑海里为经验做分类安排：她遵照家庭关系将各种经验分门别类，并赋予它们以性别和年龄。“好奇”是个年轻男子，“悬念”则是他更成熟的姐姐。一旦进入这种分类形式当中，我们就会生出更多的想象。“好奇”和“悬念”他们两位是不是住在不同的地方？他们的父母是谁？我们也看到，狄金森为经验构建了一个光谱，她称其中一端为“知”，另一端是“不知”。而“好奇”则位于这个光谱的某个中间地带。但显而易见的是，认知的光谱中间一定还有其他颜色——也许理解是其中之一，而怀疑可能也在其中。狄金森似乎终生都在把玩这些抽象观念，因此才写出这样的诗句：“预感 - 是草地上 - 那长长的影子 - ”

(487, J 764)。就像“好奇”一样,“预感”(Presentiment)既不是确切的知,也不是确切的不知。然而,带着“Pre-”这个词根,它预示着“知”。若是将狄金森的一系列抽象关系汇总起来,我们就可以看清楚,她如何为经验做出如此复杂而广阔的分类。

我们期待着,在“好奇”之后,应该是一个明确的单数谓语名词,就像狄金森通常在她的“定义诗”中所写的那样:“预感-是……影子-”或者“禁欲-是一种……美德-”。但此处,我们并没有得到一个使人满意的、确定的名词,而只得到两个承认自身不明确性的动名词:“knowing”(知)和“knowing not”(不知)。这是个不寻常的举动——拒绝提供明确的定义(在被定义的名词后,立即匹配一个谓词补语,例如“影子”或“美德”),以两个否定性的动名词作为替代(既不是x,也不是y)。就这样,狄金森把她的读者带入困惑之中。接下来,狄金森说“好奇”是“美妙而渺茫的”,这是一个悖论,它延续了定义的不明确,并且也暗示了另一种光谱:“bleak”(渺茫)靠近一端,“beautiful”(美妙)则靠近另一端。这两个押头韵的形容词也暗示出,它们并非彼此分离,而是位于一个整体中。这种光谱大概是如何排列的呢? Beautiful(美妙的)、blissful(喜悦的)、blessed(福佑的)、balmy(宜人的)、blanched(苍白的)、blank(空白的)、bleak(渺茫的)[①]?

诗人认为,“好奇”对于情感性的存在而言是必不可少的,因为谁若是没有尝过,就不曾活过。但由于“好奇”是一种“渺茫”的状态(倘若也是“美妙”的),因此它总是激发人们去渴求“知”,一种人类的根本欲望。这首诗中的“好奇”比较接近于轻轻推测一下(例如“我好奇他会不会来”)。读到第2节,我们才意识到狄金森提出“好奇”一词,其实是为了更准确地描述“悬念”,她真正的兴

① 此处,文德勒使用了一系列押头韵[b]的单词,并且,从Beautiful(美妙的)到bleak(渺茫的),似乎有一个渐变的过程,从而制造了一种类似于光谱的效果。

趣所在。

“悬念”说，“成人的快乐是痛苦”。要么它就是痛苦，不过如此[①]，要么就是对痛苦的一种预示——对痛苦即将到来的“新的忧虑”。无论如何，成人的快乐总是不可避免地意味着妥协；它永远不会是纯粹的快乐。它若不是痛苦，便是痛苦的预兆。在《终成眷属》（第4幕第3场）中，臣甲把人生概括为“一匹用善恶的丝线交错织成的布”[②]，这暗示了两种不同颜色的丝线缠绕在一起（“交错”）为一条线。但狄金森并不认为快乐和痛苦——这两种成年人生活中截然不同的经验会交织在一起，带着各自的颜色；与之相反，她认为生活中的快乐和痛苦就是一条线，因为快乐要么就是痛苦，要么便包含着对未来痛苦的忧虑。这是两种对“成人的快乐”的令人不快的描述，我们就悬挂在二者之间［因为“Suspense”（悬念）来源于拉丁语词根 *sub* + *pendere*，意为“悬挂”］，由此体验到那种“悬念”，也就是“好奇”的“更成熟的姐姐”。我们并不知道，这一次我们将会如何遭遇痛苦——也许会在快乐中直接碰到它（通过瞬间察觉到的背叛），也可能会间接遇到它（通过最细微的怀疑的闪念）。

狄金森的结论令人震惊：她将微小、朝生暮死（却又刺痛地叮咬）的“蠓虫”与那个残暴的词语“碎裂”（mangle，该词义为“通过暴力把肉体或肢体分解为一种无法辨认的状态”——参见《牛津英语词典》，s.v.1a）联系了起来。“快乐”期间的“悬念”，即使如蠓虫一般、悄无声息的忧虑，也会侵入快乐之中，引发痛苦。一个怀疑的闪念，就足以使人心碎裂，就像一颗心脏被老虎咬碎一样。

这首诗的情节可以总结为一系列押头韵的单词：“maturer（更成熟的）…misgiving（忧虑）…mangles（碎裂）…men（人）。”不

---

① 原文为法语 *tout court*，此处意味着痛苦就是它本身。

② 《终成眷属》，莎士比亚的喜剧。中译文参考《莎士比亚全集》，朱生豪译。

论是通过“Gnat”（蠓虫）联想到与其字形相似的“mangle”（碎裂），抑或反之，都能表明狄金森将这两个相去甚远的单词组合起来的独具匠心。此外，通过“Pain”（苦痛）和“men”（人）的押韵，狄金森将人类交付给它本然的命运。

［J 1331］

1369 老鼠是最精炼的房客

老鼠是最精炼的房客。
他不交任何租金。
拒绝职责义务－
专注于种种诡计

挫败我们的智力
无论静听或是绕行－
仇恨无法伤害
一个如此沉默的敌人－

法令也不能禁止他－
如均衡般合法。

有时候，狄金森自己也不确定应该如何划分她的诗歌。她曾（如果我们相信苏姗·狄金森对该诗现已遗失的原稿的誊抄是准确的）将此诗的全部诗行排列在一起，没有留下任何空白间隔（版本 A）。她也曾将该诗的另一个副本寄给苏姗，将之分成两个部分（一节4行，另一节6行），在两个部分之间留下了一块空白间隔（版本 B）。而寄给托马斯·希金森时，被分成3个诗节（两节4行，加一组对句），其中有两块空白，一块在第4行后，另一块则在第8行后（版本 C）。

富兰克林将3个诗节的版本（来自希金森）录入阅读版《狄金森诗集》，但我们确实需要回到他的《异文汇编本》，来理解狄金森对划分此诗所做的思考。

没有空白间隔的版本A并无不妥，只有一点（如果人们注意到韵律）不太寻常：前8行都押相同的韵，但最后却用缩短的形式，以一组押韵的对句结尾。只有一个诗节的版本A，并没有强调，甚至可以说隐藏了，前8行诗和最后2行对句之间在韵律上的矛盾。然而，由两个诗节组成的版本B，则让我们注意到这一矛盾，因为它呈现出一个形式上的谜语：我们很快就会注意到，第2节（6行）与第1节（4行）并不匹配，这使我们好奇狄金森创造这种不对称形式的目的。至于由3个诗节组成的版本C（被印在富兰克林《狄金森诗集》中），则通过将最后的对句与前两节（皆为4行）分开，清楚地展示了结尾——这组对句的特征。当狄金森在这些形式之间犹豫不决时，她拿不准的是什么呢?

如果我们注意到句法结构，就会对此有所理解。诗歌开头两句短小而明确，彼此联系紧密：

老鼠是最精炼的房客。
他不交任何租金。

诗歌第3句（第3—6行），从第1节（4行）的中间开始，并且“反常地”跨越了随后的空白，继续作为第2节（4行）的开头。在下面的示例中，第1节的末尾部分将用双斜线标记：

[他] 拒绝职责义务，专注于种种诡计 // 挫败我们的智力，无论静听或是绕行。

诗歌第四句（第7—10行）也从第2节（4行）的中间开始，并且也反常地跨越了四行诗和最后的对句之间的空白：

> 仇恨无法伤害一个如此沉默的敌人//法令也不能禁止他，［因为他］如均衡般合法。

按照句子来划分这首诗歌就到此为止。之前我提到，若依据韵律来划分，我们就能得到一节8行诗和一组对句。但正如我们现在所看到的，若是按照句子来划分，则会得到一种特殊的句法结构，其中的句子会跨越诗节。总之，四行诗的押韵单元与句子呈现的形式并不一致。这对狄金森而言并不寻常，因为她热衷于整洁的警句式四行诗，其中，韵律和句法与四行诗的形式完美契合。如果我们将句子“打包”，从而使它们“恰当地”形成押韵[①]的四行诗，那么诗歌读起来将会如下所示：

> 老鼠是最精炼的房客。
> 他不交任何租金。
> 拒绝职责义务－
> 专注于种种诡计
> 挫败我们的智力
> 无论静听或是绕行－
>
> 仇恨无法伤害
> 一个如此沉默的敌人－
> 法令也不能禁止他－
> 如均衡般合法。

---

① 指英文诗的押韵，中文译诗无法押韵。

有一种观点认为，应该将对句分离出来（就像狄金森在她寄给希金森的版本C中所做的那样），因为诗歌结尾部分的对句所呈现出的韵律特征并没有在其他地方出现，它以其独特性表明诗歌的收场。但若是将这组对句划分为独立结构，则会将它前面的两行诗（第7—8行）合并到之前的诗节里，以此类推，第1—4行就合成了第1个诗节。

总而言之，这首诗以一种奇怪的方式展示了韵律和句法之间不稳定的重叠，因此读者会发觉，没有一个四行诗节是以狄金森惯常的方式呈现出来的。在寄给希金森的版本中，狄金森想要展示这种诗节与句子单元不一致的特殊形式，于是她让句子“仇恨……均衡”的后半部分形成了独立的对句，因此，句子从第4行开始与四行诗错位。我们马上就会知道她为什么要这样做。

这首诗与房东和房客（也就是狄金森和她家里的寄生者）之间的关系有关。老鼠是“精炼的”（来自拉丁语“*concidere*”，意为“切成碎片”），因为他通常是不可见的；他并没有居住在一个固定的位置。“你很难知道他到底在不在”，就像房东谈起一位不引人注目的房客。他之所以是“精炼的”，也因为他并没有出现在房东的账簿上。尽管如此，因为老鼠生活在这幢房子里，所以他（房东这样认为）应当支付租金（这保证了他与房东之间正式的合法关系）。但是老鼠并不合法；他整天都专注于种种挫败我们“智力”的诡计。我们既不能试探出他诡计的深浅，也无法避开这些阴谋，并且它们在夜里神出鬼没，偷袭食品储藏柜，总能得逞。[狄金森从非个人化的第三人称（“老鼠……他不交任何租金”）转向第一人称（挫败“我们的”智力），使诗歌一度带有亲切的个人化气氛；尔后，在诗歌结尾部分，又重新回归非个人化。]

这不是一首关于无害的小老鼠（mouse）的诗，它谈论的是令人憎恶的大老鼠（Rat）[①]。但他不会与我们打交道；他不可见，并且“如此沉默”。他既不会支付租金，也不会与我们交谈。到此为止，我们都站在了被冒犯的房东这边，他希望颁布一项禁令，禁止老鼠的存在。当他拒绝支付租金并且施行种种偷窃的诡计时，他难道不是不合法的吗？可是，作为房东的狄金森有所思考，并突然意识到，宇宙的一条基本法则就是均衡：如果施加外力，总会产生一个与之相等的反作用力。她是谁，竟然敢和宇宙抗争？如果在一幢房子里，有人消耗着食物，那么为了保持科学上的均衡，就需要有一个与之对等的力，亦即消耗食物、偷袭食品储藏柜的动物。狄金森在诗歌的结尾使用了一个洪亮的（也是大写的）拉丁词语“*Equilibrium*”（均衡），并让它带上科学法则的全部重量，于是，她幽默地赋予了她的房客与她本人同等的权利。

回到上文提到的句法结构和韵律单元之间特殊的错位，我认为，这是狄金森的一个奇妙的主意，以语言形式来表演诗歌最后一行中提到的双向平衡：韵律拉向一边，而句法拉向另一边。结尾部分工整的八音步对句，代表事物重新回归“均衡”——一种在重力和反重力之间的恰当平衡。

[J 1356]

① 此处的 mouse 和 Rat，既指老鼠，也可能分别暗指胆小怯懦之人（mouse）和卑鄙小人（Rat）。

1393　那些牲畜比蜜蜂还小

那些牲畜比蜜蜂还小
在眼睛上聚集－
它们的耕地是过路的面包屑－
那些牲畜就是苍蝇－

在牲畜棚过冬－无可指责－
临时的容身之地
不顾我们反对，它们找到了－
在合适的墙壁－

有备而来的放肆
突然俯冲而下
在家具上横冲直撞
还有更恶心的冒犯－

关于它们奇特的天命
没有资格来评断
将它们押送回大自然
或鞭打或释放－

这首颇为机智的诗歌描写了闯入诗人房屋的苍蝇，而它也是狄金森对《马太福音》中那个著名段落所做的奇特改写，“不要评断人，免得你们被评断。”耶稣这样说道。当诗人说她“没有资格来评断”家蝇“特殊的天命”时，她想起了《圣经》中的这个句子及其后续段落，谈到“细屑”（细小的灰尘或者砂砾）和眼睛：“不要评断人，免得你们被评断。因为，你们用什么标准来评断，也会同样地被评断；你们用什么量器来衡量，也会同样地被衡量。你为什么只看见你弟兄眼里的细屑，却看不见自己眼中的梁木呢？既然你自己眼中有梁木，又怎么能对弟兄说‘让我除去你眼中的细屑’呢？”［《马太福音》（7：1—4）］这些又小又黑的家蝇“在眼睛上聚集”，而词语“细屑”（mote）在词源上又与“蛾”（moth）有关，它是一种有翅膀的昆虫，与苍蝇没有太大区别。

对大多数“大自然的子民”，狄金森都感到“一种真挚的欣喜”［《草丛里一条狭长的家伙》（*1096）］。但是对另外一些东西，例如蛇或者老鼠，她则感到害怕或是憎恨。对她而言（在她夸张的叙述中），苍蝇是可憎的且冒犯无礼的，但她不会让情感完全凌驾于理智之上，因为作为大自然中的造物，苍蝇可能也像老鼠一样，是“合法的”［《老鼠是最精炼的房客》（*1396）］。耶稣责备的是那些注意到别人眼中的细屑却忽视自己眼中更大的木块的人。急着对苍蝇下判断，忽视大自然更大的目标——“均衡”，这对诗人而言是不相称的。只有大自然可以评判它们。

我们从一个令人反感的事实开始：随着冬天的到来，许多家蝇都在室内寻找避难所。尽管狄金森对此感到厌恶，她却像个博物学家那样观察它们。它们的习性是什么？栖息在哪里？如何行动？在一种斯威夫特式的滑稽想象的跳跃中，她将小人国的苍蝇放大为巨人国的牲畜，随后又将这一荒诞的隐喻（设想为房主的愤怒）带到各个角落与缝隙。一开始，苍蝇就像活的细屑一样，占据了诗人的眼睛，但不久它们便占领了她的整个房屋。在“眼睛上聚集”之后，它们开始变得有几分温顺，只翻动了少许它们偶然发现的面包，就像上了轭的牛在耕地时翻土一样。在第一个四行诗节的末尾，狄金森解释了这个隐喻的字面含义："那些牲畜就是苍蝇 –"(Those Cattle are the Fly -)。狄金森并没有将其写作"那群牲畜就是这些苍蝇"(Those Cattle are these Flies)，通过插入柏拉图式或是林奈式[①]的大写的"the Fly"（苍蝇）的概念，诗人让我们有些震惊。狄金森将柏拉图式的单数名词与复数系动词"are"（是）搭配，使得诗歌既是描述，也是定义。

苍蝇落在她的墙壁上。她对此表示反感，但随后，公正地讲，她想起了苍蝇进入房间的做法也是无可指责的。真正的牲畜都备有牲畜棚里的小隔间作为冬天的庇护所，而那些四处流亡的苍蝇却没有。因此，它们也像人类一样寻求庇护，直到找到了她的家，这块"合适的墙壁"，作为临时的容身之地。诗人尝试寻找新的理由来控诉它们：苍蝇（就像瓷器店里的公牛[②]一样）放肆无礼，竟俯冲下来"在家具上横冲直撞"，让那些坐在旁边靠椅上的人置身险境。那是一种可恶的冒犯，但它们还留有更糟的一手，"更恶心的冒犯"（狄金森使用了比较级，语气更加强烈、滑稽）：它们将排泄物喷到人身上，这行为如此粗鄙，一位文雅的女士（在这里她扮演一名被冒犯的淑女）实在难以说出口。

苍蝇的天命是"奇特的"（只属它自己），因为它是那么恶毒——到处入侵，传播疾病。把苍蝇传播疾病的功能称作"天命"（天职，或是神圣的召唤）显然名不副实地抬高了它的地位；不过，是大自然把这个职责赋予了苍蝇，无论奇特与否。狄金森想要"押送"苍蝇，把它们作为囚犯送回大自然（至高无上的审判者）的拘留所中候审。让大自然成为它们行为的检察官，并决定无罪释放

① 卡尔·冯·林奈（1707—1778），瑞典生物学家，他最早提出了物种分类法，沿用至今。

② "就像瓷器店里的公牛"(bulls in a china shop)，英文俗语，意为笨手笨脚、莽撞闯祸的人。

（“证明合法”）还是定罪受罚（若有罪，则鞭打之）。

狄金森颇具匠心地使苍蝇临时的“stalls”（容身之地）和她自家的“Walls”（墙壁）押韵，以表明二者性质相同，命定相配。除了墙壁以外，苍蝇还有别的选择吗？同样，她也通过首字母大写，使苍蝇“临时的”（Extemporaneous）住所与它们找到的“合适的”（Eligible）墙壁联系起来。乍看之下，这首讽刺诗结尾部分的严肃会让人觉得意外，因为苍蝇的行为就像是调皮捣蛋的孩子，它们偷吃面包，在家具上横冲直撞，或者以更讨厌的方式冒犯人们。由于“牲畜”（或者孩子）并不会招致施加于成年人的判决，因此“鞭打”一词似乎过于严厉了。狄金森也许想起了彼拉多[①]施加于耶稣的一个惩罚：为了决定是释放眼前这个人，还是给他定罪，彼拉多洗净他犯下一切罪行的双手，并让耶稣遭受鞭打。从历史上看，人类的评断一直是有缺欠的，给耶稣定罪就是最显著的例子，而狄金森对法官的角色也失去了信心，她洗净了有义务定夺罪责的双手，并将责任移交给自然。

狄金森揶揄地将苍蝇放大为牲畜，使诗歌富于想象力，但结尾部分又变得严肃起来，它影射了耶稣在《马太福音》中所说的话，从而反向地阐释了人类的评判：我们如何评断与我们有别、令我们“痛恨”之人［狄金森在此前的版本中曾用“abhorrence”（痛恨），替代“objection”（反感）］。它们移居到我们的地盘，举止并不得体，对我们行窃，甚至行为冒犯，令我们憎恶（*odium*，拉丁语，意为“憎恨”）。我们应该加以评断吗？还是我们应该“押送回”它们，以躲开我们那靠不住的判断呢？

［J 1388］

① 本丢·彼拉多（？—41），曾任罗马帝国犹太行省总督，最终判处耶稣死刑。

1405　多年的分别－造不成任何

多年的分别－造不成任何
一秒钟填不平的裂缝－
巫师不在场并不会
让这魔咒失灵－

千年的灰烬
被揭开，由同一只手
当灰烬是火焰时曾被它爱抚
将会扰动且领悟

狄金森以多种方式表述过不可遏制的爱情，经常是在悲剧语境之下［《我活着不能跟你一起－》(*706)］。但是这里没有悲剧前来打扰：主题被限定于所爱之人并非故意地、长期地不在场。

在第1节，狄金森让所爱之人的“多年”分离与夸张的“一秒钟”就恢复的在场构成对照。在第2节，她把“多年”夸张地表述为“千年”，并重复了她对忠贞的预言。在前两个诗行的“主题句”中，第1行从韵律上说应该以“Breach”（裂缝）结尾，以符合此诗4－3－4－3的节奏。第1行突然中断，以一个“no”结尾并悬在空气里，其本身就形成了“裂缝”，然后下一行以加快的节奏“Breach a second cannot fill -”（一秒钟填不平的裂缝－）在一秒钟之内“填平”了这个裂缝，这样的安排刚好为句子所做的断言做出了辩护。提出这个断言之后，狄金森需要加以证明。她在这一节里尝试了一个隐喻，也就是巫师的符咒，然后再以第二个（且更成功的）隐喻，也就是被唤醒的灰烬，取代了第一个。

狄金森提供了一个替换词，让巫师（Witch）是一位男性，后来被否决。在古代用法中，男巫师并非前所未闻，可是，按照狄金森的1844年版《韦伯斯特词典》的定义，这是一个女性名词。狄金森反驳了这个常规用法，她写道：

谁说巫师不在场
会让他的魔咒失灵？

对于狄金森此诗的意图来说，一个男巫或许太特指了，正是这只男巫的手曾“爱抚”过灰烬，当它们是“火焰”的时候。（狄金森可能想到了莎士比亚的十四行诗第73首《一年的那段时光》，“这火焰的闪光／躺在他青春的灰烬里”。）“他的”这个词让狄金森这首诗带有更明显的情色意味，不过，既然提到了爱抚，它无论如何都是一首爱情诗。我们自然会问，既然这首诗并没有在“符咒”处结束，那么，这个巫师的隐喻是否有些“不对劲”呢？它是自足而充分的，因为它没有被那个被施了符咒的人束缚在最初的符咒里，陷入麻痹状态。

诗人的第二个隐喻是灰烬，它仍保留着千年之前的火焰的热度，这个隐喻允许灰烬做出两个回应性的动作：当它们所爱之人再次出现而它们回想起从前被爱抚之时，灰烬被揭开，带着触摸的记忆，它们以意志来“扰动”；不仅如此，即使已快要消耗殆尽，它们仍以认知的官能“领悟”是谁回来了并揭开了它们。［起初，狄金森写下了“发光”(gleam)，后来替换为“扰动”(stir)。“发光”更静态，也更缺少人的气息，而且“扰动”带有性唤起的意味。灰烬有心灵、有意愿，它们过去的“火焰”从字面来看是一种不可能的状态，但却是一个古老的隐喻。“爱抚”（fondled）和“火焰”（Fire）组合在一起，作为恋人的誓言，由一个头韵加以展现。狄金森在第2个诗节再次加工了她的隐喻，以便让诗歌进入人的情感世界（而不是留在一种固定的“符咒”世界）。］这个眼界让读者得以接近那个核心的扰动——灰烬被唤醒、开始萌动。

［J 1383］

1408　蝙蝠晦暗，翅膀皱巴巴－

蝙蝠晦暗，翅膀皱巴巴－
像个淡褐色的物件被丢在一角－
没有一首歌漫过他双唇－
或有一首被察觉到。

他的小伞怪模怪样地分成两半
在空中描画
像一道弧，玄秘莫测
欣喜的哲学家。

派遣自何等的苍穹－
从何等诡秘的洞府－
被授予了何等恶意
所幸被压住－

对那灵巧的造物主
献上你不减分毫的赞叹－
他的仁慈，相信我吧，
就在这古怪处体现－

狄金森审视生灵中这个古怪的家伙，一种会飞的哺乳动物，这样的审视可以为各类古怪提供辩护。这到底是个什么东西，会飞但不是鸟儿？它飘忽不定的飞行动作，奇特的“皱巴巴”的翅膀，也没有任何歌声，这一切都意味着，它是一种本不该存在的东西。它的“翅膀”并非那种鸟类的翅膀；它们与人的手掌和手臂相似，延长的指骨，由膜连接在一起。当蝙蝠停歇在洞穴的天花板上，翅膀可以折起，很像是一把收起的伞——不如说，每只“翅膀”都是那奇特的伞的一半。造物主没有让蝙蝠像鸟儿一样美。恰恰相反，他[①]颜色晦暗，一个半棕半黄的、被称作“fallow”[②]的古怪“物件”。狄金森说他像一个“浅褐色的物件”，因为她佯装不知把他归入尘世间的哪一类。我们可以用“thing”（东西）替代她所说的“article”（物件），这提醒我们，“物件”是一个商业词汇：“我们的男士服装部有几件物件非常保暖的服装。”“物件”这个词也表明，诗人曾一度尝试寻找某种描述性的类型词，以便为蝙蝠归类，让它成为某种“有关联的”事物；而这里的“article”（物件）与“articulation”（表达）刚好是有关联的。

狄金森在诗歌开头对蝙蝠做了一番负面描述——一个无法分类的浅褐色“物件”，没有歌声，没有名副其实的翅膀，这自然需要一个正面定义来补救。于是，诗人接下来写道：蝙蝠是有趣的，他有着他那“怪模怪样地分成两半”的伞。而他在空中猛冲猛扑，飞无定指（而鸟类的飞翔则是定向的，有目标的），“玄秘莫测”，这使他具有哲学家的资质，其实是一位超凡的“欣喜”（精神昂扬）的哲学家，在夜空中迅捷地扑飞。他的伞翼那弯曲的“弧线”在空中划出一道与之相称的、同样玄秘莫测的、几何形的，却又短暂的弧

---

① 作者在此处开始使用“他”而不是“它”来指代蝙蝠。

② “Fallow”一词指“浅褐色”，但有丰富的引申意义和比喻意义，比如“未经耕作的”“未经教化的”“不被使用的”“不受喜爱的”等，在《圣经》中多次出现。这里的中译本在“浅褐色”之外又加上了“丢在一角”，以传达“fallow”一词的丰富意蕴。

线。这一番审视并没有为蝙蝠的目的做出进一步解释。

在最初的两个诗节中，狄金森创造了一系列首字母为“A”的词语，把诗行串联起来：“Article”（物件）、“Air”（空中）、“Arc”（弧）、“alike”（像）、“Astute”（诡秘的）、“Abode”（洞府）、“Auspiciously”（所幸）、“adroit”（灵巧的）、“Ascribe”（献上）。“一个物件在空中划着弧线，来自一个诡秘的洞府，所幸他潜在的恶意被压住了。”这为蝙蝠做了总结。唯有另两个首字母为“A”的词语属于他未知的缔造者：在狄金森式的感恩赞[①]里，通过“A”这把钥匙，我们自然将赞美不仅归之于这有趣的生灵，同时也归之于那“灵巧的”造物者。我们感激造物主的仁慈（Beneficence）［正如Bat（蝙蝠）中的“B”］，无论古怪还是寻常，都一视同仁地将自身复制。按照基督教的说法（以《创世记》为底本），这只奇怪的蝙蝠生灵就像人类一样，是“依照上帝的形象和外表做成的”。我无法确定诗人采用一系列A字母开头的单词是出于什么原因，但能够确定的是，这肯定不是巧合。或许是因为需要从“A”出发，才能抵达Bat（蝙蝠）的“B”吗?

那未知的造物主派出这位使者——“派遣”他来到我们的世界，并给他“授予”了恶意（蝙蝠总是与女巫相联系）。而蝙蝠和善地压住了这种恶意。从这位蝙蝠使者身上，我们可以知晓造物主的某些方面，因为他部分地复制了造物主。因此，正如我们所见，狄金森对造物主充满感激之情，因为造物主的创造无所不包，竟然包含了蝙蝠，而蝙蝠正是她自己身上的种种“古怪”的一个原型。她经常以一种理想主义的方式，将自己与鸟儿结为一体：“我们－是留下来的－鸟儿。”(*528) 但她思忖，在人类世界中，她也许过于古怪，竟无法用鸟儿来象征，于是她想到了这个快乐的明喻——蝙

① “感恩赞”，曾是一首早期基督教赞美诗的诗名。标题取自其拉丁语的开头词“*Te Deum laudamus*”，即“上帝啊，我们赞美你”。相传作于公元378年，圣安波罗修为奥古斯丁洗礼之时。

蝠。她首先否决了他的歌声［“发表”，归根结底，“是拍卖人的心灵 -”(*788)］，随后又缓和下来，容许他拥有一支歌，只是无法被察觉到。(她似乎从科学的层面意识到，蝙蝠的叫声由于音频过高，人类的耳朵听不到。）她自己的歌也尚未被世人“察觉到”。不过，像她笔下的蜘蛛一样“在夜晚缝…… / 在白色的弧面上 -”(*1163)，蝙蝠的形体像一条有机的弧线，并在空中划出一道玄秘莫测的弧线。这些图案元素［和诗人的基本观念“圆周”即闭合的弧线相关（参见669、858、1067与1636）］让她对蝙蝠、蜘蛛充满如同伙伴一样的感情。以她的机智以及对格言警句的热爱，她也可以被看作是一位“欣喜”的哲学家；而且，她给人的初步印象也常常是“玄秘莫测的”。

因为这首诗有一条形式上的主线（首字母“A”），让我们读起来十分愉悦，因此它不需要明显的韵脚。但它的确发生了一个明显的变化，从描述转为劝诫——从“晦暗”的蝙蝠到“相信我吧”。狄金森为何突然变得说教起来？或许是因为我们一直被她哄骗了，以为这是一幅迷人且温和的图画，描绘了一个似乎不太自然的生物——那无法被归类的蝙蝠。突然转入教训的写法是一种狄金森式的自我辩护：“相信我吧，造物主那些更为古怪的作品，比如蝙蝠，是他仁慈的证明。因为它们向我们揭示出造物主的另一面，若是没有它们，我们就无从推想得到——他也是个怪人。”造物主常常因为自然世界的和谐与美丽而受到赞美。狄金森想要强调的是，自然的各种形态，甚至是被排斥在分类以外的蝙蝠，都反映它的缔造者。这个说法带有玩笑的意味；但它是一个严肃的玩笑，它向那个平常的世界强调，生机勃勃的古怪自有古怪的价值，无论蝙蝠还是诗人。这是一个严肃的玩笑，还因为它为了一个似乎不太可能的目的，借用了一个古老的文学类型——歌颂上帝的*感恩赞*。

［J 1575］

1428 献上这枚月桂

献上这枚月桂
给获胜却始终无名的一位－
月桂－你这无用之树倒下吧－
这样的胜者不会有－
献上这枚月桂
给太内在而远离名声的一位－
月桂－你这不死之树弯下吧－
你所管教的－正是他－

直到1999年富兰克林的阅读本出版以前，一些读者可能还以为这首悼亡诗仅有4行，正如它在《诗集》（1891年）和约翰逊的单卷本（1960年）中出现的那样：

献上这枚月桂
给太内在而远离名声的一位－
月桂－你这不死之树弯下吧－
他就是－你所管教的他！

尽管约翰逊知道那个较长的版本，但他仍然选用了较短的版本，作为他的单卷本《诗歌全集》的底本（当然，他在1955年的三卷集注本中收入了全部的版本）。或许约翰逊认为，这个较短的四行诗版本更符合狄金森自己的偏好。狄金森在她父亲的三周年忌日，将此诗寄给希金森，她寄出去的正是这个较短的四行诗，并注明她已经重读过希金森的诗作《装饰》(Decoration)[①]。(富兰克林在他1998年的《异文汇编本》中重新翻印了这首诗。)《装饰》的场景是墓地，在诗中，希金森呈现了一个对比：长眠于此处的战士，坟墓上饰有荣誉的花环；可是他前去悼念的一位女子的坟墓“没有玫瑰，没有花环”。但希金森将百合献在她的墓前，称她是“勇士中的勇士”，面对“罪恶与灾难”从不曾畏怯。

希金森将“无名战士”的传统延伸至平民，这个传统已见于狄金森以及霍普金斯此前的诗作：他们“胸膛里装着／悲哀的骑兵－”［《高声战斗，是多么英勇》(*138)］[②]。但除去寄给希金森的那封信，狄金森的确留下了一份八行诗的原稿，这便是富兰克林的底本。狄金森没有将四行诗留作她私人的誊抄本。她可能认为这首四行诗足以暗示她对《装饰》的记忆。存在一个完整的八行诗的版本，这个事实说明，在这种情况下，狄金森只将诗歌的一部分寄给了希金森或是其他通信者。这首单独的四行诗作为诗人被评论得最多的诗歌之一，在其经典作品中具有相当稳固的地位。因此，若要以八行诗代替这一版本，我们必须弄清缘由。

虽然这首八行诗初看上去好像在自我重复，但韵律[③]告诉我们，狄金森需要全部的8个诗行：

---

① 希金森此诗发表于1876年的勋章日。勋章日（Decoration Day）是美国的先烈纪念日或国殇日。于1868年设立，当时被称为“勋章日”或“装饰公墓日”，也就是为那些在内战中牺牲的士兵装饰公墓。

② 关于两首诗歌的对照阅读，参见本书《高声战斗，是多么英勇》(*138) 部分。

③ 中文对原英文诗语序等进行了调整，未能押韵。

one（一位）——→ |
unknown（无名）——→ |

tree（树）——→ |
be（有）——→ |

one（一位）——→ |
Renown（名声）——→ |

tree（树）——→ |
he（他）——→ |

这其中首先引起注意的是它最为简单的韵律形式——对句韵：*aabb* - *aabb*。但有些押韵词在第2节中与第1节中相同，而那些有所不同的押韵词正是需要重视之处。“Renown”（名声）与此前它的反义词“unknown”（无名）押韵，而具有指向性的“［that is］he”（他就是）既与其对立面“［could not］be”（不会有）构成押韵，又对其进行了驳斥。两节四行诗在情感基调和（某些情况下）在陈述上的一致性，意味着二者在精神上是相互叠加的，后者叠加于前者之上。因此可以说，第1诗节成为被第2诗节所修正的陈述：狄金森告诉我们，“名声”（而非“无名”）才是那个正确的词语，对特别性（“他”）而非“对存在的否定”（［could not］be）才是正确的结论。尽管诗歌看上去将同样的事物重复说了一遍，但关于如何最好地表达对无名英雄的永恒信念，它实际上改变了思路。

“献上这枚月桂”——将月桂花环祭献在一位逝去的胜者的墓前，这句劝诫是在两个诗节中唯一保持不变的一行诗，这个授予荣誉的仪式性动作完好地保留下来，没有任何对抗。在第2行，胜者最初是一位“获胜”的（triumphed，一个“凯旋的”词汇）但不为人知者。在第6行它被修正了，不再带有任何获胜的动词；对于名声来说，这位被尊崇者“太内在（Too intrinsic）”。狄金森对“*intrinsic*”一词的使用，指涉的是它的一般意义：“真实的”或是（来自

“intrinsic”的拉丁词根“*intrinsecus*”）“始于自身且终于自身”。狄金森的父亲（这首墓志铭想必是题献给他的）战胜了生命中的苦难，这胜利在他自己的胸膛里开始，并始终藏在那里。他不曾告诉过其他人，因此他没有获得公开意义上的“名声”。（在这一点上他与他的女儿相似，她在自己的一生中也是“太内在而远离名声的一位 -”。）

在诗歌的第3行，月桂树接到一个命令，把它自己砍倒，因为将公共的象征用于隐藏的美德是“无用”的。如果月桂树遵守这个指令，把自己消灭了，当然便不再会有被敬献的月桂。第7行实际上修正了第3行，不是劝告月桂树“自杀”，而是要求它弯腰致敬（如同军旗经过首长的棺椁要降低高度）。这种崇敬是完全有序的，月桂树也不再需要自毁。除此之外，月桂不仅是胜利的象征，也是不朽的象征；月桂树不再是“无用”的，而是“不死”的。

最后，第4行曾否定“胜者”在得胜后保持无名状态的可能性，第8行通过一个与“内在”品性相符的定义，修正了这一点。“因为主所爱的，他必管教。”保罗如是说，然后又补充道，上帝管教我们是因为要“使我们在他的圣洁上有分”，并总结道，“后来却为那经练过的人结出平安的果子，就是义”［《希伯来书》(12: 6—11)］。在富兰克林的三个版本中的 A 版，狄金森使用了古体的“你”(thou)来指称月桂树［“你所管教的他”(Him thou chastenest)］，证实了她对保罗的感激。但在修订 A 版时，她改用“you”代替古体的“thou”，并将保罗所用的现在时改为和逝者相宜的过去时：“你曾管教的是他！”（“Him you chastened that was he!”）但由于这种时态讲述的是一个现已结束的特定的生命，她决定，在下一个步骤中对抗过去时，转变为保罗式的不证自明的现在时：“你所管教的 - 正是他 -”（“Him thou chastenest - That is he -”）。她也想到了保罗给提摩太的第二封信［《提摩太后书》(4: 7—8)］，在那里保罗讲述了自己死后将获得的回报。他将胜利比喻为一场“美好的仗”，上帝将因此为他加冕，不是以传统的月桂花环，而是以一顶公义的冠冕：

> 那美好的仗我已经打过了，当跑的路我已经跑尽了，所信的道我已经守住了。从此以后，有公义的冠冕为我存留，就是按着公义审判的主到了那日要赐给我的，不但赐给我，也赐给凡爱慕他显现的人。

通过让她那“不死”的月桂树向被管教者鞠躬，狄金森想象着那“内在”者在死后会被授予一顶远胜于桂冠的冠冕。但在她的原稿中，她以月桂代替了上帝——“*你*所管教的 - 正是他 - ”（斜体字出自作者），于是，她大胆地融合了所有精神性的胜利，古典的和基督教的。她在第4行错误地声称“这样的胜者不会有 - ”，不料竟会发现（正如她修正了这个错误），有那么多的“胜者”可以用她改编自保罗的准谚语来赞颂：他是一个被管教的胜者（并仍旧坚守信仰）。

在形式上，此诗最为“内在”的姿态是第2节对第1节的修正。通过重复，首先要传达的不仅是相同的韵律，更是关键的句尾词。在某种意味上，第2节统率着第1节。狄金森在第2节中采用的最不寻常的词语是古体的“vail”，意味着“降低、放下”［用于形容战争场面或一件武器，由拉丁文的“*ad vallem*”（到山谷去）派生而来］。狄金森劝诫月桂树鞠躬以示敬意，并不是像在第1节中那样要求它自我倒下，而只是要求它承认，存在这样一位以它之力不足以为其授冠的胜者。从献上月桂开始，且从未取消最初的崇敬姿态——狄金森想象，通过保罗，她的父亲将因其无上的“公义”而获得一顶更好的冠冕，胜于代表俗世名声的月桂花冠。

诗歌从第2节的快速突变中获得了能量。狄金森两次从半礼拜式的挽歌结构中转身离去，从“献”（lay）月桂在获胜者的墓“上”（on），令人震惊地转向对月桂树直接发号施令。这命令由“倒下”

(fell) 变为“弯下”(vail)，重复着几乎相同的音素。诗人宣布月桂树（最终）应当做出什么正确举动，因此也就确认了她自己的权威，正如世俗的名声要向更高的价值——内在的被管教的正义——鞠躬。

[J 1393]

1474　那条路被星月照亮－

那条路被星月照亮－
树木宁静而光明－
透过－渐强的光－我望见
山坡上一位旅人－
向那有魔力的垂直
攀登，纵然在尘世－
他闪烁的终极－尚未可知－
但那光辉他已签字认定－

狄金森以微缩的方式重写了那个基督教的隐喻，关于世俗的朝圣之旅。这个隐喻由一系列作品发展而来，从中世纪的《人生朝圣之旅》①，到约翰·班扬的《天路历程》②、乔治·赫伯特的《朝圣》以及艾略特的《小吉丁》③。这些作品假定了一种宗教意图以及最终抵达天堂的希望。有时候它们在幸福中圆满结束，正如在《天路历

---

① 《人生朝圣之旅》是由法国作家、西多会修士吉约姆·德·迪古尔维尔创作的一首宗教题材的离合诗。初版于1320—1322年左右，修订于1325年。

② 《天路历程》是由英国著名作家、布道家约翰·班扬创作的长篇小说。他曾因未经许可传教两次被捕，在狱中写就《天路历程》，讲述基督徒及其妻子先后寻找天国的经历，语言简洁平易，被誉为“英国文学中最著名的寓言”。

③ 《小吉丁》，T.S.艾略特《四个四重奏》的第四部分。小吉丁是英国剑桥郡的一个村庄，也是一个小教区，1625年尼古拉斯·费拉于此地建立了一个国教团体，英王查理一世曾三次来到此地，使这个村庄具有重要的宗教、政治和历史意义。

程》的第二部分，当“卫道士”抵达天堂后，“从那另一端，所有的小号都为他吹响”。但朝圣之旅有时会遭遇失望，赫伯特攀上了他一心向往的“喜悦峰”，却发现那里只有“一湖咸水”，他发出悲叹：“道路和终点竟然都是泪水吗？”对于这种种不同的情节，狄金森当然清楚，正如她知道《启示录》里那些光彩耀眼的描述，关于天上的耶路撒冷——它们的目的地。

在不屈从于任何教义束缚的情况下，狄金森将如何保持那种朝圣情节的理想主义呢，比如登上锡安的“喜悦峰”、见到那天国之城的光彩夺目的宝石？她发明了她自己的双重朝圣者，一个是她自己，一个是她（不无艰难地）“望见”的那位在她前方的旅行者。那个具有原型意义的朝圣之“路”就在她脚下，而她的追求是如此热切，以至于她与前方的同伴一样，即便在夜晚亦步履不停。

诗作开头朴实无华。在星月的光辉下，道路和树木都很明亮；透过升起的月亮那渐渐增强的光亮，她看到了“山坡上一位旅人 –”。在措辞、意象和句法上，这首四行体歌谣几乎可以纳入华兹华斯的《抒情歌谣集》，在那些诗作里，华兹华斯常将人物放置在公路上，并以同样“朴实无华”的方式描述他们。但在她第2节四行诗中，狄金森引入了一种完全不同的感知水平。她描述了另一位旅行者，虽然和她一样属于“陆地”（terrene，即尘世），却攀登着那象征着精神历程的陡峭山峰。他不是向《圣经》的天国前进，而是向（神奇的短语）“有魔力的垂直”进发。狄金森对几何图形的喜爱给了她许多灵感：“垂直”是他“圆柱的自我”（*740）的理想投影，因此是“（具有）魔力的”、鬼魅的。正如（在旧定义中）圣礼是“内在恩典的外在符号”，因此那想象中的有魔力的垂直亦是精神符号（对于在同一旅途中的旁观者而言），体现了旅人的“内在恩典”即正直。

我在此处稍做停留，引入另一首诗歌，柯尔律治的《对理想对象的忠贞》，那是极为黑暗的一首，关于追随一个人的理想。同狄金森一样，柯尔律治描写了两位旅行者：诗人自身以及一位追求着虚假幻影（并信以为真）的“痴迷的农夫”。诗人以阴郁反讽的口吻说，幻影实际上只不过是他自己的影子在“雪雾”之中的投影罢了。柯尔律治向着理想的对象绝望地呼喊：

莫非你是虚无？那情形，正如
樵夫蜿蜒西行，进入深谷
在冬日黎明，那羊肠小道的迷宫
无形的雪雾织成一片闪亮的薄幕，
他看见前方，一个形象，滑行
没有足印，荣光环绕在头顶；
痴迷的农夫膜拜它美妙的光晕，
殊不知他追逐的是他自造的影！

相较之下，对狄金森而言，对理想的追求不是一种自恋的幻想，而是攀登我们自身潜在的高度，来自我们心目中最佳的自我理解的投射。为了解释这个复杂的理念，她在开头的简朴的两个诗行之后采用了更为复杂的句法，来反映为精神理想奋斗的一生。若平铺直叙，可以改写为：“我望见，透过渐渐增强的光亮，一位山坡上的旅人，正在攀登，虽然是尘世的，朝着有魔力的垂直；尽管他闪烁的终极尚未可知，但他认同那光辉。”精神的朝圣永无止境：在我们最后的视线中，那个旅人仍向着看不见的“终极”攀登。投入精神之旅便是向上攀登，不断提升，目的地在他人的视野之外。

“终极”必须与“有魔力的垂直”相一致。诗人如何描述登山者的目标呢？狄金森想为最终目标寻求一个恰当的形容词，她尝试使用“头晕的”（giddy）一词——但这仅仅意味着登上阿尔卑斯山的那种身体上的“头晕目眩”。而后她找到了一个更好的词——“炫目的”（dazzling），与“头晕的”不同，它的用法带有宗教虔诚的意味

（如在亨利·沃恩的《夜》中：“在上帝之中，人们说 / 有一种深邃而炫目的黑暗”）。但“炫目的”暗示了一个可见的光源：“我因为太阳而感到目眩。”而这是在精神的攀登中所没有的：最终的目标是“尚未可知”。因此，狄金森创造出一个带有天体极光的“闪烁的”光晕（shimmering aura）。通过现在分词形式，诗人让旅行者的“终极”保持活跃而非停滞；对于一个看不见的终点来说，捉摸不定的“闪烁”比“炫目”更恰当。在公元1100年左右的盎格鲁－撒克逊时代，“闪烁”意味着“以颤动而摇曳的光闪亮”。

“闪烁的终极”也许存在于旅行者的精神希望中，但这对于追随者[①]来说又意味着什么？那个闪烁的终极的“光辉”（或闪耀）被那位领先于她的旅人签字认定：如果他执着地向山上攀登，他的热忱证明了他的憧憬。狄金森对“签字认定”这一冷静的、务实的甚至是商业性的词汇的使用，暗示了我们都需要一位引领者，凭借自身行为签字认定这艰辛的精神朝圣的价值。那位引领者的心灵和思想促使他向上攀登，证明了他对“有魔力的垂直”的内在憧憬。他是那些“圣徒”中的一位（“圣徒”是清教徒传统对被选中者的称呼），他的内在品质众所周知。正如狄金森在《无论圣徒在何处停留》（1576，J 1541）中所言：

> 无论圣徒在何处停留，
> 他们都造出美妙的圆环
> 看啊，苍穹多么伟大
> 有一颗星相随相伴。

在这篇关于“圣徒”的隽语中，狄金森回想起一段关于正义的《圣经》文本，由此描画出她自己的“苍穹”和她的“星”：“智慧人必

① 指诗中的说话人。

发光，如同天上的光；那使多人归义的，必发光如星，直到永永远远。”［《但以理书》(12：3)］在《那条路被星月照亮－》《无论圣徒在何处停留》这些诗作中，狄金森的“自然的超自然主义”（借用艾布拉姆斯的术语）并没有拒斥《圣经》的理念。它采用诸如“签字认定”之类的尘世词语或是《但以理书》中的天文术语，重新塑造了它们。世俗化的圣徒更像是行星，在理念世界中“造出他们的圆环”，每一个都是一颗星，每一个都有“苍穹”的浩瀚相伴，而苍穹被那星星的光辉照亮。

［J 1450］

1489　一条忽隐忽现的路

一条忽隐忽现的路，
带一只旋转的轮－
一波绿宝石的颤音
一阵胭脂虫的奔腾－
灌木丛里的朵朵花儿
把碰乱了的头摆正－
来自突尼斯的邮件－或许，
一次轻松的清晨兜风－

当狄金森将这首诗寄给她在诺克罗斯的两个表妹时，她添上了“蜂鸟”一词作为自己的落款。这证实了我们的直觉：她的许多自然诗在主题上体现了她自己作为一位艺术家的寓言。这个意图在这首诗里有一个最明显的迹象：诗人创造了一头喀迈拉①，两个物种的合体。蜂鸟（她将此诗寄给希金森和其他通信者时，两个单词都采用了首字母大写：Humming Bird）将自然物与机械物结合起来——那有翼的鸟儿在一只“轮”上四处来去。但是，是哪种轮子呢？她试图找到一个形容词来描述这只艺术之“轮”，此时，“轮”这个意象给她造成了困难。

作为将自然带入书页的机制，艺术在多大程度上是可信的？在

① 喀迈拉，希腊神话中一种狮头、羊身、蛇尾的怪物。

A 版中，她（暂时性地）将“轮”最终定义为“迷惑之轮”：自然是真实的，艺术只不过是一种复制——这种精确的复制令迷惑的读者信以为真。但是，在“迷惑之轮”上（暂时性地）安定下来之前，狄金森考虑过其他的可能性：“消融之轮”（艺术是转瞬即逝的）、“伪装之轮”（艺术具有一种有意的误导性），以及“更新之轮”（艺术令生活焕然一新）。蜂鸟将“生命短暂，艺术长存”（*Ars longa*，*vita brevis*）这句古老的谚语反写为“艺术短暂，生命长存”。诗人起初选定“迷惑”并非暗示艺术家企图迷惑，正如“伪装”一词一样，它仅仅意味着观察者被迷惑了，因为鸟儿在书页中的样子是如此逼真。狄金森给作家海伦·亨特·杰克逊①寄去了两首诗，一首写黄莺，另一首则是此诗的另一版本，采用了“旋转”而非“迷惑”。狄金森在信中表达了她追求准确性的抱负，“［我］希望它们不是不真实的 - ”。

狄金森起初用以形容轮子的一系列词汇均体现了真理和永恒的问题。艺术即便不“伪装”，仍是“迷惑性的”；艺术即便“更新”，但最终仍将“消融”，关于她的艺术（以及作为艺术家的她），她能真实地说些什么呢？她一直试图从“内在的”、认识论的层面来思考和描述这只轮子，现在她抛开了这个思路和上述形容词，转向一个更适用于轮子的“机械的”形容词，让轮子动起来。“旋转”（Revolving）一词胜出，成为她永久的最终选择，部分原因是它延续了在字母“R”中运行着的头韵，而此前以“d”开头的一系列形容词则无法做到这一点。这一头韵从“路”（Route）开始，“颤音”（Resonance）和“奔腾”（Rush）紧随其后，最终在“兜风”（Ride）中结束。狄金森选择“旋转”一词，是否是在逃避由此前运用的那些认知形容词——“更新”“伪装”“消融”“迷惑”等所引发的道德与形而上学的难题？或许更真实的说法是，诗人审视自身的

① 海伦·亨特·杰克逊（1830—1885），狄金森的同乡和儿时的伙伴，后来成为专职作家，在诗歌和小说领域皆获得极高的声誉。自1870年代以来，二人通信往来不断。在狄金森生前，只有杰克逊充分认识到她是一位伟大的诗人，并积极劝说她发表诗作。

艺术实践，认为艺术首先是一种将其对象从某一域移动到另一域的持续性活动：艺术的旋转之轮将自然中飞旋的蜂鸟引导到页面中的象征域。

狄金森没有改动这首诗的其余部分，将它寄给了其他通信人。狄金森驾着她那如蜂鸟般迅捷的语言之轮，旋转着，找到了一系列隐喻，它们来自蜂鸟在附近的一株灌木上啜饮花蜜时发出的细微声响，以及它的颜色。她敏锐的耳朵捕捉到那些呼呼声和嗖嗖声，并以蜂鸟的颜色合成它们——在她看来，“绿色”与“红色”的名称未免太过普通。无论是谁要“画”出这只鸟儿，他的刷子首先需从这种足以称之为“绿宝石”的炫目的绿色中蘸取颜料，然后是如胭脂虫一般鲜活的红颜料——一种用胭脂虫的干燥虫体制成的红色染料。狄金森喜爱“胭脂虫”，曾将它与“王冠宝石蓝”——一种深蓝色颜料组合在一起，见《我为每一个思想找到词语》(436，J 581) 。

倏忽之间，蜂鸟来了又去，灌木丛颤动着。就像一位绅士快步走过少女们的房间，令她们悸动不已，鸟儿也令灌木上的每一朵花紧张不安，每一朵都必须重新打理她“碰乱了”的卷发。蜂鸟在他的“忽隐忽现”中是如此难以捉摸，若要追踪他的运动速度，唯有一个途径：观察它给花朵留下的那短暂可见的效果。然而，若认为他除了啜饮花蜜之外就别无目的，对于这样一种异域风情的造物来说，这种想象简直太过平凡了。他的造访之所以如此来去匆匆，按照诗人的推测，他有一条“路”，正如一名信使，从远方带来邮件。在《这是我写给世界的信》(*519) 中，狄金森曾渴切地写道，蜂鸟派送着的正是这样的信件。为何来自“突尼斯”？或许是因为（诗人对此有所暗示），在莎士比亚的《暴风雨》中，处于遥远非洲的突尼斯被选为偏远之地的代表。在那里，克拉莉贝尔“不会收到（来自她父亲阿隆佐的）信件，除非叫太阳给她捎信”（《暴风雨》，第2场第1幕）。

经过一系列“R”的翻腾运动——“Rowte”、“rewlving”、

“Resonance”、“Rush”（以及后来的“Ride”），狄金森将“Blossom”（花朵）和“Bush”（灌木）用相应的“b”［在“tum - b - led”（碰乱了）中也有这个字母］联系在一起。而后，从“tumbled”中的一个字母“m”开始，“Mail”（邮件）出现了——不是此时，更待何时呢？它刚好以头韵应和着“Morning”（清晨）。不定冠词“A”道出了鸟儿的所有品质：“一条”路、“一只”轮、“一波”颤音、“一阵”奔腾、“一次”（轻松的清晨）兜风。而不定冠词亦是困惑的标志，叶芝用它来再现丽达对突如其来的宙斯——天鹅的恐惧：“猝然一攫”，感受到一阵“白色的突跃”，“腰际一阵颤栗”[①]。这些回应不确定意义的姿势展现了内在混乱与外在干扰之间的同步性。

狄金森的诗作很少使用标题，这是为数不多使用标题的几首之一。她将此诗寄给希金森（并解释说，这首诗准备投给当地一家慈善机构组织的义卖活动），为其加上了一个标题——“一只蜂鸟”。由于她在诗中没有点出鸟儿的名称，这首闪闪发光的口语化的小小抒情诗就落入了古老的谜语诗一类：“你能猜出我的名字吗？”“猜到了，‘蜂鸟’。”但此诗的另一个谜底是：“猜到了，‘狄金森’。”诗人来了，像这只鸟儿一样，迅捷、生动、令人不安，以她闪闪发光的语言之羽，递送着她自己的异域邮件。

［J 1463］

① 这里指爱尔兰诗人威廉·巴特勒·叶芝（1865—1935）的诗作《丽达与天鹅》，作于1923年，定稿发表于1928年，收于诗集《塔堡》中。

1511　音乐留下的令人着迷的寒冷

音乐留下的令人着迷的寒冷
是尘世之确证
证实极乐受阻－
这是狂喜之萌生
在胆怯而骚动的土壤中
一个美好－而疏离的生灵－
将我们召唤，引向那更高之物
但不是引向我们的造物主－

除了首行以外，整首诗歌展现出民谣体诗歌的特点——这在诗歌的后半部分尤为突出，伴随着其规律性的4－3－4－3节奏。根据这种体裁的要求，第1行诗“应当”有四个节拍，并且能被压缩成以下的形式：“The FAScinating CHILL that MUsic LEAVES.”[①]但由于我们读到第1行的时候还不知道接下来将有一组民谣体节奏，我们首先将其作为五音步来阅读：“The FAScinAting CHILL that MUsic LEAVES.”毕竟，狄金森确实（合理地）以五音步作为她诗歌的开头。

简而言之，我们看到紧随首行之后的3行确立了标准的民谣体节奏，这时候，我们会感到诗歌的首行令人不安。它（通过它“额外

① 这里，作者以大写表示扬格（重音），以小写表示抑格（轻音）。下同。

的”音步）向我们传达出了类似于音乐所带来的那种“令人着迷的寒冷”。我认为，狄金森的意思并非是在音乐永远地“离去”(leaves) ①以后出现了寒冷，而是说，随着音乐的流逝，留下了对意义的持续唤醒，这给听众造成了一种令人着迷的寒冷。“令人着迷的”一词（fascinating，其拉丁词根为“*fascinare*”，意为“施咒语”）描述的是听者身上的一种强化的、着迷的、夸张的感觉状态，而“寒冷”一词则揭示了一种异常状态，突然之间我们被邀请进入一种迄今未知的气候，其寒冷超出了人类所在的气候。[“寒冷”(chill) 既是名词也是动词，它从动词派生而来，既是一种感觉，也是这种感觉引起的结果。] 以其超出常规的长度，诗歌首行的效果是引起一种连续性之中的余波的陌生感，正如音乐一般。我们知道，狄金森曾经仔细考虑过是否要将诗行扩展至那一额外的长度，因为她起初写下的是一句规范的四节拍诗行——“音乐那令人着迷的寒冷”(The fascinating chill of music)。而如今这句超出规范长度的诗行，诞生于一次修订之中，以“寒冷”引领着诗歌的剩余部分。

读到韵律规整的第2节，我们明白了，狄金森为何称音乐为“狂喜之萌生”：它将自身作为一个活跃的狂喜法则（一颗种子）种入“胆怯而骚动”的灵魂 / 土壤之中，并将持续自行生长。但她为何又将音乐称作尘世对极乐“受阻”的“确证”？阻碍极乐的不仅是其短暂性，更因其终极的“更高”目标（在宗教教义中，指上帝在天堂中的形象）的不可见性。正如狂喜一般，音乐也是如此：它就这样结束，把它的目标留在不可确认与未知当中。音乐是一种“生灵”(因而是某种造物)，但与《创世纪》中描绘的自然生灵不同，它没有出现在创世之初的寓言中，在造物主“休息”前的六日“工作”中也没有提到它。那是谁创造了它? 由于它不是从自然中产生的，它是一个“疏离的”生灵，但它是“美好的”。(狄金森所说的

① “leaves”一词既能表示“留下（某物）”(如诗歌译文所示)，也能表示“离去”。

“美好”不含反讽意味。）除了它“令人着迷的寒冷”以外，我们从这种令我们远离自然的音乐的永恒感受当中还获得了什么?

诗歌的最后两行让“creature”（生灵）与“Creator”（造物主）以一种破坏性的方式相互押韵。狄金森借此告诉我们，让音乐在我们自身内部生长，我们能获得什么。我们被它召唤吸引，向着“更高之物”。诗人无法进一步定义这个领域，过去人们想象上帝就在那个超乎其上之地（在基督教绘画中，上帝坐在高高的宝座上），但这里出现了一个竞争者。音乐没有给我们留下诫命和福音，它所说的语言虽能被广泛理解，但缺少一般语言的词汇和语法。这“生灵”召唤我们靠近它自身的创造者——审美发明的法则，而非“我们的造物主”。而它那极乐的“更高”之域，是我们在聆听之时及之后的栖息之地。诗歌此前充满拉丁词语，营造出一种“受隔”之感，从这里开始，则选用了专属日耳曼的特有词语，来形容一个替代性的天国，即音乐天国，这两类词语构成了极为鲜明的对比：“某 - 物”(some - thing) 以及“高［层］”［up (per)］的三个组成部分来自古英语中的“总和”(sum) 和“上”(up) 以及古弗里斯兰语[①]中的“物”(thing)；而“召唤［着］”［woo (ing)］则源自晚期盎格鲁 - 撒克逊语[②]。（由于狄金森以对比法使用“某物”一词，因此它被赋予了一种反讽的语调——“将我们召唤，向那更高之物 / 但不是引向我们的造物主 - ”。）

狄金森准确地描述了她自己的灵魂或土壤，把它称作“胆怯的”(timid)（相较于更广阔的世界），但它内部的生命又是“骚动的”(tumultuous)，这两个对立的词语以头韵绑在一起。音乐令她的灵魂欣喜若狂，让她愉悦的同时又让她骚动不安。在阅读这首诗歌时不能忽略的是，在狄金森的年代，音乐还无法被录制下来。虽

① 古弗里斯兰语属于西日耳曼语支，在8—16世纪之间，由欧洲北海岸上莱茵河与威悉河流域的居民所使用。

② 盎格鲁 - 撒克逊语即古英语，以上列举的语种均属于日耳曼语系。

然在她尚未离群索居的日子里，她听过各种音乐（包括赞美诗、风琴、珍妮·林德、安东·鲁宾斯坦、铜管乐队等），并经常即兴弹奏钢琴（在家里或是她兄长的家里）。但最终，她不得不依靠她自身和内心的乐器来聆听音乐。随着她的即兴创作逐渐变为口头形式，她演奏音乐的次数也越来越少（见 Sewall，406—409）。她在语言和音乐的个性中体悟着她本人与日常俗物的疏离，二者相互对应。

［J 1480］

1513　它比水晶兰更白

它比水晶兰更白
比小花边更暗淡－
它没有身材，如一团雾气
当你接近那地点－
没有任何声音暗示它在这儿－
或宣告它在那儿－
一个灵－它如何靠近－
大气有何功能？
这无限定的夸张
我们每一个都将如此－
它是戏剧－若是假说
不会是悲剧－

在《自所有创生的灵魂－》（*279）一诗里，狄金森起初把生命界定为“这短暂的肉体的悲剧”，然后，考虑到这首诗的舞台是此后的生命，她又修改为“这肉体中的短暂的戏剧”。把生命提升到悲剧的高度可能与十字架受难有关，不过，如果一个人仍拘囿于肉体的事件之中，这似乎就难以成立。如果我们在肉身已死之后仍有不朽的灵魂继续存活，那么，我们将如何思考这种灵性呢？如果我们并没有这样一种灵魂，肉体之死就意味着消亡，那么，我们将如何思考我们对肉体中的灵性所做的这些虚构呢？死亡是一种把我们带向荣耀的来生的“戏剧”吗？或者，死亡是我们消亡的悲剧吗？在这首谜语诗（*1513）里，狄金森再次回到之前这个“戏剧”和“悲剧”之争，尝试描述一个“灵”。

起初，她尝试对比，一种正面的描述，安全地依靠我们所熟悉的感官知觉，比如色彩：那个不确定的“它”比水晶兰“更白”。可是，这种开着白花的水晶兰是个不祥之物；它有一个更常用的名字——“死尸植物”，它是一种腐生植物（狄金森学过植物学，应该知道），靠腐烂的东西为生。这显然不是一个充满希望的开端。她寻找另一个对象，白色的、精微的对象，于是，找到了花边，不过，就算是最精细的花边也是容易看见的，于是，第二次尝试也不太成功：这个“它”比花边更“暗淡”。实际上没有任何物质对象能跟“它”明显相比，无论自然的还是人工的，无论水晶兰还是小花边。第三个尝试把人类“你”放入一个不能确定的被雾气包裹的地方：你无法判断一团雾气的“身材”，无论道德上的还是物质上的，实际上，一团雾气会模糊视觉图像而不是让它更清楚。

接着，狄金森放弃直接从大自然寻求答案，按照她的一贯做法，转而寻求权威。关于“它”，书上怎么说？它们沉默无语，这个事实把狄金森推向一个完全否定的陈述：没有什么声音发出来，暗示它在“这儿”或宣告它在“那儿”。狄金森选用了一个意味深长的动词“imply”（隐含），其字面意义指把某物裹在一个折叠里面。假如有谁真能把“它”包裹起来！作为动词，“intimate”（宣告）意指“把你了解得最清楚最内在的那个东西宣告出来”。“to intimate”这个动词的微妙动作在字形上或词源上皆与那个令人安心的形容词“intimate”（亲密的）相一致，二者都来自拉丁语“*intus*”（“within”，在里面），因此，这里可以读出狄金森的双重反讽。假如真有谁与灵魂如此“亲密”，就可以依据这个准确的知识，把它的位置“宣告”出来！在文学里充斥着各种心理学上的夸耀：某个向导式的灵魂或神祇把人类引领到某个不可见的世界，比如在“神圣的喜剧”[①]里维吉尔引领了但丁。可是，无论在大自然还是在书籍里，狄金森都没有发现这种可靠的向导。在一个更早的版本里，狄金森曾使用过另外两个动词“denote”（表示）或“designate”（指定），它们都恳求直白的定义。

这个对象此前一直在谜语里躲躲闪闪，接下来，狄金森将不顾一切地求助于形而上学领域：“一个灵－它如何靠近－”？“To accost”（靠近），字面意义为“从一侧接近”“靠近”，来自拉丁语“*costa*”（侧面）。诗人读过《哈姆雷特》，哈姆雷特的亡父靠近他，发出“记着我”的呼声，当然，按照基督教的传说，天使靠近人类，比如加百列靠近玛丽。可是，狄金森未曾被如此靠近过，她本人希望被“它”靠近的愿望并不能揭开“灵”的奥秘。无奈之下，她最后提出了一个无法解答的问题：“大气有何功能？”对我们来说，大气只有一个功能：供我们呼吸，以存活下去。古典词语“breath”（呼吸），希腊语“pneuma”以及（可供选择的拉丁词）“spiritus”，都带有宗教的意味，比如上帝将生命“呼”入人类，或圣灵以一股气息的方式降临耶稣的使徒。可是，狄金森选用了与机械或物质活动相关的“功能”这个词，提出了她最后的问题，因而也就强硬地拒绝了那些宗教意味。她此前采用了一个更有民族学意味的说法：“大气有何习俗？”后来被她替换了。

在前4行，狄金森采用现代第三人称单数形式“to have”，“has”（有），可是，当提出灵魂的物质性问题，因为想到了有关“靠近”的过去的传说，无论世俗的或宗教的，于是，她便采用了古语“hath”或“doth”。提出“大气有何功能？”这个问题，她可能想到了上帝对约伯的提问（使用同样的古语）。比如在《约伯记》（38：19）里有这样的句子：“光明的居所从何而至？黑暗的本位在

① “神圣的喜剧”这里指但丁的《神曲》。其中，“喜剧”一词应和着此诗的结尾。

于何处？”

狄金森的问题没有进一步前行的空间，一旦她落定于“大气有何功能？”这样的问题，放弃了大自然或灵魂的地点，她就从认识论领域转到了修辞学领域，而在修辞学领域，她自然如鱼得水，她大胆提出：死后，当我们都成为纯粹的灵魂，我们就变成了（用尘世的术语）“无限定的夸张”。永生或无限从定义来看，都是“无限定的”，而修辞学上最有可能的夸饰手法就是修辞格“夸张法”(Hyperbole)。[因为这个名字来源于希腊词“to throw”（抛）、“over”（越过），文艺复兴时期的修辞学家普顿汉[1]称之为“the Overreacher”（超出法）。] 的确，灵魂的概念“超出”了尘世能提供的一切。狄金森小心地界定灵魂，起初她禁不住想使用宗教词语（“而这个－这个猜不到的事物－”；“而这个－天启的事物－”），可是，她放弃了这种约定俗成的宗教的语言，她大胆地找到了她自己的路，通向她的冷静的“夸张法”。

如何才能描述从肉体存在向灵性存在的过度？没有什么比这个更有戏剧性：

> 这无限定的夸张
> 我们每一个都将如此－
> 它是戏剧－

> This limitless Hyperbole
> Each one of us shall be -
> 'Tis Drama -

---

① 乔治·普顿汉（1529—1590），英国16世纪作家、文学批评家和修辞学家，代表作为《英诗的艺术》（1598年）。

是的，复活当然是戏剧——除非宗教欺骗了我们，在临终的床榻上，我们发现我们以演员身份在其中扮演的戏剧是一部悲剧，它不是通向天堂的"神圣的喜剧"，而是一部必朽之身的灭亡的悲剧。狄金森在最后的4行诗里采用的全都是尘世的词语，它告诉我们，她把人生当作一场悲剧。

观察狄金森的诗歌如何逐步成形，一种方式是追踪其名词，看看结尾与开头是否相似。这首诗让我们看到了一个清单，始于大自然（水晶兰）或文化（花边），然后是不可见的雾气、沉默无声、非物质的灵，最后找到两个终点：一个是物质性的"功能"或"大气"；另一个是文学性的组合体，具有整齐的对称结构——夸张法、戏剧、假说、悲剧。狄金森考察的领域包括大自然、不可见的东西、科学、表达艺术，并以她最为信任的一个作为结尾。她在另一首诗（1532，J 1503）中，做出了这样的总结：

不仅仅是关进坟墓－
坟墓，还有永生
坟墓与之相依－
我无处依附，直至倒下－
什么都不破碎和全部破碎－
显得何等相似－

我们注意到，在韵脚（aab，ccb）或音步节奏（4－4－3，4－4－3）的促动下，此诗前3行体现宗教的死亡观（狄金森否定了它，但依然陷在语汇之中）；后3行，虽与前3行连在了一起（因为重复的 b 韵脚），但全部采用了物质性的术语，诗人已摆脱了不属于她本人的词汇。

[J 1482]

1539 我的敌人变老了－

我的敌人变老了－
我终于复了仇－
仇恨的味觉远去了－
若有谁想报仇

让他快动手－
食物易变－
这是一块变味的肉－
愤怒一旦吃饱－就死去－
是饥饿让它肥胖－

这部短剧以两行洋洋自得的诗句揭开了序幕："我的敌人变老了－我终于复了仇。"敌人的"变老"与诗人的"复仇"之间的联系尚不明确，我们仅能得知，敌人在岁月中失去了她（或他）最为珍视之物。那是美貌？朋友？抑或是他人的尊重？并且它也没有具体说明，过去究竟发生了什么，从而令诗人对敌人感到"愤怒"。无论如何，诗人尝到了她长久以来强烈渴望着的"复仇"的滋味。这部独角戏的简短结论——"仇恨的味觉远去了－"，表达出诗人痛苦的领会——她并没有像预想中的那样感到幸灾乐祸与心满意足。

因此，这篇短小的自传式故事结束了。正如她常做的那样，狄金森将这首诗进行重写，保留了她关于品尝与味觉的比喻。不过，这次她对跟随她步伐的读者们提出了客观的警告：一个人应当迅速施行他的复仇，而不能等到“最终”。因为“食物易变”（正如其他尘世之物），而“易变”（flits）的食物中的肉也会“变味”（faded）（“faded”与“flits”押头韵），如同一切必朽之物一样。这场实用的训诫到此为止。

在最后（或是我们认为如此），正如她常做的那样，狄金森创造了一句格言。“吃饱”（fed）和“死去”（dead）两词之间鲜明的腹韵令这句格言朗朗上口：“愤怒一旦吃饱－就死去－”。她原本能够以此作为诗歌的结尾。这句格言不是既总括了她的个人经历，又概述了它的客观复述吗？为何她随后又添加一行诗句，加以进一步解释，回溯至那个当愤怒是“肥胖”的时期？情感在最后一行奔涌而出，扰乱了原本整洁有序的总结性格言。因为在疏远状态，在那个愤怒因饥饿而“肥胖”的时期，她的情感最为强烈，刻骨铭心。在诗歌开始以前，诗人与那一位曾是好友；而后朋友变成了敌人，于是诗人品尝到了愤怒并渴望复仇。随着复仇的行动被一再延后，诗人自身也越来越不可能一心只考虑复仇，她那渴求着复仇的愤怒在她初次感到饥饿难耐时变得肥胖，但最终随着时间的推移而减弱。愤怒的怪诞形象被暴怒所填充，令人联想到中世纪对七宗罪的描述：虽然在那里贪婪才是“肥胖”的，但在狄金森的体系里，愤怒才是肥胖而丑陋的情感。任何夸大自身的情感都能使人陷入迷狂，并扼杀其他所有的情感，正如愤怒在此处的最初表现。而这种由于饥饿而肥胖的、自相矛盾的愤怒，正是这首诗的潜在动机，直到最后一行才显现而出。

[J 1509]

1577 《圣经》是一部古旧的书卷－

《圣经》是一部古旧的书卷－
由一些凋谢的男人写成
授意于一群神圣的幽灵－
主题－伯利恒－
伊甸园－古老的家宅－
撒旦－军旅长－
犹大－大叛徒－
大卫－吟游诗人－
原罪－一个非凡的凶险地
余者必须抵抗－
“信”它的男孩子很是孤独－
其他男孩子“迷失”－
只要故事有婉转的讲述者－
所有男孩子自会来听－
为奥尔菲斯的布道所痴迷－
它不发谴责之音－

狄金森给《圣经》故事贴了一系列仿造的标签，初看不过是一个滑稽小品。毕竟，它一开篇就以喜剧的亵渎神明的方式把《圣经》描述为“古旧的”（antique）而不是“古老的”（ancient），把先知和福音书作者称作“凋谢的男人”，把“圣灵”称作一群“神圣的幽灵”。这首机灵的戏仿之作有一个更早的版本，使用了另一些形容词，其亵渎神明的程度大大降低：

《圣经》是一部不曾讲述的书卷，
由一些不为人知的男人写成
应一群被圣化的幽灵的要求－

在三个不同的版本中，狄金森都以卡通形式为《圣经》故事的主题罗列了一个清单。每个版本的“主题”都从“伯利恒”开始，然后依次为“创世记”“撒旦”“犹大”和“大卫”（“创世记－伯利恒的祖先”中的“祖先”的用法显得过于虔诚、庄重，于是被活泼地、美国化地修改为“伊甸园－古老的家宅－”，而其他主题则保持不变）。牧师们在讲道坛上所传递的那个黑暗的《圣经》信息，也就是原罪的危险，狄金森不能无止境地拖延不提（通过给《圣经》传说更换一个逗趣的名称）。一方面，那是“一个非凡的凶险地”，由于天使长路西法的坠落而变得雄伟壮阔。另一方面，那也是“余者”要抵抗之地（倘若路西法都无法抵抗，余者又如何做得到呢？），被狄金森戏仿的牧师说，首要的是，你要“信”《圣经》是真实不虚，并附加了一条田园牧歌般的警告：不“信”的男孩子“迷失”。在她最佳的托词（第11行）中，狄金森悄无声息地塞进了一个牧师不会说而她本人却相信的事实：“‘信’它的男孩子很是孤独－”。青春期的男孩子吵吵嚷嚷地聚在一起，往往喜欢把那个自称信教并一心向善的积极分子排除在外。大多数男孩子对牧师的那一套说辞根本不闻不问（正如最后4行告诉我们的）。

狄金森在此诗最初的版本中对最后4行颇费斟酌，这使它因此备受关注。她自问，男孩子们为什么没有蜂拥到牧师那里听他讲道呢？她的结论是，是他的讲道方式而不是他讲道的内容让他们失去了兴趣。奥尔菲斯的歌把所有的动物和草木都吸引到他身边来听，想到这一点，诗人宣布，奥尔菲斯吸引听众，是因为他魅力四射而不是动辄声讨。如果一个牧师讲《圣经》故事想要达到奥尔菲斯的音乐效果，让他的信众，那些男孩子们，心服口服，那他应该怎样来讲呢?

如何描述讲述者的性质呢? 狄金森反复思忖着，她对之前的那个常规的形容词“thrilling”（令人兴奋的）感到不满意，于是酣畅淋漓地写出了13个不同的替换词，每个词都描述了讲述者的某种可能的特征:

只要故事有……讲述者-
所有男孩子自会来听-

若要填上这个空缺，可以尝试从以下词语中选择一个（狄金森这样告诉自己）:

Typic（原型的）
hearty（热心的）
bonnie（漂亮的）
breathless（扣人心弦的）
spacious（开阔的）
tropic（热情的）
warbling（婉转的）
ardent（深切的）
friendly（友善的）
magic（有魔力的）
pungent（辛辣的）
winning（迷人的）

mellow（甜美的）

浏览狄金森的替换词，可以大致划分为以下几组：一组形容性情（hearty、friendly、winning、mellow），一组形容态度（breathless、ardent、pungent），还有一组不易分类（typic、bonnie、spacious、tropic、warbling、magic）。是什么能吸引“所有男孩子”过来呢？是讲述者接近男孩子的那种童子军团长的性情——热心、友善、甜美、迷人？是他对故事本身充满激情，这让他的讲述扣人心弦（比如伊甸园的悬念）或辛辣（比如坠落天使的失败）或深切（比如耶稣的诞生）？是他本人的美好——一个“漂亮的”讲述者比一个相貌平平的讲述者更容易成功？狄金森最终认定，永久地赢得观众（让男孩子对宗教保持永久的兴趣是牧师期待的结果）的因素，不是性情，也不是个人的激动，更不是容貌，那么，究竟是什么因素能永久地而不是短暂地吸引观众呢？

还有几个形容词我们尚未考察：“typic”“tropic”“magic”“spacious”“warbling”。在《蜜蜂的低语，已停息》(*1142) 中，狄金森把自然称作“原型”(the Typic) 母亲，而且她知道“typic”可以表示“预言的”——这概括了一个讲述者可以显示《旧约》和《新约》的关联，那些《旧约》中“类型”(types) 如何在《新约》中得以圆满。“Tropic”在这里可以指“热情的”，狄金森把自己称作“热带新娘”(Tropic Bride) 也就是“热情的新娘”，被死亡的冰柱戴上了镣铐［见《我的夏天就此停滞》(*1771)］。狄金森在这里使用“tropic”也可能暗示“使用辞格，即修辞手法”，这个定义只见于狄金森的1844年《韦伯斯特词典》和《牛津英语词典》中的“tropical”一词，不见于“tropic”。“Typic”和“Tropic”被列入替换词，都受惠于一个共同的优点：与句子中的另外两个名词构成头韵［“Had but the Tale a (typic / tropic) Teller - / All the Boys would come -”，“只要故事有位（原型 / 热情的）讲述者 - / 所有男

孩子自会来听 - ”]。“Spacious”(开阔的)也是描绘态度、方式的形容词，暗示这里的讲述在幻象上具有广度，在参照物方面具有宏伟的气势。“Magic”(有魔力的)一词引入了非基督教的超自然力量：诗人的精神上的旅行者朝着“有魔力的垂直”而不是上帝攀登［见《那条路被星月照亮 - 》(*1474) ］。在诗歌的结尾，神圣的力量和超自然的“魔力”都将被狄金森抛弃，以换取一位兼有两种色彩的讲述者。

我们知道在最后的手稿本中，狄金森为她的讲述者选定了“warbling”(婉转的)这个形容词。它虽然指向讲述的方式，但与热心的性情或有魅力的外貌无关，与他的热情或他的文学手法(typic、tropic、spacious)无关，与讲述什么样的内容(神圣的或世俗的)无关，与超自然的力量无关。狄金森最终选定这个形容词似乎想到了弥尔顿在《欢乐颂》中对莎士比亚的描绘：“啼啭着他本乡森林的狂野曲调。”“Warbling”(啼啭，发出悦耳的歌声)总是诱人的，无论讲述者的性情或外貌如何，无论故事的内容如何，无论火热与否，开阔与否，也无论它是否源自《圣经》。“Warbling”是一个纯粹的美学词语，在主旨上和道德上都是中性的。

可是，一旦狄金森选定了内容中性的“warbling”，她就把讲述者提高到一切音乐创造的原型的地位上，于是，神圣的奥尔菲斯(阿波罗的儿子)和他的里拉，可以说，就胜过了基督教的传道士。所有的男孩子都自愿跑过来倾听奥尔菲斯的音乐(被狄金森顽皮地归属于他)——令人痴迷的“布道”。现在，让我们再次回到那个故事的清单，我们才得以看出狄金森的种种命名意味着什么，它们揭示出奥尔菲斯(或她本人)如何从一个世俗的讲坛上解释《圣经》：把它变成一个男孩子的冒险故事，提供了美国的“家宅”(狄金森家在阿默斯特的房子就叫“家宅”)，以及那些浪漫迷人的角色，诸如“军旅长”“大叛徒”，以及一个奥尔菲斯式的形象，“吟游诗人”。这个幽默的口语化的清单让我们想到，狄金森和马克·吐温是同代人。

狄金森的那份多达13个替换词的清单只是一个明显的例证，让我们看到，她在语言上的想象力如何酣畅淋漓地得到发挥，以应对创作中的临时空缺。这13个充沛的词语写在纸页上，碰巧被我们看到了，它们提醒我们，在创造诗作的过程中，一定还有不计其数的没有留下记录的替换词，从诗人的脑海中划过。

〔J 1545〕

1581　将死之人 – 那时

将死之人 – 那时，
知道他们要去往何处 –
他们走向上帝的右手 –
那只手如今已被截肢
而上帝，不见踪迹 –

这信仰之退位
致使行为卑微 –
哪怕只是一丝鬼火
胜过一片漆黑 –

狄金森竟然将这个宗教隐喻文学化了，令人震惊之至。在无数的雕刻和绘画中，上帝的右手边坐着他的儿子，得救者簇拥在他身旁。(画面的左侧则是罪人被恶魔带入地狱的场景。) 上帝的右手边自古被视为荣耀之地，这样的观念可追溯到《诗篇》(110: 1)："耶和华对我主说：'你坐在我的右边。'"这在保罗的书信中也常被提及，保罗对圣徒说："所以你们若真与基督一同复活，就当求在上面的事，那里有基督坐在神的右边。"［《歌罗西书》(3: 1)］狄金森见证过这个感人的信念，临死前的基督徒相信他们将"与基督一同复活"，并与他一同坐在上帝的右手边。而处于现代性之中的如今的“将死之人”，则无人能获得这样的解脱。

她把这种被剥夺的痛苦爆发在她对保罗的信念的激烈反驳中：“那只手如今已被截肢”。这个外科手术式的隐喻假定了一个这样的瞬间：上帝的其余部分依然存在，但那只手已被截肢，鲜血淋漓。虔诚的信徒，从未真正从字面上思考过他所深信不疑的宗教隐喻，面对一个如此恶毒的画面，定然惊愕不已。狄金森补充道，上帝“不见踪迹”，暗示出他的整体现已完全消失，从而缓和了上帝被截肢的形象。此处绝无含糊的余地。这些陈述申明了一个与教会的教义完全相反的信条，并且是绝对的、直截了当的，正如《尼西亚信经》[①]中的那些断言一样（信经上说，耶稣“坐在上帝的右手边”）。

这痛苦让她厌倦，她清楚她无法迫使自己投入信仰的怀抱（因为它从她的灵魂中放弃了它独有的契约），于是，她只能直面这个后果，这是她的智性立场选择的结果。在信仰失落以后，人们能在何处找到一套行为准则，可以跟基督教美德中的信念、希望、慈善，或是跟基督教对肉体上的和精神上的宽恕主张相媲美呢？何处能找到一套理念，像“天国八福”[②]一样令人慑服呢？当一个人拒绝了制度化的基督教后，谁又将成为他的向导？

通常，一个“失足”（堕落）的基督徒会被认为是“丢失”了自己的信仰。在“失足”和“丢失”这两种说法中，“罪人”都应为自己的堕落承担责任，并承受罪责。狄金森拒不接受这些动词暗含的责备之意。她不曾“失足”，也从未“丢失”过她的信仰；相反地，是它主动离开了她，并从信仰的王座上“退位”。她确信终极毁灭的

---

① 《尼西亚信经》，传统基督教三大“信经”之一，又译作《尼吉亚信经》或《奈西亚信经》，是大公会议有关基督教信仰的一项基本议决。这个议决确定了圣父、圣子、圣灵为三位一体的天主，地位平等。

② “天国八福”，或称“真福八端”，是耶稣在巴勒斯坦早期传福音时的宣道，记载在《马太福音》(5: 3—12)，包含在信徒所谓的“山上宝训”当中。“八福”包括“虚心的人”“哀恸的人”“温柔的人”“饥渴慕义的人”“怜恤人的人”“清心的人”“使人和睦的人”“为义受迫害的人”。这些福分是信徒被天主改造后拥有的特质和福分，不是信徒凭自己的力量得到的。

存在，并拒绝为此惩罚自己；若上帝的右手并不存在，或是根本没有什么上帝，死亡不过是动物性生命的一个事实而已。她对基督教的“垂直”[①]所持有的那种传统正直的怀念，以及对信仰的怀疑或将导致“卑微”（无价值的、卑贱的、不光彩的）行为的这一后果，令她得出了一个用以支撑其反驳的讽刺性结论（这是一个她几乎无法认可的选择）。

如往常一样，诗人将结语的警句变为一种谚语形式：“哪怕只有X，胜过Y。”如果那引路的“慈光”[②]（约翰·亨利·纽曼语）实际上并不存在，绝大多数人仍会寻找其他替代物，宁愿选择追随那一丝虚幻的鬼火，也不愿彻底抛弃信仰。（鬼火是一种在沼泽地带闪现的磷光，在拉丁语中意为“荒谬之火”，有时也被称为“鬼火”；那些追随其虚幻光芒的人往往会迷失方向。）“哪怕只是一丝鬼火 / 胜过一片漆黑－”，狄金森准确而轻蔑地掷出这句讽刺性的建议，一针见血而又不屑一顾，因为这是一种不可能适用于她自身的解脱方式；但她对“卑微”行为的憎恶令她感到左右为难，不知如何对待那些仍对信仰充满热望的人。不管怎样，“照亮”（illume）与“虚幻”（illusory）这一对相似的词语始终在结尾处盘旋。

［J 1551］

---

① 关于“垂直”（Perpendiculars）与“正直”（uprightness）的关系，参见《那条路被星月照亮－》（*1474，J1450）。

② “慈光”一词来自纽曼《云柱》一诗，“云柱”一词出自《出埃及记》，乃上帝引领以色列人出埃及的场景，暗含祈求上帝指引之意。《云柱》后被约翰·戴可斯（1823—1876）改编为基督教赞美诗《慈光歌》。

1593　他吞饮那珍贵的词语－

他吞饮那珍贵的词语－
他的精神日渐魁梧－
他知道他已不再贫穷，
名声也不再是尘土－
黯淡的日子他一路飞舞
而这双翼的馈赠
不过是一本书－何等的自由
带给松绑的精神－

在《公祷书》[①]中配合圣餐仪式的“珍贵的词语”取自《马太福音》(26：26—27)：“拿着吃，这是我的身体”和“你们都喝这个，因为这是我立约的血”。在圣餐前的预备祷告中，牧师不仅会使用“吃”和“喝”这两个词语，还祈祷说，“（愿）我们的灵魂在他那最珍贵的血中得到清洗”。狄金森在此诗中写道，“他吞饮”，接着她用了和牧师一样的用词，“珍贵的”；但是被吃下和饮下的东西——在《公祷书》中是“我们主的身体和血液”——则被她替换为“词语”。圣餐仪式所预期达到的精神振奋也发生在狄金森笔下的

---

① 《公祷书》是圣公会使用的礼文书（祷文书）。1534年英格兰教会脱离罗马天主教廷，成立英格兰国教之后，克兰麦大主教编写《公祷书》（1549年），供给英国所有教会使用。《公祷书》不同于中世纪教会的礼仪用书，主要以本土方言（英语）写成，并且简化了教会礼仪，体现出英国宗教改革的成果。

主角身上："他的精神日渐魁梧－"。然而，这种精神却带领他远离了那两条基督教教义：我们是贫穷的人，我们来自尘土也终将回归尘土。

对于基督教会最神圣的仪式用语，狄金森拿出了自己的版本，她将自己呈现为一个以文字为饮食的男性形象。既然为教众分发面包与酒的仪式都是由牧师主持的（在她的时代一般都是男性），我认为狄金森很可能把她自己想象成为这样一位牧师，而不仅仅是一个领受圣餐的信徒。一旦诗中的领受圣餐者驱散了心中那令人沮丧的、让他的日子变得"黯淡"的基督教观念——人是贫穷困苦的、人来于尘土而归于尘土，他就变成了一个天使，他的双翼是来自令人愉悦的书籍的"馈赠"。人们通常认为那本"好书"（《圣经》有时被这样称呼）能够提升人的精神；然而对于狄金森来说，任何书籍，就算纯粹尘世的书籍也可以是一本好书。狄金森没有对"珍贵的词语"做出任何内容上的限定，比如，必须是关于宗教的、哲学的或者美学的，她只要求这本书能够让精神"松绑"，进入自由的天地。"松绑"这个词暗示了精神此前曾被绑着或戴着镣铐，缺乏独立运动的自由。

这灵魂的自由宣告书，可以说是一种朝向尘世的信仰转换。这种"大觉醒"所带来的精神振奋——就像乔纳森·爱德华兹[①]所承诺的救赎那般——正是诗人在结尾所描绘的令人惊喜的效果，那精神上的双翼"不过是一本书"所赋予的。诗歌的最后一行乍看有些赘余。凡是"被松绑的"精神不都拥有"自由"吗？如果这行诗仅仅宣布了一个观念，那它的确是多余的，但事实上这是一种爆发："何等的自由－"呼喊出了被解放的存在，不仅拥有了游荡于尘世的自由，而且还借助这新的双翼得以飞升。

---

① 乔纳森·爱德华兹（1703—1758），美国18世纪神学家，"大觉醒运动"的精神领袖，亦被视为美国哲学思想的开拓者。

狄金森对传统宗教的一贯嘲讽也体现在两个词语的韵脚上：一个是基督教的黯淡的“尘土”（Dust），另一个是它的反义词，也就是从“珍贵的词语”中获得充沛精神的“魁梧”（robust）。在第2个诗节里，头韵为每行诗句灌注了生命力［“Bequest”（馈赠）的发音是“Be - kwest”，因而“Wings”（双翼）和“Bequest”这两个词所构成的头韵是语音上的相似而非首字母的重叠］，被解放的精神所获得的欢乐在头韵中得到应和。书籍具有转化能力，得益于它的陪伴，尘土竟然被灌注了生气，跳起了舞蹈。于是，在“一本”书和那本“好书”的竞争中，尘世之书获胜。狄金森将尘世之书与耶稣和圣餐仪式中的“珍贵的词语”并列在一起，这样一来，世俗写作就在她的文化语库中获得了最高的尊严。

［J 1587］

1618　一阵风吹来如号角－

一阵风吹来如号角－
从草丛间颤抖着穿过
一股绿色的寒意
不祥地穿过炎热
我们闩上房门和窗子
仿佛在躲避一个绿鬼－
末日带电的莫卡辛毒蛇
就在那一刻闪过－
奇怪的暴徒，气喘吁吁的树
栅栏落荒而逃
房屋在河流里奔跑
那些活着的必看见－那一天－
钟声在狂乱的尖塔
通报飞逝的消息－
有多少可以来
有多少可以去，
而这个世界常在！

狄金森的自然化了的末日降临是由以下两者共同宣告的：加百列在风中吹响的号角，诗人家周边环境的不祥变化。那是盛夏中炎热的一天，绿草在蓬勃生长，但风却携来一阵“绿色的寒意”，霎时气温骤降，天空变成了一种奇特的绿色（对比柯尔律治《失意吟》[1]中天空的“那如黄似绿的奇异色泽”），死者随时会从坟墓中升起。居民们闩上门窗，躲在屋子里，等待一个“绿鬼”的到来。就在人们恐惧之际，恐惧被证实了。被赶走的、已死去的当地印第安部落，在无人察觉之时悄悄靠近，正在收回被抢夺的土地；“带电的莫卡辛毒蛇”苏醒了，带来闪电，一种致命的复仇。

前两个诗节（共8行）是狄金森这支乐曲的前奏曲。下面一个诗节经由诗人（适当地）反写，主要表现自然景观的异常剧变。如果将其调整回正常的语序，并把省略的部分补上，这一诗节应该会变为：“那一天还活着的人们看着一群奇异的气喘吁吁的树木，落荒而逃的围栏，河水（奔跑），房屋（也）在洪水中奔跑。”“那些活着的……”这个奇特的词组告诉我们那一天发生在过去，并且只有一些人活着见到了奇观。不过，即使不曾目睹异象的人们，也都靠传下来的知识了解了当时的时空混乱，这让那一天永远存留在记忆中。狄金森的脑海中有各种《圣经》关于末日的章节，主要表现为地震、冰雹和流星。本诗中的末日描写，部分来自《马可福音》（13：24—25）和《路加福音》（21：25），不过最明确的来源是《启示录》（16：18—21）：“又有闪电、声音、雷轰、大地震……各海岛都逃避了，众山也不见了。又有大雹子从天落在人身上……”狄金森的“栅栏落荒而逃”回应了《启示录》中的“各海岛都逃避了”。《启示录》中的雷鸣与闪电也进入了她的诗歌，只不过在她的夏日暴雨中，强风和暴雨取代了《启示录》中的冰雹。

---

① 《失意吟》是柯尔律治在1802年4月所写的一首长诗。此诗原本是写给一位女士的情诗，后经过多次修改，诗中个人情感的痕迹基本消失，最终的版本主要是表达诗歌创作中的失意感受，并涉及了许多其他问题，比如诗人与自然、创造性心灵、想象力，等等。本文中提到的“浅黄绿色的天空”出自此诗第2节：“整整这一个黄昏，温馨澄澈／我一直注视着西方的天宇，也注视／天边那如黄似绿的奇异色泽／此刻还注视着——眼神却茫然若失！”（参考《华兹华斯、柯尔律治诗选》，杨德豫译。）

狄金森在初稿中原本写的是“那一天活着的人曾看到－”(The Living looked that Day -)。将这句话修改为“那些活着的人看到了－那一天”(Those looked that lived - that Day -)之后，她获得了什么呢?“Living looked”已经有了她想要的头韵效果，因此她的修改并非以此为目标。这两个版本在意义上有什么区别吗?毕竟，除“活着的”，或者“那些活着的……那一天－”之外，还有谁能目睹风暴的全貌呢?我相信，在这里狄金森是想到了耶稣所讲的“毁坏可憎的”［《马可福音》(13:14—20)］，毁灭将如此突然地降临在这片土地上，以至于凡是想要逃离死亡的人们都必须逃走。耶稣还预言［见《马太福音》(16:27—28)；《马可福音》(9:1)］，在世界末日那天，当圣子前来审判世人之时，一些现在正在听他布道的人还会活着:“人子要在他父的荣耀里，同着众使者降临，那时候，他要照各人的行为报应各人。我实在告诉你们:站在这里的，有人在没尝死味以前，必看见人子降临在他的国里。”在狄金森的改写中，那些在最后审判时还活着的人，那些没有逃离的人，就是“那一天－那些活着的……－”。狄金森大胆地挪用了《圣经》中的末日苦难来描写阿默斯特的一场夏日风暴，这并非是虚张声势的文学表演。

为了描写这场风暴，狄金森在前奏曲（第2—6行）和众人眼中的风暴（第9—12行）中都使用了超常的跨行。她几乎总在句子的结尾处留下一个极具个人特色的小短线，让风暴不受阻碍地继续肆虐。她运用了常指革命暴乱的一个词——“暴徒”，不过在她的这场暴风雨中，是树木们陷入骚乱，在风雨的蹂躏中“气喘吁吁”。通过对所有边界的颠覆性拆解（不仅有栅栏落荒而逃，还有房屋奔逃于河流之中），她向我们展现出人们（气喘吁吁的树）和人所处的空间场所（这个村庄）都陷入了一场可能无法复原的混乱。当我们终于读完了所有描写风暴的句子（到诗歌第12行时），我们眼前便只剩下目瞪口呆的幸存者们注视着他们遭到破坏的生活和自然环境。

狄金森如何为这启示录般的叙事作结呢?她借用了丁尼生《悼

念集》第106节中的《敲吧，急骤的钟》[①]，同时借鉴了《噢，伯利恒小镇》[②]中的一句，以宣告一个消息：残破的世界在等待一个新的开始。以下选自丁尼生的那首新年诗，

敲吧，急骤的钟，向着骤雪，
向着乱云和霜天的霞光：
旧岁正在这夜色中消亡，
敲吧，急骤的钟，让其陨灭。

敲吧，敲走旧的，敲来新的，
让欢乐的钟声穿霜度零：
旧岁在离去，就让它离去，
敲吧，敲走假的，敲来真的。

敲吧，为作古的一切致哀，
敲走使心灵滴血的悲痛；
敲走贫富间的新仇旧恨，
把补救为全体人类敲来。[③]

因为这首诗是《悼念集》中的三首圣诞诗之一，它可能让狄金森联想到了那个天使的“大喜的信息”［《路加福音》(2：10)］。在圣诞歌曲《噢，伯利恒小镇》中，菲利普·布鲁克斯将其改写为押头韵的“We hear the Christmas angels / The great glad tidings tell”（我们听

① 丁尼生《悼念集》第106节《敲吧，急骤的钟》是一首新年诗。在新年夜，将钟敲得转一整个圈是一个公认的英式习俗，为了敲走逝去的一年和敲来新的一年，就像丁尼生诗中所写的那样。

② 《噢，伯利恒小镇》是一首从19世纪中后期开始流行于美国的圣诞歌曲。这首备受喜爱的圣诞歌曲由牧师菲利普·布鲁克斯在1866年创作而成，至今还广为传唱。

③ 参考《丁尼生诗选》，黄杲炘译。

到圣诞的天使 / 传来极其令人高兴的消息)。后半句歌词很可能就是狄金森同样押头韵的"tidings told"的来源。为了描写风暴，狄金森在诗中营造出黑暗的末日气氛，"极其令人高兴的消息"在此似乎显得格格不入。但当狄金森写到钟声响起时，她很明显地把钟声与喜悦联系在了一起：构成腹韵的长音"i"("wild""flying""tidings")是一个"明亮的"音节，完全不同于"The Doom's Electric Moccasin"(末日带电的莫卡辛毒蛇)或者"strange Mob of panting Trees"(奇怪的暴徒，气喘吁吁的树)中那些更沉重的音素。

当钟声的"消息"宣布了蹂躏大地的风暴已经结束，狄金森环顾四周，观察被改变的村落，然后做出最终的总结："有多少可以来"——一阵风、一股寒意、一个幽灵、一条带电的毒蛇、一伙奇怪的树木、落荒而逃的栅栏、奔跑的房屋，"有多少可以去"——和平、宁静、秩序、静止的树木、边界、河岸，"而这个世界常在！"她在更年轻的时候不会写下这样的结语，因为那时的她会认为，没有东西能从这等灾难中恢复过来。对于她自己、也对于她的诗歌来说很幸运的是，她总是能成功回转到对自然现象的原初狂喜——即使是在脑海中已经举办了数场"葬礼"之后。

最后狄金森要寻找一个动词，以恰当地表达她对这个世界的惊奇：这个世界总是会……会怎样？保留？幸存？她所努力搜寻的这个单词极为重要——因为这是最后一个动词，它需要承接在种种现象的"来"与"去"之后。起初她写下的是"remain"(保留)，但敏捷的天才使她将其换成了"abide"(常在)。"abide"不仅与狂野的"flying tidings"(飞逝的消息)一起构成了腹韵，它还能表达出"remain"所无法展现的隐含意义：等待与期待①。从词源上来说，"remain"来自拉丁语(*remanere*，意为"留下")，"abide"则有日耳

① "abide"一词多义，同时具有"遵守""忍受""留存""等待"多重含义。

曼语的起源，在语源上与“remain”相对立。另外，“abide”与前文中轻快的非拉丁词尾［“come”（来）、“go”（去）］保持了协调。最后也最毋庸置疑的是，“abide”是一个《圣经》词汇。在《圣经》中有两段包含“abide”的文本与狄金森这首讲“恢复”（restoration）的诗相关：或许有点关系的一处文本来自耶稣对信徒们的命令，“你们要常在我里面，我也常在你们里面（Abide in me，as I in you）”［《约翰福音》(15：4)］。一定有关的一处文本来自耶稣的承诺——他保证，不会让信徒们在他走后得不到安慰：“我要求父，父就另外赐给你们一位训慰师，叫他永远与你们同在。”［《约翰福音》(14：16)］对于耶稣的信徒们来说，“持久的存在”是圣灵；而对于狄金森来说，“持久的存在”是永存的世界本身。

［J 1593］

1668 显然没有一丝惊讶

显然没有一丝惊讶
对于任何一朵快乐的花
霜冻以偶然的权力－
斩首了玩耍中的它－
金发白肤的杀手一路继续－
太阳转动着毫不在意
去丈量又一天的行程
为一个赞许的上帝－

在1890年的诗集中，这首诗有一个平淡无奇的标题“死与生”，更合适的标题或许应当残忍一些，比如“上帝的杀手”（God's Assassin）之类。在《将死之人－那时》（*1581）一诗中，上帝之手被“截肢”，无人被指认为凶手。然而在这首诗里，凶手显而易见：是霜冻斩掉了花朵的头。那朵花还是一个孩童，在初秋玩耍，随着第一批“带着杀意的霜冻”的到来而香消玉殒。然而，狄金森没有把花朵的意外死亡归罪于霜冻，也没有让“快乐的花朵”在这个过程中感到一丝惊讶。与神话中或者但丁笔下那些受伤时会哭叫出声的植物不同，狄金森的这朵花没有发出一声抗议。这就是第1诗节中有些自相矛盾的叙述。霜冻将花朵斩首，这究竟是一场谋杀，还是一次意外呢？在这段无情的叙述之后，读者可能会期待一个白色的间隔，为她的结论做好心理准备。然而，因为结论与前面的屠戮密不可分，狄金森将二者无缝连接，不留下一丝怀疑的余地。

第2诗节是对第1诗节的修正。花朵的死亡并非霜冻"偶然"犯下的过错。事实上，他是一个"杀手"(Assassin，这个词带有邪恶色彩，意为"吸大麻者"，数世纪前从阿拉伯语进入英语)。因为杀手从事的是暴力谋杀的奸诈勾当，狄金森把霜冻比作杀手，就相当于把它的力量描绘为邪恶的、凶残的和奸诈的。文学和绘画中的杀手往往被描绘为黑发形象；把死神的镰刀交给一位金发白肤杀手，这显得格外诡诈，因为金发白肤不会引人怀疑。但这位杀手究竟是受谁雇佣？他会向谁表功呢？

起初我们不知道答案，霜冻只是"一路继续"，朝下一位受害者走去。既然当天的任务已经完成，天上的那座时钟——太阳便可以记录一天的结束。(毫无疑问) 太阳已经见证过无数的斩首，但是现在，他一如既往地"毫不在意"。他的责任很简单，只是把握时间的精确，而他也有一个上司，需要他去汇报工作。直到诗歌的最后一行，狄金森才终于亮出了这个最终责任者的名字——"上帝"。在《圣经》的创世故事中，我们只能看到上帝的两个方面：他创造新事物的力量；看到他的造物他会发出赞许："好的。"这个自我赞许式的"好的"在《创世记》中被重复了七次（见第4、10、12、18、21、25和31节）。在《创世纪》中，上帝从未反对过他造出的任何事物，这正是布莱克在《老虎》一诗中抛出的问题。(狄金森可能注意到，在上帝的造物中，唯有夏娃没有被上帝赞许为"好的"。)

第2节（除了醒目的外来词"Assassin"之外）以一种明显拉丁语化的方式开篇，狄金森喜欢用拉丁语的宏大隆重的词语来书写抽象概念（其中包括基督教的上帝）。但是，也许（她突然意识到）我们并不了解上帝真正生活的空间，因此在书写对花朵之死表示"赞许"的无情上帝时，她放弃了拉丁语化的表达，而转向无法避免的日耳曼式三重唱。《创世记》写道："第一日……神看着是好的。"

“God”（上帝）、“good”［好的，隐含在“approving”（赞许）中］和“Day”（一天），完成了一种非拉丁化的复述。

这是每年秋天都会发生的一场普通的“花园损失”，这首诗似乎把它拟人化了，但事实上，“被斩首的花”（狄金森爱花，她会为此悲痛）代表了早逝的悲剧。狄金森心爱的侄子吉尔伯特在1883年因一场来势汹汹的发烧突然夭折，时年只有8岁；据她妹妹说，事后的几个月里，狄金森得了一场令人担忧的重病，而且，根据休厄尔的说法，她从此再也没有康复。这首诗写于1884年，想必是为吉尔伯特之死而作（可能还有其他一些人的过世）。诗歌以冷漠而超脱的叙事，表达了一种无可挽回的悲痛，模仿自鸣得意的上帝的口吻，带有反讽意味。

［J 1624］

1715　化为肉身的词语只是偶尔

化为肉身的词语只是偶尔
且颤抖着被分享
或许当时未曾宣告
若是我没弄错
我们每一个当时品尝
都曾伴随秘密的狂喜
这种经过论证的食物
按我们特定的能力－

一个分明在呼吸的词语
没有能力死去
如圣灵一般凝聚，若消亡
除非随圣灵一起－

“化为肉身并住在我们中间”
这种屈尊是否
恰如这语言本身的应允
这心爱的语文

如同《我可否取用你，诗人问》（*1243），本诗也用《约翰福音》中化身为人的耶稣来类比艺术作品中的语言。基督并非这两首诗的主题，诗中的耶稣只是对语言的象征：语言“应允”给予诗人词语［“语文”(Philology)］，让诗人得以为自己的内心感受描绘轮廓。狄金森用耶稣“屈尊”化身为人的过程来比喻语言“应允”化身为词语的过程。

从狄金森一篇与《化为肉身的词语只是偶尔》有关的草稿（参见富兰克林的注释）中我们可以看出，狄金森曾深入思考过《约翰福音》那隐晦的开头——她甚至对一位牧师对此的解读产生了反感。这位牧师“论及”化身的主题，却丝毫没有表明它的重要性：

> “道成肉身”
> 昨天他有所论及
> 这一段的重要性
> 他没有丝毫暗示！

狄金森远远超越了这位肤浅的讲道者。她对《约翰福音》中这个词组“道成肉身”(The word made Flesh) 的重要性有更深刻的认识：

> 太初有道，道与神同在，道就是神。这道太初与神同在。万有是借着他造的；凡被造的，没有一样不是借着他造的。生命在他里头，这生命就是人的光。光照在黑暗里，黑暗却不接受光……那光是真光，照亮一切生在世上的人。他在世界，世界也是借着他待的，世界却不认识他。他到自己的地方来，自己的人倒不接待他。凡接待他的，就是信他名的人，他就赐给他们权柄，做神的儿女。这等人不是从血气生的，不是从情欲生的，也不是从人意生的，乃是从神生的。道成了肉身，住在我们中间，充充满满地有恩典，有真理。我们也见过他的荣光，正是父独

生子的荣光。［《约翰福音》(1：1—5，9—14)］

上帝的独生子“化为肉身”（“became flesh”，根据“新校定标准本”），“屈尊”离开天国，在尘世间成为一个具体的存在。

在狄金森看来，诗歌（或任何其他艺术作品）是从“无”中创作出来的，因此诗人的创作力与上帝的创作力十分相似。然而，诗歌真的是“凭空创造”的吗？诗歌的创作过程，与《创世记》中上帝“无中生有地”创造万物，是可比的吗？毕竟，诗歌拥有一种先在的原始材料：词语。但是，一首诗不仅仅是词语的并列（或者柯尔律治所说的，由“幻想”造成的组合），这些词语一定经历了什么事情，才合为一个新的整体。这种结合，也就是狄金森所说的“凝聚（性）”，被柯尔律治归为一个他称为“想象”的实体。在《我可否取用你，诗人问》一诗中，我们可以看到，狄金森认为持久的努力和坚定的意志都不足以把词语融合入诗；最贴切的字眼并不能通过不断尝试而寻得。为了找到最合适的字词，诗人必须等待，等到她精神上的“幻象”的轮廓充分显现的那一刻。

从更早的诗作《我可否取用你，诗人问》到这首《化为肉身的词语只是偶尔》，狄金森改变了自己的角色。在前一首里，她是一位自称的创造者，必须学会耐心等待。但在此诗中，她不再是创造者，而是享用者，是诗人的听众之一。因此，她在“化为肉身的词语”的基础上又加入了“圣餐”的类比［见《他吞饮那珍贵的词语－》(*1593)］。回想起阅读诗歌的过程，那些因心灵受到启发而震颤的时刻，她好奇诗人是如何找到恰当的、能够滋养读者灵魂的词汇。诗人拥有一种创造性的精神。他们为我们准备的食物，就是“经过论证的食物／按我们特定的能力－”——也就是说，为了符合我们的消化能力，这些食物经过专业称量。就好比一位医生，在给病人开药时，剂量要与病人的年龄和体重相匹配（成人量多，儿童量少），读者在阅读时常有一种奇怪感受，仿佛诗人为自己开出了精确的药方。根据狄金森的说法，医生或诗人“论证”(debates)，也就是“估量”(estimates)，每一种情况下病人或读者的具体需求。每一个人都能获得与自己的需求和食量相符合的食物，每一个个体都能找到与自己的需求相适应的语词，这像天赐一般近乎神奇；为了表达对这个奇迹的惊叹，狄金森在诗中使用了强调副词“very”，运用特指的形容词“specific”(特定的)，并把“我们每个人”单独拎出。

狄金森最初的审美体验，来自她可能不得不“秘密”阅读的书籍（她父亲会给她买很多她渴求的书，然后恳求她不要读）。在第一次与狄金森见面之后，希金森曾给妻子写信（L 342a），从中我们可以得知，狄金森曾告诉他，读诗的感觉让她全身心感到震撼：“如果我读一本书，它让我全身冰冷，什么火都无法让我暖和过来。我知道，那就是诗。当我从身体上感觉到，仿佛我的头顶被掀开了。我知道，那就是诗。我所知道的方法，仅此而已。此外，还有别的方法吗？”我们没有理由怀疑狄金森的描述有夸大的成分。在刚刚接触诗歌的时候，她“亮闪闪的神经丛”［《对我自己的服役更苛刻》(887, J 786)］一定曾在激情中颤抖。年少的她在阅读——比如说，在阅读莎士比亚时，尽管如饥似渴，她却只是偶尔地颤抖着享用文学盛宴；她也不会轻易向别人“宣告”自己在阅读中的发现和感知。她能在莎士比亚的作品中找到自己的每一种情绪，每一种直觉。她发现，在阅读的当下时刻，作品为她准确地奉上了她内心渴望的一切。而在人生的下一阶段，她可能会在另一页完整地发现“这种经过论证的食物 / 按我们特定的能力 -”。

狄金森怀疑灵魂的不朽，但并不质疑被赋予生命的词语的不朽。本诗中最有力的论断随着“一个分明在呼吸的词语”登场。这种“呼吸的”诗歌词语“没有能力死去”，因为零散的词组已被融汇为一种语言组合，它从凝聚的心灵（圣灵）中产生，又与心灵相配。狄金森认为这样的诗歌词语永远不会死去，除非心灵（圣灵）

本身消亡。当诗人内在幻象中的概念性语言达到顶点，然后“应允”（consents）化身为诗歌中有呼吸的词语时，它们就像耶稣那样，“屈尊”（condescended，与 consents 构成头韵）住在我们中间。（正如弥尔顿在《圣诞清晨颂》中所写，耶稣“舍弃”他那天国的“灿烂威严之火”，“来和我们同住一个地方／离弃那长明不灭的殿堂／甘以必朽的肉体作为阴暗的住房”。[①]）狄金森这里使用了“屈尊”（Condescension，descend 的派生词）的积极意义，如今已不常用：对地位卑微者的慷慨仁爱。至少从17世纪开始，这个词被用来形容耶稣化身成人。《牛津英语词典》在第一个释义中引用了以下两个例句：“把您伟大的‘屈尊’赐予软弱而有罪的我们”［黑尔《对主祷文的沉思》（1677）］和“他（基督）用最低下的屈尊来为人类的自大赎罪”［惠特洛《动物解剖学》（1654）］。狄金森最关心的问题是，她“心爱的语文”是否会屈尊于她的书页，应允成为诗歌的一部分，就像“道成肉身”那样。

诗歌的最后两节，若改写为散文，大意如下：

> 一个分明在呼吸的词语没有能力死去；它如圣灵一凝聚，它不会消亡，除非圣灵本身消失（而这几乎不可能）。如果人能将世俗事物与传奇事物相比较，那么我从语言非凡的“应允”，从这心爱的语文中所获得的体验，或许可以佐证耶稣化身的故事——他“应允”和“屈尊”，“化为肉身并住在我们中间”。

或者，仿照狄金森凝练的句子来进行重述：“如果他的‘屈尊’类似于语言应允化为语文来体现（在我看来这是奇迹），那么他‘化成肉

① 《圣诞清晨颂》是弥尔顿作于1629年的一首颂歌，共27节，引文见第2节。译文参考《弥尔顿诗选》，朱维之译。

身并住在我们中间’才是可信的。”

正如《他吞饮那珍贵的词语－》(*1593)，狄金森在此诗中也用圣餐类比阅读过程。“partake”(分享)一词在《牛津英语词典》中的定义(5a)是：及物动词，“与他人在一起进食(食物或者饮料)”，最早的例句出自1602年。有一条1876年的例句提到圣餐：“红衣主教领受圣体后，他将其分送给她。”(乔治·蒂克诺《生平，书信和日志》)

狄金森以耶稣化身为人来比喻她自己所经历过的“语言本身的应允”，这就等于大胆地颠倒了说教的基本流程。在一般的说教过程中，传教士首先提到教义，然后利用一个尘世中的例子来为神的教义做解释。传教士可能会说：“现在，为了理解耶稣的化身，我们可以想象一个国王住进了他最卑微的仆从的住所。”相比之下，狄金森首先提起尘世中的例子——诗歌因为“语言本身的应允”进入文字才成为可能——然后她用耶稣化身为人来比喻前者。传教士用人来解释神圣事物，狄金森则用神圣来解释人。她叠用了“爱”(love)来结束全诗：希腊语中，“Philo - logia”意为“爱的词语”(the love of words)。因此，“This loved Philology”(这心爱的语文)便是“这心爱的爱的词语”(This beloved love of words)。

[J 1651]

1742　冬天，在我的房间

冬天，在我的房间
我碰到一条肉虫
粉红、细长、温热
不过因为他是一条肉虫
而肉虫擅自行动
留在家里不太合适
于是用一条绳把他固定
在附近的东西上
然后走开－

没隔多久
发生了一件事
若是耳闻我不会相信
除非以惊悚的血讲述
一条有着罕见花纹的蛇
在我卧室的地板上巡行
跟之前的肉虫相像
但环绕着力量
还戴着之前的那根绳子
我系在他身上的－

在他当初卑微、新来时
那绳子所在的地方－

我缩回－“你真漂亮”！
抚慰之爪－
“怕，”他咝咝着
“我吗？”
“没有热诚”－
他测了我的深度－
然后回到细小的律动
藏进他的形体
随着纹路游动
伸出他自己。

于是，我跑开
眼睛盯着他的方向
唯恐他追随
一边不停步地跑着
直跑到一个远方的城镇
与我的隔着数城之遥
才敢放松
这是一个梦－

狄金森几乎从不记录她的梦，因此她一定觉得这个梦意味深长。我们几乎很难不把它看作一个性梦：一个疲软的阳具（肉虫）后来勃起（蛇），在“他测了我的深度－”之际达到高潮。这条蛇似乎再一次变得“细小”，当他朝她伸出，她惊慌逃跑，一边回望，“唯恐他追随”。她一直跑到一个远方的城镇，才停下脚步。整个故事讲完之后，到了最后一行，她才承认，“这是一个梦－”。

我们读这首诗时，能意识到它的虚构性，但我们恐怕猜不到它源自一个噩梦。这不是一个诗人设计出来的故事（我们可能会这样想象），而是一个梦里的故事，自己伸出来，源自无意识的心灵，转向有意识的心灵。即便剥去弗洛伊德式的阅读，这首诗仍是奇特的，这或许是她与《草丛里一条狭长的家伙》（*1096）再次相遇的一次重写，事实上，在一个关键的时刻，她确实从那首诗里借用了一个词“Cordiality”（热诚）。那条肉虫或蛇提出了一个威胁的问题（这里我重新标点了）。“怕，”他发着咝咝声，“我吗？”诗人以一种讨好的方式来回答他，她没有如实回答“是的”，而是克制地回答说“（嗯，我觉得对你）没有热诚”。虽然诗人已经做出了谦卑的姿态，一边退缩着一边对蛇说，“你真漂亮”，并伸出“抚慰之爪”让他握一下，而不是一只手，他只是发出咝咝声，提出了那个威胁的问题。

狄金森是在发明一种恐怖版的“天堂里的夏娃”吗？这条显然无害的“肉虫”膨胀为一条致命的蛇“环绕着力量”（他的环，花色斑驳的鳞片，就像响尾蛇的咔嗒声），此时，他是在发出一种撒旦的诱惑吗？在她“房间”里发现肉虫之后，她曾把他称作她的驯顺的肉虫，并用一条绳子把他“固定”在附近室外的某个东西上，然后就走开了。后来，这只肉虫以一条充满威胁的蛇的样子再次出现在她自己的“卧室”（之前是“房间”，现在具体化为她的卧室），而且，这个增大的形体申明了他的身份，以他先前作为肉虫时的“那根绳子／我系在他身上的－／在他当初卑微、新来时”，“卑微”在这里表示“地位低微”。在她被引诱或强奸（如果她确实想以“他测了我的深度”这句话表达这个意思的话）的事件里，诗人似乎以某种方式参与了共谋。狄金森通过把这个梦中事件放入一首诗中来纪念它，因此也就整理了它，这表明她想更进一步理解它，给它一种形式结构并赋之于语言。

她创造了一种“肉虫式结构”，细而长，每个诗节的行数不等（9，12，10，8），因为蛇的身体具有可变的长度，取决于他是否（用诗人自己的词语来说）“测了她的深度”或“伸出”它自己。“最宽阔的”诗行在第2节，当它膨胀为一条蛇的时候。韵脚是不规则的，正如蛇的动作不可预测：对句韵、三行韵以及不押韵。有3个诗节的结尾句是不押韵的，只有第3节，似乎不愿意中断蛇的自我伸展，以押韵的4行作为结尾［“Slim”（细小）、“Form”（形体）、“swim”（游动）、“him”（他）］，我们由此认出了那条从前的肉虫，它也有一个押韵的四行［“Room”（房间）、“Worm”（肉虫）、“warm”（温热）、“worm”（肉虫）］。此诗只有这两个押韵的4行段落。假如狄金森的诗节的最后一行不押韵，那一定是什么地方发生了根本性的错误。这里不可能发生终结，除非在蛇掌控其行动的第3诗节里。说话人不可能实现她自己的终结——不是室外，不是室内，也不是“远方的城镇”。唯一的终结是由她否认她自己的故事的现实性才授予的：“这是一个梦 -”。

在第1诗节，说话人实施了一个残酷行动：她把肉虫（它没对她做任何事）绑在“附近的东西上”，害怕他“擅自行动”。第1诗节表明了她的害怕，通过“肉虫式的”诗行结尾的循环（“Room”“Worm”“warm”“worm”，以及第5行中间的“worms”）。到了第2诗节，她被这条致命的蛇的尺寸和他对她的屋子的入侵而吓坏了：她以“惊悚的血”追诉她的故事。可是，这条蛇的每一个细节都让她着迷：他有“罕见的斑纹”，他“环绕着力量”，他仍戴着她的绳子，他的节奏“细小”，他伸出自己的时候，他的斑纹会发出游动的纹路。

跟夏娃不同的是，她逃避威胁，但不是因为害怕让她一直跑，直到抵达一个“远方的城镇／与我的隔着数城之遥”。跟夏娃相同的是，她也是独自遭遇到蛇。不过，也许这条蛇对她来说不是撒旦而是亚当，这是一个处女梦见男性以性事来接近她而不是（或不仅仅是）梦见撒旦的诱惑。狄金森没有提供足够多的线索来推测她本人通过这首梦－诗究竟领悟到什么。例如，当她想要安抚这条蛇的时候，她为什么长出了带有进攻性的手爪——“抚慰之爪”？在哪一本寓意画册里，抚慰会展示出一只爪子？在她的6首使用了“爪子”的诗歌中，她都提供了一个更合理的语境：只有当她是一只鸟的时候，她才让一个“爪子”亲身出场。而且令我们纳闷的是，为什么在远方的城镇能找到社交上的保护，超出她自己的城镇所能提供的保护呢？她是不是跑到了一个不同类型的社会呢？（似乎不太可能，既然那个“城镇”与她自己的仅仅相隔数个“城镇”，似乎这里只是一个语义重复。）

这首诗会不会与她的另一首不可思议的诗作［《我早早出发－》(656，J 520)］有关系，在那里她在身体上被男性的海洋追赶，直到她接触到“坚实的城镇”才重获安全，在那个城镇，“似乎谁也不认识他－”？或者，它会不会与《他逃离时水流一路追赶》(*1766)有关系？在那里，一个人在试图逃跑时被引诱他的“水”杀死。这几首诗歌都召唤着性的解释，不过，它们一边召唤着一边也挫败着这样的解释。

［J 1670］

1766　他逃离时水流一路追赶

他逃离时水流一路追赶，
不敢回望身后；
一个巨浪在他耳旁低语，
“跟我回家吧，我的朋友；
我的客厅有被赦罪的玻璃，
我的储藏室有一种鱼
为了一年间的每一种味觉”-
对这令人反感的幸福
漂浮在他身边的物体
没有做出清晰的答复。

当我们看到一首四步韵的诗只有10行，或者说只有两个半诗节时，我们便可推知，第3诗节“丢失”了一半。与《老鼠是最精炼的房客》(*1369) 类似，在此诗的结尾处，狄金森也用一个对句承接在两个四行诗节之后。在诗尾处，我们可以看到最后一节被“截短”的原因——溺亡者没有做出任何“答复”，于是狄金森“写下了”两行沉默的诗。

这首诗令人毛骨悚然，它审视死亡的吸引力。诗中的大海（由充满阳刚气的“巨浪”代表）是死神的化身，它向溺水者发出可怖而诱人的“死亡邀请”。狄金森可能记得，华兹华斯在1850年的《序曲》中曾写过一场幻梦，梦中有一个手拿石头与贝壳的阿拉伯人。他向诗人解释了两样事物的含义——石头象征着欧几里得的几何学，而贝壳象征诗歌。因为一场毁灭即将到来，他要将二者埋葬，使其免受摧毁：

> 但见他的脸色变得更加不安，
> 我随着他的视线向身后望去，看见了一个
> 闪烁着光斑的平面；已经漫及
> 半个荒原。我向他请教原因，
> 他说“这是四方的海水汇集
> 一处，正向我们涌来”。
> …………
> 我看见他那明晰的轮廓：
> 就在无边的荒原上，匆忙赶路
> 始终不离他那一对瑰宝，而世界正在
> 沉没，各方洪水在他身后疾速追来。
> 我在恐怖中惊醒。
>
> （《序曲》，卷5，第126—131行，第134—138行）①

狄金森在《我从未见过荒原》(*800) 中写下，她知道巨浪会怎样。彼时她选择“巨浪”一词，是出于它生机勃勃的力量感。而此时在死亡的背景下，“巨浪”代表了一种威胁；它即将吞噬一个人，却称他为“朋友”，来让自己显得无害。这是对济慈《无情的妖

① 参考英国威廉·华兹华斯著《序曲：或一位诗人心灵的成长》，丁宏为译。

女》[1]的一种改写。在济慈的诗中，引诱者（妖女）用“美味的草根、野蜜、甘露和仙果”来满足那位不幸的骑士，把他带到她的“精灵洞穴”中去。在狄金森的诗中，“巨浪”也有它自己的“精灵洞穴”，其中有装满美食的储藏室（“我的储藏室有一种鱼 / 为了一年间的每一种味觉”），还有一间优雅的客厅（“有被赦罪的玻璃”）。不过，“巨浪”不知如何说英语——“For every palate in the Year”（为一年间的每一种味觉）这个短语没有任何意义；另外，在英语中，我们也不会说一个人“shriven”（被赦免了原罪）。狄金森可能是借用了《古舟子咏》[2]中的“shriving”：“噢，圣者，赦免我吧！赦免我！”（O shrive me，shrive me，holy man！）水手向隐士乞求（但隐士从未回应他的请求）。仿佛狄金森笔下的“巨浪”偶然听到有人背诵《古舟子咏》，很高兴地发现它与大海有关。于是，在不知其确切含义的情况下，“巨浪”盗用了人类的这个词：“shriven”。同样地，巨浪可能在某处听到了“一年间”这个短语，然后错误地用它来修饰“味觉”而不是其他事物，比如“宴会”（像莎士比亚第52首十四行诗那样）。

叙述者在听到“巨浪”的演讲后评论道：对邀请中提出的“令人反感的幸福”，死者没有给出答复。在“巨浪”（雄性，和大海一样）中，溺水的人漂浮着，“巨浪”（billow）成为他的“枕头”（pillow）。也许他的喉咙中尚有垂死的“咕噜”声，但他并没有说出任何“清晰”的回答。最后，连“咕噜”声也消失在“失踪”的末尾两行的沉默中。食品储藏室和客厅带来一种卡通喜剧般的效果，尽管如此，我们还是要像面对狄金森其他作品时一样，沉思“品味

---

① 《无情的妖女》（La Belle Dame sans Merci，题为法语，源自中世纪法国诗人阿兰·沙尔捷的同名作品）是济慈1819年创作的一首民谣，全诗共12节，本文中引用的诗句出自第7节。诗中主要描写一位骑士被妖女引诱的故事。

② 《古舟子咏》，柯尔律治的叙事长诗，诗作围绕一位老水手在海上的可怖经历展开。作者在此文中引用的部分出自原诗第7章。

的相对性”:“巨浪”对幸福的定义，只不过是坐在玻璃做的客厅中吃鱼，别无其他。通过使用矛盾修辞“令人反感的幸福”，叙述者也承认了对某些生物来说，“巨浪的邀请”就意味着“幸福”。狄金森狡黠地将“bliss”（幸福）与“fish”（鱼）押韵，便是为了说明品味的相对性。

[J 1749]

1771　我的夏天就此停滞

我的夏天就此停滞
何等成熟，从此
对其他景色和其他灵魂
我的判决已开启。

向冬天迁移
与冬天同住
去把你的热带新娘
铐上，以你的冰柱

这场热带新娘与冰冷冬日的婚礼，比《他逃离时水流一路追赶》(*1766) 一诗中巨浪的客厅和储藏室更加奇异。诗人站在“这里”，因为人生永远“停滞”而彻底心灰意冷，开始苦涩地追忆最后的快乐时光。在原本正常流转的四季永远“停滞”之后，她发出质问：在其他场景、其他灵魂中，在不同的景观中，在其他爱人的陪伴下，她本来会有怎样的成熟。现在她已被判处终身监禁，不得不永远困于瘫痪状态，直至在血肉之躯中死去。挺直双肩，她吐出自己的命运：“向冬天迁移 / 与冬天同住。”“冬天”似乎是对坟墓的隐喻，但事实上，狄金森是在描述一种“身后”的生活，一种她余生中必须忍受的生活。

随着诗歌展开，我们对这种“停止”的生活有了更深的认识。诗人允许季节继续运转，然后在结尾两行中对冬天发起挑衅：“去把你的热带新娘 / 铐上，以你的冰柱。”手铐象征着婚戒，冰柱则是对阴茎的戏仿。“manacle”（铐）与“icicle”（冰柱）两个词碰撞在一起，产生了一种颇为荒谬的震荡效果。更加荒谬的或许只有新娘（在夏天“停滞”的她，身体仍然温暖）被铐在冰柱上的画面本身。“如果我不得不与你生活在一起，”诗人挑衅地对冬天说道，“那么来吧，使出你最坏的手段。”她已经基本失去了控制自己生活的权利。通过臆想对未来做出自主“决定”、给予冬天随时把自己带走的“许可”，她在行使自己对生活仅剩的一点控制权。

对于今天的读者来说，本诗中的“冰柱”一词，和《冬天，在我的房间》(*1742) 中的肉虫或蛇一样，都很明显地象征着男性生殖器。不过这层暗喻可能并非狄金森有意为之。对狄金森来说，“你的冰柱”可能只是一个能够象征冬天的事物，就像花朵能够指代春天，麦捆和镰刀能够象征秋天那样。在狄金森所处的文化语境中，人们一般认为死亡意味着“向天堂迁移 / 与耶稣同住”。狄金森很清楚，自己所写下的“向冬天迁移 / 与冬天同住”能够让人立刻联想起这句赞美诗。她故意与这种陈词滥调作对，并为此而暗喜。

尽管最后一个场景里满是打趣、莽撞和冷飕飕的恶意，尽管她使出浑身解数来对冬天说出种种无礼的话语，这首诗的第一行，她自己的墓志铭，始终挥之不去；她在诗歌结尾表露出的喜悦——不如说是悲伤之下的复仇，也显得有些悲哀了。

[J 1756]

1773　我的生命在终结前已终结了两次

我的生命在终结前已终结了两次；
尚需等待，不朽
是否将第三个事件
向我揭开，

如此巨大，无望，无从想象
正如前两次，从天而降。
离别是我们对天国的全部所知，
也是对地狱的全部所求。

一首基督教诗篇若是（带着悲剧）以这样的哀悼开场，通常会导向对天国中的美好生活的期待："尚需等待，不朽／是否将第三个事件／向我揭开，／［以补偿那全部的悲哀］"，等等。"不朽"理应揭开美妙的事件，而不是别的。"To unveil"（揭开），正如"to uncover"（揭露），是源自希腊的"Apocalypse"（天启）的英文版，被基督教借用过来，意指"世界末日"，那时，尘世上被隐藏的一切都被揭开，以便加以审判。狄金森把"不朽"看作地狱般的生命的一种延续，等在那里的是更惨烈的终结，因此，她所预期的"第三个事件"比前两个更"无望"，她将失去她心爱的每一个。

不朽将揭开什么事件？狄金森保留了这个悬念，越过两个诗节之间的空白，然后在第2个诗节中重复了第1个诗节中的“两次”，这样一来，她就重申了她生命的（基本）历程：它仅有两个充满希望的插曲，每一个都以心爱之人的死亡而终结。她生命中暗含的五个阶段可以概括为孤独、爱、第一次丧失（巨大而无望）、爱的更新、第二次丧失（同样巨大而无望）。老套的基督教通常会向她保证，她将在不朽中与失去的人再次相聚，可是她暗示道，这种团聚不会发生。那个“离别”的警句让天国和地狱等同了。无论天国从我们的此生夺走了什么，那个发现（不朽是一种虚构）终将创造出未来的地狱。

完美的韵脚似乎没有留下任何漏洞，它们就像钟表发条一样。狄金森那咄咄逼人的说教式结尾为什么没有让我们感觉到一种自鸣得意的效果呢？我想，那是因为她提供的教训太黑暗，只能靠一种遒劲有力的警句来驾驭它。“地狱”（hell）一词，作为“从天而降”（befell）之物的名称，在结尾扩散蔓延，遮住了整个诗作以及它的三个一模一样的事件：死亡、死亡、死亡。

〔J 1732〕

1779 造一片草原得有一棵三叶草和蜜蜂一只

造一片草原得有一棵三叶草和蜜蜂一只，
三叶草一棵，和一只蜜蜂，
还有白日梦。
有白日梦就行，
如果缺少蜜蜂。

因为狄金森现存手稿中没有这首由梅布尔·托德抄录的小诗，富兰克林把它归入创作年代不明的诗作，放在诗集的最后。它（不足30个单词）似乎是对狄金森全部创作的一个总结。她记录了对三叶草和蜜蜂的喜悦之情，但又补充道，如果大自然不提供实物，她就用“白日梦”来创造她的草原。

为什么是三叶草而不是雏菊？为什么是蜜蜂而不是蜂鸟？因为蜜蜂和三叶草是一对性伙伴，以“香膏”和“花蜜”相往来：蜜蜂进到花朵里，而蜂鸟没有［见《慢点来吧－伊甸园！》(205，J 211)］。

为什么是“草原”而不是“花园”或“草地”，因为只有“草原”(prairie) 与“蜜蜂”(bee) 和“白日梦”(revery) 押韵，而且，“草原”明显是美国词语。此外，它的拼写形式反映出它的拉丁语词根 *Pratum*（意思是“草地”），因此具有双重价值。

为什么是“白日梦”(revery) 而不是“梦”(dream) 或“幻想”(fantasy)？不仅因为这个词暗示做梦［在词源上，它与现代的

“rêver”(做梦)来自同一个法语词根“to dream”],还因为它语义丰盈。狄金森的1844年《韦伯斯特词典》提供了以下三个相关词义:

1. 本义,胡言乱语或谵妄;但通常用来指,一种松散的没有规律的思绪,发生于冥想或沉思;舒缓的、放任的幻想或想象的狂放。(《韦伯斯特词典》引用了一则爱迪生的话:“种种白日梦和放任穿行于人的心灵,无论是聪明人还是傻瓜。”)

2. 一种妄想;一种幻象。

3. 医学上,在清醒状态时故意让整个或部分感官对周边事物的印象变得不活跃。

此外,《牛津英语大词典》还有几个狄金森可能了解的定义(我没有引用过时或生僻的用法):

4. 一阵出神的冥想;“空想”或白日梦。

[音乐]一种器乐作品,让人联想到一种做梦或冥想状态。(1880年)

5. 迷失于思考或陷入冥想的事实、状态或条件。

最后,这个三音节词“revery”在声音上更具“延展性”,相比之下,那个单音节的盎格鲁-撒克逊词“dream”过于短促。一种白日梦可以追忆已经发生过的真实事物;它唤起记忆,而“fantasy”则不能。狄金森的词语耐人寻味,琢磨越久,你就越发尊重她对隐含意义的自觉、她一丝不苟的态度和她选词用字的精致。

她的精微细致的考察甚至扩展到最微小的语言成分。例如在这里她用不定冠词(a)和数字“one”(一)玩了一个小小的语言游戏,这两个小词在第1行和第2行的位置颠倒了。

她展示了这样一个试验,在以下两个斜体词组上做出区分:

第1行：*a clover and one bee*（一棵三叶草和蜜蜂一只）

第2行和第3行：*One clover, and a bee, / And revery.*（三叶草一棵，和一只蜜蜂，/还有白日梦。）

回答：

1. 单独一只蜜蜂只需要一棵（随机）三叶草来吸食花蜜。

2. 这里，第一个词组被重新安排，以便让这两个起初被命名的主词（三叶草和蜜蜂）被一个逗号隔开；他们不再是一对相互关联的准-性伙伴了。第二种安排产生了一种再想一下甚至思之再三的效果，这份新的清单展示了三个主干词："是的，一棵三叶草"、"和一只蜜蜂/还有白日梦"［现在，蜜蜂和白日梦被一个"and"（还有）分开，正如在第1行，蜜蜂和三叶草也是这样被分开了］。这个清单在选择第三个基本词语时因为分行而停顿了一下，这样，"白日梦"是经过诗人思之再三后才冒出来的，似乎这是一个让她本人也感到"惊喜"的想法，因为这个想法跟前两个物质的想法属于不同的类型，前两者是从"蜜蜂/三叶草"的视觉触发中产生的，而"白日梦"是抽象的。

这种微型小诗的材料似乎最初也可以用之于绘画。要画一片草原，画家需要描绘出一片连续的草地，再画龙点睛地加一只蜜蜂在一棵三叶草上的特写。可是，随着"白日梦"的出现，类型从具象跨越到抽象，我们即刻发现，狄金森的蜜蜂和三叶草不是真的，而是一种想象性的创造物，同样属于一种精神上的草原，因此也适用于一首诗。在最后两行，狄金森以她那种轻快的新英格兰风格做出自我纠正，她让步说，创造源自白日梦，这才是创造的核心要素；这是一个务实的自我纠正，由动词"do"（行）宣告出来。"一码就行”，我们听到女裁缝在布料柜台前说道；“有白日梦就行”，饥渴的诗人说。最后六个单词都是快捷的单音节，把我们从恍惚迷离的白日梦（这里一棵三叶草，那里一只蜜蜂）中唤醒，进入诗人有力的论辩之中：仅有白日梦就够了，即便没有相关的自然意象作为支撑。狄金森是一位欣喜若狂的自然诗人，陶醉于花草蜂蝶，但她的更抽象的沉思其实仅仅源自白日梦，也同样生机勃勃。

这首五行小诗的奇特韵律提醒我们，需要关注其结构以及动机，以充分领会狄金森的韵律实践。比如，我们可以在这首诗里读出两个对句，首行相对来说，不容易一览无余，正如在通常的食谱上面，在逐一罗列配料之前，先概括提出需要什么配料：

配料（以“散文”表述）：
“造一片草原得有一棵三叶草和蜜蜂一只”

接下来是有节奏韵律的指南，修订了前两个配料（三叶草和蜜蜂）的措辞，并增加了第三个配料：

三叶草一棵，和一只蜜蜂，（三音步）
还有白日梦。（二音步）
有白日梦就行，（四音步）
如果缺少蜜蜂。（二音步）

One clover and a bee, (trimeter)
And revery. (dimeter)
The revery alone will do, (tetrameter)
If bees are few. (dimeter)

[J 1755]

主要参考资料

Dickinson, Emily. *The Letters of Emily Dickinson*. Ed. Thomas H. Johnson and Theodora Ward. 3 vols. Cambridge, Mass.: Harvard University Press, 1958.

——*The Manuscript Books of Emily Dickinson*. Ed. Ralph W. Franklin.2 vols.Cambridge, Mass.: Harvard University Press, 1981.

——*The Poems of Emily Dickinson: Including Variant Readings Critically Compared with All Known Manuscripts*.Ed.Thomas H.Johnson.3 vols.Cambridge, Mass.: Harvard University Press, 1955.

——*The Poems of Emily Dickinson: Reading Edition*.Ed.Ralph W. Franklin.Cambridge, Mass.: Harvard University Press, 1999.

——*The Poems of Emily Dickinson: Variorum Edition*.Ed.Ralph W. Franklin.3 vols.Cambridge, Mass.: Harvard University Press, 1998.

Hallen, Cynthia L., et al. *The Emily Dickinson Lexicon*.Online at edl.byu.edu.

Hawthorne, Nathaniel. *The English Notebooks*.Ed.Randall Stewart. New York: Russell and Russell, 1962;orig.pub.1941.

Melville, Herman. *The Letters of Herman Melville*. Ed. Merrell R. Davis and William H. Gilman. New Haven: Yale University Press, 1960.

Sewall, Richard B. *The Life of Emily Dickinson*. New York:

Farrar, Straus and Giroux, 1974.

White, Fred D. Approaching Emily Dickinson: Critical Currents and Crosscurrents since 1960. Rochester, N.Y.: Camden House, 2008.

致　谢

感谢哈佛大学出版社的约翰·库尔卡先生向我提出评论狄金森诗歌的建议。感谢“慕尼黑西门子基金会”让我成为2009年度“西门子学人”，并为我提供基金支持。我在慕尼黑度过了一段愉悦的时光，感谢以下各位的关照：西门子基金会主任、博士海因里希·迈耶教授及其夫人威碧卡；基金会的凯伦·奥西斯保证了我在生活和工作上的舒适；迈耶教授的研究生安娜·施密特不仅提供护照和银行方面的技术指导，而且慷慨而欣然地照顾我，让我们成为朋友。感谢路德维希－马克西米兰大学的克劳斯·贝尼希教授的热情欢迎，并感谢为我提供“美国研究图书馆”的资料；同时也感谢他的两位年轻的美国同事萨沙波·休曼和克斯廷·施密特陪我喝咖啡聊天。我有幸与威利鲍尔德·萨奥尔兰德教授和他的夫人布里吉特度过了两个夜晚，他们的学识和友情照亮了我的慕尼黑时光。

感谢哈佛大学的德里克·博克校长和德鲁·浮士德校长允许我提前休假，让我得以接受西门子基金会的邀请。我也要感谢好心的系主任詹姆斯·恩格尔教授同意我的休假。

得益于无数狄金森学者和批评家的工作，狄金森的生平和创作被敞开，其中，“艾米莉·狄金森电子词典”为我提供了不可或缺的资料。我特别感谢富兰克林重新编定了狄金森的诗歌，他的工作一丝不苟。多姆纳尔·米切尔不辞辛苦阅读了我的手稿，并为我的评论提供了大量洞见，对此我深为感激。

我的助理克莉丝汀·兰伯特整理了我的手稿，为顺利出版提供了保证。在哈佛大学出版社，我有幸得到眼光锐利的玛利亚·阿舍尔帮忙校对。我还要感谢封面设计师蒂姆·琼斯，是他发现了那张照片。

另外，我感谢我亲爱的儿子大卫，他的越洋电话是这位远在德国的学者的生命线。

译后记

艾米莉·狄金森生前几乎不发表作品，一首首离经叛道、晦涩难懂的诗作，被她封存在手工缝制的书册里，锁进卧室的抽屉，想必她是在等待未来的读者吧，或许她等待的正是海伦·文德勒这样的理想读者。

在狄金森生前和死后（特别是前50年），鲜有读者能深入到她诗歌的结构和肌理，体察其诗歌的力度和原创性。有多少回，她的诗行因其扑面而来的生命力而受到激赏，却因其结构和韵律上的反常怪异而遭到贬低和嘲笑。

文德勒对狄金森诗歌的细读是两颗智性的心灵在她们相熟已久的诗歌身体里发出的问候和低语、点头和微笑，是一位真正的诗歌内行对另一位诗歌高手的致敬。150首狄金森诗作，幸得文德勒逐一关照，借助她剥茧抽丝的细读功夫，从封存的诗笺里复活，如花朵，如漩涡，以鲜活有力的形体，跃然纸上。

有些读者可能觉得诗歌只可意会不可言传，诗歌的歧义、模糊或朦胧之美，恰在可解与不可解之间，一旦说透即索然无味也，因此，诗歌既不需要也不适合过于细致的分析。不过，朦胧之美在诗歌里固然无须说透，但在读者那里，则往往需要看透，方能深入而痛快地赏玩之。对于比较难懂的诗作，特别是外语诗作（包括译作），朦胧、模糊很容易成为读者偷懒的一种方便的借口，把藏在字里行间的趣味轻易放过，岂不可惜！不仅如此，有时字面意思都在朦胧混沌之中，尚未读通，遑论其他？

诗歌是语言文字的艺术，古人所谓“言有尽而意无穷”或“不着一字尽得风流”的妙境，不仅离不开语言文字，它恰恰寄托于由语言文字建构的形式或机体之中——诗歌即形式。从这个意义上，形式主义永远是诗歌批评的第一要义。这正是文德勒的诗歌批评一以贯之的立场。

如果中国读者熟悉高友工（1929年出生）和梅祖麟（1933年出生）的《唐诗的魅力》以及程抱一（1929年出生）的《中国诗语言研究》，就能大致理解文德勒的诗歌批评路数。因为他们都属于同代人，出生于20世纪30年代前后，在学术生涯之初都受到新批评和结构主义理论的深刻影响。尽管形式主义批评传统在一波又一波的文化批评热潮的挤兑下，早已风光不再，化作无声的地基，或缩进一个僻静的墙角，文德勒却始终鲜明地坚持形式主义的批评立场，这使她的后半生，特别是20世纪90年代以来，越来越像是一位孤傲的守旧派。

提到形式，我们通常会联想到规范，规范必然带有刻板生硬、人为造作的味道，过于注重形式似乎就与直接的生命体验隔着一层，甚至有被肢解的嫌疑。事实上，在文德勒那里，形式即是诗歌的身体或肉体（见《打破风格》），它是精神的活生生的肉体，或者说，文德勒之所以被形式吸引，恰恰是因为她在诗歌的形式里看到了诗人最具个性最有质感的生命力和原创性。在2015年的一部论文集《大海、鸟和学者：诗人和诗歌论集》的序言里，80多岁的文德勒追溯自己的学术历程，把她对诗歌形式的一贯热情追溯到23岁那年阅读史蒂文斯的诗歌时发生的一次心灵感应，她领悟到一个诗人的文体（style）就是其品格或性格（personality），是其精神存在的物质身体（material body）。

活脱脱的意境是否经得起镣铐的束缚，跳出精彩的舞蹈，不仅取决于诗人的功力，也取决于读者的眼力。一流的诗人需要一流的读者，而一流的读者常常受惠于一流的批评家的指导和训练。文德勒解析诗歌的形式，常常会采用一些图表，一旦她的释读文字深入诗体韵律的细部，有时甚至会显得烦琐，然而，只要你有足够的耐心，愿意跟随她的思路细心体会，你定会收获越来越多的乐趣，越来越心悦诚服。

狄金森的诗歌大多采用最不起眼的、最简朴的赞美诗体，用文德勒的话说，那是一种“稚气”的诗体。在一种极为普通的诗体中完成一种革命性的语言实验几乎是一个不可能的任务，或许对于一个诗人来说，这并不是一个明智的选择。对此，我常常感到有点惋惜或遗憾，我有时候甚至想象，狄金森如果采用自由体会不会成为一位更出色的诗人？赞美诗体是她的一种本能的选择吗？出于一种喜爱或习惯，或许这种诗体确实让她感到亲切自然、得心应手？但是，对于当时的批评家和读者来说，她在这种普通的诗体中所做的实验，对他们构成了极大的挑战，因为若是不够细心，这些实验风格很容易被忽略。文德勒正是通过对这150首诗歌的细读和解析，具体而微地向读者展示出，狄金森是一位“富于直观性和力量感的革命性的诗歌语言大师”。

☆

海伦·文德勒出生于1933年，成长于波士顿一个虔诚的罗马天主教家庭，天性聪慧，从小跟随母亲学习各类童谣和诗歌，大学时期就读于以马内利天主教女子学院，由于不喜欢那里教授文学的刻板方式和种种清规戒律，于是选择了化学专业，毕业后获得富布莱特的数学奖学金，进入比利时鲁文大学，不久，改学文学专业。博士阶段在哈佛大学师从理查兹等新批评家攻读英美文学，1960年获得博士学位。随后在康奈尔大学等几所高校任教，于1985年回到哈佛大学，并于1991年获得“波特学院讲席教授”称号（文德勒是第一位获得学院级教授称号的女性）。在大学体制之外，文德勒也发挥了积极的影响力，她曾任“现代语言学会”（MLA）主席，并长期担任《纽约时报》的诗歌评论家和《纽约客》的诗歌顾问编辑。

文德勒终生专注于英语诗歌批评，在60多年的学术生涯中，出版诗歌批评著作30多种，她的考察范围跨越近代、现代和当代，英美诗坛400年来的几十位重要诗人，从莎士比亚到谢默斯·希尼和乔丽·格雷厄姆等，几乎都经过她无微不至的关照和细读。

得益于她的化学和数学方面的良好基础和在哈佛大学期间的文学阅读实践训练，文德勒的诗歌批评以严谨著称，具有明显的科学精神和取证精神，她考察一首诗歌的“身体”，就像人体解剖学家和外科医生审视人体一样客观冷静，对于诗歌形式要素和意义之关系的分析，就像一位化学家和数学家解析方程式一样严格精准。她几乎很少在诗歌批评中发表主观的、印象式的评论，这与另一位博学的诗歌批评家哈罗德·布鲁姆构成了鲜明对照，虽然布鲁姆的名声远远超过文德勒。可以说，在客观严谨、逻辑清晰、耐心细腻方面，当代诗歌批评家几乎无人能跟文德勒相比。

在2015年接受《哈佛报》的访谈中，文德勒以欢快的语调表达了她对诗歌结构的迷恋：“我喜爱结构。它们正是我的诗歌批评的用武之地，因为我能看到皮肤下面的骨骼。”在这次访谈里，她甚至把自己对诗歌结构的关注追溯到12岁在波士顿图书馆偶然读到诗人塞西尔·戴－路易斯的诗歌手稿时的震惊性体验。在15岁那年，她曾以极大的热情研究过狄兰·托马斯的一首诗歌的30多种手稿。对诗歌结构的迷恋和关注几乎渗透到她一生的全部诗歌研究之中，其热爱之深，用力之久，实为罕见。

在1996年接受《巴黎评论》的访谈时，文德勒提到她早年所受的科学训练对她日后的诗歌研究产生的重要影响，最突出的一点就是寻找证据，她说：“你必须以非常清晰的方式为你的假设提供证据；你的方程式必须是均衡的；左侧必须与右侧保持平衡。一件事必须导致下一件事，所有事情加起来必须成为一个整体。我认为这在文学中也是一件极其自然的事情。我强烈认为，你所说的任何话都应该有文本的证据支持，这样你就可以在归纳和证据之间遵循一个恒定的循环。”

文德勒不仅一生坚守抒情诗这个阵地，而且把抒情诗当作形式主义批评的一块领地加以捍卫，在出版于1997年的《莎士比亚十四行诗的艺术》一书的序言中，文德勒这样写道：

> 当代学者一味强调文学离不开社会的基质，强调其参与性，却避而不谈这样一个基本事实：抒情诗虽然也会提到社会，但它一如既往，如其所是，始终将它的模仿指向心灵在独语中的表演。因为抒情诗的声音可以作用于任何一位读者，它具有规范的形式，并因此而蓄意地剥除了大部分的社会性参数（时代、地域、性别、阶级，甚至种族）。社会性的阅读最好施之于小说或戏剧：如果有人想要寻求社会性的虚构或传记性的启示，将在抒情诗中遭受挫败，因为规范性的抒情诗的抽象性正是作者以及心甘情愿的读者所预期的东西。

像其他文学类型一样，抒情诗当然也离不开社会的基质，因此当然需要放入更广泛的社会文化语境中加以考察，并因此当然需要借用各种文化批评理论的洞见，在这个意义上，文德勒确乎显得过于保守了。拿莎士比亚十四行诗来说，日新月异的性别研究和新历史主义批评视角远远超出了形式主义批评的领地，开拓了若干引人深思的话题，确实值得关注。然而，她指责批评家对诗歌的滥用，无疑具有纠偏的作用，而且是切中要害的。在2015年出版的论文集的前言中，文德勒以一种抗辩式的姿态指出：

> 正如我本人不是合格的理论家或新历史主义者，我发现许多学者也不是合格的诗歌阐释者。要理解一首诗歌，首先必须理解它的种种功能性的风格要素；如果一个学者对诗人的创作缺乏深入的了解，只是突发奇想地抓住某一首诗，以佐证某一意识形态的观点，其结果很可能既歪曲了这首诗作，也歪曲了这位诗人。抒情诗没有什么速成的、轻巧的读法：你只能就诗读诗，将它作为某个作家的全部作品的一部分来读，作为一种文学传统的一部分来读，然后才有可能用它来支撑起任何学术性的观点。

当代理论家和历史文化批评派在评论或引用诗歌的时候常常无视诗歌的形式要素及其深厚的传统，以一种先入为主的态度，信手拈来地滥用诗歌，为他们的理论观点提供佐证。对于这样的做法，文德勒一向表示不以为然。她有这个底气，因为她在这个深厚的传统里下足了功夫，她是为数不多的真正的专家。

*

一部译作的诞生是译者和出版社合作的结果，有时由译者发起动议，但大多由出版社组织策划，无论哪一种合作方式，皆需机缘和合。此书缘起于编辑吴小龙的热情约稿，记得3年前，先是通过几条微信，然后是一个长长的电话，因为狄金森，也因为文德勒，我们相谈甚欢，可谓一拍即合。此书是我的案头书，多年来随时翻阅，总有意外的惊喜。若能借助于我的翻译，分享给更多的中国读者，当然再好不过，且义不容辞。

记得初见此书是在2012年底，当时我在芝加哥访问教学，同时研读狄金森诗歌，并翻译一部厚重的狄金森传记，读到文德勒的这部细读之作，简直就像发现了一座取之不尽的宝藏，顿时爱不释手！回国后，2014年11月，我和狄金森国际学会（EDIS）在复旦召开研讨会并发起狄金森合作翻译项目，邀请50多位国内外学者和译者共同研读和翻译她的诗作，于2017年出版《栖居于可能性：艾米莉·狄金森诗歌读本》，在此期间，文德勒的这部著作成为我重要的参考书，我也总是利用一切机会，把此书推荐给热爱狄金森的同行和朋友。

文德勒的每一部著作都有极强的可读性，而这部《花朵与漩涡——细读狄金森诗歌》和此前出版的《莎士比亚十四行诗的艺术》最适合作为教材使用，在各种英诗课堂上，我都会把它们作为必读书目，推荐给我的学生，并在课堂上选读其中的一些篇章，加以学习和讨论。教学互动中的快乐是一种额外的奖赏！

本书由我与复旦大学的8位优秀研究生共同翻译完成，其中，中文系比较文学硕士研究生7位，英文系硕士研究生1位。虽然这8位学生个个都很优秀，而且都曾积极参与我主持的"奇境译坊·复旦文学翻译工作坊"，获得了初步的翻译训练，不过，他们毕竟翻译经验不足，对狄金森研究尚未深入，初稿提交后，我都会仔细审阅，提出详细修改意见，平均每一首都反复修改过两三次，甚至更多；最后由我统稿、校对，包括统一译名，核对注释等。我把这样的师生翻译合作当作教学活动的有益延伸，乐意为此付出辛苦，看到每一位同学都热情洋溢、虚心向学，取得飞速的进步，真是莫大的欣喜。感谢复旦大学中文系和任重书院对合作翻译项目的鼓励和支持。

由于一些不可抗拒的因素，此书出版周期加长，8位学生译者现已毕业或即将毕业，其中几位同学或许从此远离学术之路，诗歌将只是一种爱好和消遣，还有几位同学选择继续求学，参与此书的翻译不过是他们学术训练中的一个起步阶段。无论如何，这一次合作的成果都将成为我们师生友情的一个小小留念。

细读部分具体翻译分工情况（按照每首诗的序号先后排列）：

王柏华52首（篇目从略），刘莉7首（165、181、187、194、204、224、232），吕肖璇17首（312、314、365、450、708、729、740、747、760、790、796、962、983、994、1010、1142、1150），齐悦9首（830、836、857、861、867、905、926、930、935），谢微20首（259、351、355、359、383、401、407、409、420、423、515、517、519、524、528、620、633、647、664、1121），郑馨桐10首（533、550、558、578、584、588、675、686、696、700），钟牧辰15首（236、238、240、243、256、466、1268、1274、1279、1311、1325、1332、1347、1369、1393），黄逸婷10首（269、276、284、1408、1428、1474、1489、1511、1539、1581），刁诗琪10首（288、291、294、306、1593、1618、1668、1715、1766、1771）。

本书所选狄金森诗歌150首，全部由王柏华翻译。需要说明的是，狄金森的诗歌充满奇崛险怪之处，中译本不能过于追求优雅、平顺。由于她的语言经常不合语法，因此不能处处以语法规则来评判译文，其实，翻译成中文以后，这个特点已经消失大半了，为了贴近她的风格，有时恰恰需要适当保留一些怪异、反常的表达。

狄金森的诗行中充满小短线，而且，与通常的印刷本不同，此书英文原版中的小短线稍稍向上倾斜，与狄金森手稿中的形状更为接近，中译本亦尽可能保留上述特征。

最后，我十分诚挚地向本书的两位编辑吴小龙先生、刘艳女士表达深深的谢意，他们对诗歌和出版事业的饱满热情、他们一流的专业素养、他们对译稿一丝不苟的审读和卓有成效的指正，都是我多年来不曾见到的。我深信，这一切努力都进一步确保了本书的质量和可读性。当然，我们的合作翻译仍难免疏漏和不当之处，恳请诗歌专家和广大读者批评指正。

王柏华

2021年3月于复旦大学光华楼

桂图登字：20-2018-101

图书在版编目（CIP）数据

花朵与漩涡：细读狄金森诗歌：上、下 /（美）海伦・文德勒著；王柏华等译 .—南宁：广西人民出版社，2021.5
（文德勒诗歌课）
书名原文：Dickinson：Selected Poems and Commentaries
ISBN 978-7-219-11095-9

Ⅰ. ①花… Ⅱ. ①海… ②王… Ⅲ. ①狄金森（Dickinson，Emily Elizabeth 1830-1886）—诗歌研究 Ⅳ. ① I712.072

中国版本图书馆 CIP 数据核字（2020）第 268311 号

花朵与漩涡——细读狄金森诗歌（上、下）
HUADUO YU XUANWO——XI DU DIJINSEN SHIGE（SHANG，XIA）
［美］海伦・文德勒（Helen Vendler）/ 著
王柏华 等 / 译

奇境译坊
WONDERLAND TRANSLATION WORKSHOP |奇|境|译|坊|

执行策划 吴小龙
责任编辑 刘 艳
责任校对 梁小琪 覃丽婷 蒋倩华
装帧设计 刘 凛
责任排版 潘艳营

出版发行 广西人民出版社
社 址 广西南宁市桂春路 6 号
邮 编 530021
印 刷 恒美印务（广州）有限公司
开 本 889mm × 1194mm 1 / 32
印 张 21.75
字 数 560 千字
版 次 2021 年 5 月 第 1 版
印 次 2021 年 5 月 第 1 次印刷
书 号 ISBN 978-7-219-11095-9
定 价 128.00 元（上、下）